KB250389

김몽(金蒙) 판타지 장편 소설

4

진진과 봉근의 재회

둔갑 팬더 4

김몽 판타지 장편 소설

초판 1쇄 찍은 날 § 2002년 11월 26일
초판 1쇄 펴낸 날 § 2002년 12월 5일

지은이 § 김몽
펴낸이 § 서경석

편집장 § 문혜영
편집책임 § 박영주
편집 § 장상수 · 권민정 · 이종민
마케팅 § 정필 · 강양원 · 이선구 · 김규진

펴낸곳 § 도서출판 청어람
등록번호 § 제1081-1-89호
등록일자 § 1999. 5. 31
어람번호 § 제1-0320호

주소 § 경기도 부천시 원미구 심곡1동 350-1 남성B/D 3F (우) 420-011
전화 § 032-656-4452 팩스 § 032-656-4453
http://www.chungeoram.com
E-mail § eoram99@chollian.net

값 7,500원

ISBN 89-5505-500-5 (SET)
ISBN 89-5505-541-2 04810

김몽(金蒙) 판타지 장편 소설
운장편이
4
진진과 봉근의 재회
도서출판
청어람

마법사 간보도는 자못 엄숙한 얼굴로 봉근에게 물었다.

"볼컨, 로이렌으로 돌아갈 거지? 자네가 신방에서 도망친 뒤로 모레아님은 실의에 빠져 하루하루를 보내고 있다네."

봉근은 커다란 머리를 좌우로 세차게 흔들었다.

"싫은데요……."

"싫어? 우리들은 자네를 구하기 위해 밤낮을 잊고 먼 길을 달려왔는데 그렇게 간단한 말로 거절하는 건가?"

"절 구해주신 건 고맙지만 그런 곰 같은 여자랑은 못살아요!"

"볼컨, 자네가 거부해도 소용없네."

간보도는 품속에서 티파노의 반지를 꺼냈다.

"자네는 이 럭셔리한 반지에 대고 모레아님에 대한 조건없는 사랑을 맹세했다네. 이 반지에는 자존심 강한 정령이 깃들어 있어 약속을 깬

다면 로이렌뿐 아니라 가이센 왕국 전체에 재앙이 닥칠 것이야. 고집 부리지 말고 어서 이 결혼반지를 다시 손가락에 끼우게나! 그리고 나와 함께 로이렌으로 돌아가자고!"

"싫다니까요! 아우~ 못살아~"

봉근은 가슴을 두드리며 드라이덴의 입구를 향해 내달렸다. 그것은 자유를 갈구하는 한 인간의 처절한 몸짓이었다. 그러나 현명한 마법사 간보도에게는 한갓 철없는 인간의 투정으로 보였다. 간보도는 노기를 띠며 참나무 지팡이를 들어 올렸다. 대마법사의 지팡이가 들어 올려지자 원정대원들은 모두 놀란 표정을 지었다. 가이센 최고의 마법을 보게 된 것이다. 수백 년 묵은 참나무의 기생목으로 만든 간보도의 지팡이는 이십 년 전에 있었던 암흑 일족과의 전쟁에서 그 위력을 발휘한 바 있다. 비와 바람을 마음대로 부르고 번개와 천둥을 일으키며, 바위를 들어 올리고 악령을 소환하며 인간의 마음을 어르거나 달랠 수 있는 능력을 품고 있는 지팡이였다. 물론 그 지팡이가 대마법사 간보도의 손에 들려 있을 때의 이야기지만.

지금 간보도가 쓰려는 마법은 도망치는 자의 움직임을 봉쇄하는 아이스-클랭(Ice-clang) 마법으로 전력으로 질주하는 자의 발걸음을 멈출 수 있는 힘을 가지고 있다. 간보도는 지팡이 끝으로 땅을 내려치며 우렁차게 외쳤다.

"얼음!"

간보도가 얼음이라고 외치는 순간 봉근은 다리 한쪽을 들어 올린 채 멈춰섰다. 마치 한쪽 발바닥이 땅에 얼어붙기라도 한 것처럼 그는 꼼짝을 못하고 있었다. 그는 소리를 지르려고 입을 움직였으나 숨소리조차 새어 나오지 않았다. 간보도는 봉근에게 다가가 고개를 절레절레 흔들었다.

"볼컨, 로이렌 속담에 '원숭이가 도망쳐 봤자 드래곤 혓바닥 위' 라고 했네. 내게서 빠져나갈 생각 말게. 블로도! 비빔! 어서 밧줄을 가져와 볼컨을 묶도록 하게!"

마법사의 명령에 소인족 두 명이 얼른 달려와 봉근을 묶기 시작했다. 이들은 원래 손재주가 매운 종족이라 매듭을 묶는 데도 일가견이 있었다. 그들은 봉근이 절대로 풀 수 없도록 밧줄을 튼튼하게 감아 묶었다. 봉근이 도망칠 수 없다고 판단한 간보도는 그제야 동결 주문을 풀어주었다.

"땡!"

봉근은 마법이 풀리자 자유을 잃어버린 자의 절규를 토해냈다.

"우어어어어어~ 우어어어~"

다른 자들은 목을 쭉 빼고 절규하는 봉근의 모습에 재밌어했지만 레귤라 같은 섬세한 요정 일족에게는 참기 힘든 괴성이었다. 레귤라는 물푸레나무로 만든 활을 꺼내어 봉근을 향해 시위를 당겼다. 날카롭도고 치명적인 요정의 화살촉이 봉근의 목줄기를 향해 날아가려는 순간 간보도의 주름 많은 손이 요정의 활과 살을 동시에 잡았다.

"이거 놔요! 포크로 쇠쟁반 긁는 소리 못 참겠어요!"

"레귤라! 모레아님을 젊은 나이에 과부로 만들 셈인가? 참게! 우리가 여기 온 목적을 잊어서는 안 돼!"

"으으으··· 도저히 못 참겠어! 저런 돼지 멱 따는 소리 같으니라구! 으아아!"

그는 양 귀를 손으로 틀어막고 깡충깡충 뛰며 봉근에게서 멀리 도망쳤다. 간보도 일행은 밧줄에 묶인 봉근을 끌고 드라이덴을 빠져나가기 시작했다. 봉근은 요정이 도망친 뒤에도 계속해서 소리를 질렀으나 나머지 원정대원들은 그다지 고통스러워하지는 않았다. 소인족들은 원래 왁자지껄 떠드는 걸 좋아해 소음에는 잘 견뎠고 마법사는 나이가 들어 청력이 약했다. 처음부터 반지원정대에 관심이 없었던 류드 기사단장은 멀찌감치 떨어져서 터덜터덜 따라왔다.

반지원정대가 드라이덴의 입구에 거의 다다랐을 때 그들은 심각한 장애물과 맞닥뜨렸다. 봉근의 탈주를 눈치 챈 드라이덴 헌병대에서 입구로 가는 길을 막고 있었던 것이다. 그들은 오로라 공주의 신고를 받고 봉근을 연행했던 자들이었다. 용맹한 드라이덴 헌병대장은 양날검을 간보도에게 겨누며 물었다.

"늙은 인간! 드라이덴의 죄인을 데리고 어디로 가는가?"

간보도는 전혀 기죽지 않고 당당하게 말했다.

"로이렌의 대마법사는 난쟁이의 질문에 대답할 의무가 없다! 저리 비켜라!"

"후후후, 이 영감탱이가 제 명을 재촉하는구나. 죽어랏!"

헌병대장이 마법사의 정수리를 향해 양날검을 번개처럼 내려쳤다.

창—

원정대원들은 칼이 무언가에 부딪치는 소리에 감았던 눈을 떴다. 마법사 간보도의 지팡이가 양날검을 막아내고 있었다. 간보도는 무척 노한 얼굴이었다.

"새파랗게 젊은 난쟁이족이 연장자에게 칼질을 해! 이 불손하고 무례하고 사악한 놈아! 노인(老人)의 복수를 받아라!"

간보도는 지팡이를 머리 위로 들어 올렸다. 마법의 지팡이에서 회색의 빛줄기가 뿜어져 나왔다. 원정대와 난쟁이 헌병대는 모두 겁을 먹고 뒤로 물러섰다. 빛은 마법사를 감싸고 시계 방향으로 빙빙 회전했다. 마법사의 몸에서도 회색 빛이 쏟아져 나오며 그를 감싸고 도는 빛의 소용돌이와 충돌하고 간섭했다. 블로도와 비빔은 두려워 땅에 엎드렸고 류드는 강렬한 빛을 손바닥으로 가렸다. 드라이덴 헌병대장은 얼굴을 잔뜩 찡그리며 도대체 이게 무슨 영문인가 하는 표정이었다.

강렬한 빛이 잦아들자 마법사는 달라진 복장으로 나타났다. 스판 계열의 착 달라붙는 옷을 입은 간보도는 팬티를 바지 위로 입었고, 목에는 커다란 망또를 둘렀다. 달라붙는 옷은 회색 빛이었으며 노인의 앙상한 몰골을 그대로 드러내 보는 이로 하여금 연민을 느끼게 만들었다. 블로도가 마법사에게 물었다.

"간보도님! 팬티를 왜 바지 위로 입었지요?"

"멍청하긴! 이게 바로 무적의 용사 올드-맨님의 파이팅 코스튬이야!"

"올드-맨?"

간보도는 한쪽 주먹을 앞으로 내밀며 뛰어갔다. 두 발을 구르며 공중을 향해 도약하는 올드-맨. 다음 순간 블로도와 비빔, 류드, 그리고 드라이덴 헌병대원들은 모두 경악했다.

"저럴 수가! 마법사가 날고 있어! 공중을 날고 있어! 마치 새처럼!"

"그렇군! 근데 지면에 바짝 붙어서 가는구나!"

올드-맨의 비행 고도는 20센티 정도에 불과했다. 그는 비 오기 전날 제비처럼 날아가 헌병대장의 정강이를 가격했다. 난쟁이 헌병대장은 고통에 못 이겨 정강이를 붙잡고 땅 위를 굴렀다. 당황한 드라이덴 헌병대가 낮게 날아다니는 올드-맨을 향해 발길질을 했다. 올드-맨은 소나기처럼 쏟아지는 난쟁이들의 발길질을 요리조리 피해서 날아다니고 있었다. 백 살을 훨씬 넘긴 노인이라고는 믿기지 않을 만큼 놀라운 순발력이었다.

"우왓! 간보도님이 제법 하는데?! 정말 재빠르군!"

블로도와 비빔이 감탄을 연발하고 있는데 마법사는 그만 실수를 저질렀다. 빠른 속도로 지면 위를 이리저리 날아다니다가 커다란 바위에 머리를 부딪친 것이다. 그는 입에서 거품을 뿜어내며 의식을 잃고 말았다.

"야, 기절했다! 어서 잡아라!"

"저 영감탱이의 숨통을 끊어버려라!"

드라이덴 헌병대원들이 날카로운 창을 꼬나 잡고 달려왔다. 위기일발의 순간, 지금까지 수수방관만 하던 류드 기사단장이 드디어 검을 뽑아 들었다. 그는 약간 귀찮은 표정이었다.

"휴… 내가 나설 차례인가……."

그의 검은 통상적인 검보다 매우 짧아서 단검보다 약간 긴 정도였는데 검이 그토록 짧아진 데에는 사연이 있었다.

"에잇! 요상한 노인네! 죽여 버리겠다!"

드라이덴 헌병대장이 양날검을 기절한 마법사에게 내려치는 순간 무언가 하늘 높이 솟아오르는 것이 있었다. 헌병대장의 머리였다. 난쟁이들은 저희들 대장의 목이 떨어지자 겁에 질렸다. 그들은 감히 공격하지 못하고 적에게 창을 겨누고 물었다.

"뭐, 뭐냐, 너는!"

짧은 검을 들고 선 미소년은 금발을 출렁 하고 뒤로 넘기며 거만한 표정으로 말했다.

"로이렌에서 온 기사단장 류드님이시다."

"류, 류드라고!"

난쟁이들은 무기를 든 채 저희들끼리 쑥덕거리기 시작했다.

"류드라면 전장에서 백 명의 목을 베었다는 그 류드인가?"

"설마… 저렇게 곱상하게 생긴 녀석이 악명 높은 류드이려고……. 아마 우리를 겁 주려고 허풍 치는지도 몰라."

"그건 그렇군. 그의 보검 갸리우메는 미녀처럼 길고 늘씬한 장검이라고 들었어. 녀석은 숏 소드를 들고 있잖아."

"하지만 우리 대장의 목을 베어넘긴 놈인데 위험하지 않을까?"

"한꺼번에 달려들면 녀석이라도 어쩌지 못할 거야."

"그래, 알았어! 지금 치자!"

"우와아아아아아—"

난쟁이 헌병대는 고함을 지르며 류드에게 한꺼번에 달려들었다. 싸움터에서 잔뼈가 굵은 류드였지만 혼자서 십수 명의 적을 상대한다는 건 무리였다. 짧은 검으로 난쟁이들의 긴 창을 몇 번 받아넘기더니 조금씩 뒤로 밀려나고 있었다. 난쟁이들은 재빨리 류드의 뒤쪽으로 돌았다. 류드 단장은 어느새 난쟁이 헌병대에 포위되었다. 짧은 검으로 난쟁이들의 공격을 어찌어찌 막아내고는 있었으나 수적인 열세로 오래 버티지는 못할 터였다. 류드의 위기였다.

한편 블로도와 비빔은 기절한 마법사, 아니, 올드-맨을 깨우기 위해 노력 중이었다.

"간보도! 정신 차려요! 간보도! 류드가 위험해요!"

"으음, 흔들지 마라, 이놈아. 틀니 빠진다."

"아앗! 간보도! 정신이 드셨군요!"

마법사의 의식이 돌아오자 두 소인족의 얼굴이 밝아졌다. 그는 약간 초췌한 낯빛이었으나 눈에서는 전의가 불탔다. 그는 류드를 공격하고 있는 난쟁이 헌병대를 노려보고 있었다.

"올드-맨의 무서움을 보여주마! 블로도, 어서 내 봇짐을 가져오너라!"

블로도로부터 봇짐을 받아 든 올드-맨은 마법의 지팡이를 머리 위로 휘두르며 소리쳤다.

"올드-맨 파워 업그레이드!"

처음 변신했을 때와 같은 강렬한 회색 빛이 지팡이에서 뿜어져 나왔다. 빛은 올드-맨의 육체와 봇짐을 감싸고 돌았다. 봇짐이 저절로 풀어헤쳐지면서 안에서 노란 딱지 같은 것이 두 장 튀어나왔다. 노락 딱지는 공중에서 빙빙 돌다가 올드-맨의 무릎으로 날아가 찰싹 붙었다. 올드-맨의 얼굴에 힘이 넘쳤다.

"올드-맨 관절염 패치!"

마법사의 봇짐에서는 관절염 패치제에 이어 레토르트 약봉지가 튀어나왔다. 약봉지는 공중 높이 솟구쳤다가 떨어지면서 올드-맨의 손 안으로 빨려 들어갔다. 올드-맨은 약봉지를 개봉하고 내용물을 식도에 부었다. 약을 꿀꺽꿀꺽 다 마시고 난 올드-맨의 얼굴에서 번들번들한 기름기가 흘렀다.

"올드-맨 원기 보강 약초탕!"

이제 올드-맨은 전보다 더욱 강해졌다. 전투 시에 무릎도 아프지 않고 젊은이 못지않은 체력도 갖춘 것이다. 그는 다시 한 번 발을 구르며 난쟁이들을 향해 날았다. 지면에서 20센티 정도 부상하여 빠른 속도로 적에게 접근하는 올드-맨. 그의 양손에는 지팡이가 수평으로 들려 있었다.

"와다다다다다다다!"

류드를 공격하던 난쟁이들은 올드-맨에게 불의의 습격을 받아 모두 땅에 고꾸라졌다. 지면을 낮게 비행하던 올드-맨의 지팡이에 발목 부위가 걸려 모두 나동그라진 것이다. 난쟁이들은 아픈 발목을 잡고 데굴데굴 구르며 고통스러워했다. 위기에서 벗어난 류드는 한숨을 돌리며 자신을 구해준 올드-맨에게 인사했다.

"간보도… 무척 주책없는 복장이군요. 쫄쫄이 바지 위에 팬티를 입다니……."

"멍청아! 이것이 무적의 올드-맨 코스튬이라니까!"

"알았습니다, 올드-맨. 근데 그거 내복이우?"

무적의 올드-맨은 류드 단장의 어리석은 질문에 대답할 가치를 느끼지 못했다. 그는 망또를 휘날리며 땅바닥 위를 뒹굴고 있는 난쟁이 헌병대원들에게 다가갔다. 그는 허연 수염을 쓰다듬으며 난쟁이들에게 물었다.

"이 세상의 모든 노인들을 대변하여 그대들에게 묻겠노라! 만일 관절염으로 무릎이 불편한 노인과 경로석이 있다면 그대들은 경로석을 노인에게 양보하겠는가, 아니면 그대들이 차지하겠는가?"

아픈 발목을 절뚝거리며 일어나는 난쟁이들. 그들은 떨어뜨렸던 창과 칼 등을 다시 주워 들고 올드-맨과 맞섰다. 그들 중 한 명이 올드-맨의 질문에 콧방귀를 뀌며 응수했다.

"웃기지 마라! 너같이 재수없는 노친네에게 왜 자리를 양보하냐?"

"오호, 그렇다면 경로석을 그대들이 차지하겠다는 건가?"

"그래! 경로석이든 뭐든 너처럼 밥맛 떨어지는 노친네에게는 주지 않아! 내복 위로 팬티를 올려 입은 정신병자야!"

난쟁이들은 일제히 깔깔대며 웃었다. 그들이 웃을 때마다 손에 든 병장기들이 흔들렸다. 올드-맨은 얼굴에 노기를 띠며 지팡이를 천천히 들었다.

"그래, 그렇담 할 수 없군. 각오해라!"

올드-맨은 지팡이를 머리 위로 들어 올리며 하늘을 향해 대갈일성했다.

"경로~석!"

난쟁이들은 천지를 진동시키는 우레와 같은 소리에 놀라 좌우를 두리번거렸다. 지진이라도 난 듯이 땅이 조금씩 들썩거렸다. 지축을 진동시키는 소리는 난쟁이들의 오른쪽 위에서 들려오고 있었다. 난쟁이 한 명이 겁에 질려 외쳤다.

"우아아악! 바위닷!"

"뭐? 어디?"

나머지 난쟁이들이 고개를 돌리는 순간 언덕을 굴러 내려온 거대한 바위가 그들을 덮쳤다. 고함 소리와 굉음이 멈추고 일순 정적이 찾아왔다. 올드-맨은 바위에 깔린 난쟁이들의 시신을 향해 차갑게 말했다.

"그 바위가 바로 경로석(敬老石)이다. 올드-맨의 필살기지……."

올드-맨이 지팡이를 내려치자 회색 빛이 땅에서부터 위로 뿜어져 나오며 폭죽처럼 내려왔다. 빛의 알갱이가 올드-맨의 몸에 내려앉자 그는 어느새 마법사 간보도의 모습으로 돌아와 있었다. 블로도가 달려와 상기된 얼굴로 말했다.

"멋졌어요, 간보도님! 특히 그 거대한 바위를 굴리는 마법은……."

"올드-맨의 필살기라니까. 어서 볼컨을 데리고 이 우중충한 드라이덴에서 빠져나가자. 로이렌에서 영주님이 우리를 목 빠지게 기다리고 계셔."

간보도는 원정대를 이끌고 서둘러 지하 도시를 빠져나왔다. 난쟁이들의 추격을 따돌리려면 속히 고요의 숲 속으로 도망쳐야 했다. 밧줄에 묶여 끌려가는 봉근은 모든 걸 체념한 듯 그다지 반항하지 않았다. 하지만 원정대는 그의 난동을 두려워해 결박을 풀어주지 않았다.

난쟁이들의 추격을 우려했던 간보도는 해가 지고 난 후에도 계속 행군을 강행했다. 그들은 아무것도 보이지 않는 캄캄한 숲 속에서 횃불도 들지 않고 길을 갔다. 블로도는 이제 그만 야영할 장소를 고르자고 마법사에게 졸랐고 비빔은 무서워서 계속 이빨을 딱딱 부딪쳤으며 류드는 투덜투덜 불평을 늘어놓았다. 간보도는 원정대가 지치고 무서워서 더 이상 발걸음을 옮길 수 없는 지경에 이르러서야 휴식을 허락했다. 그 정도 거리를 왔으면 난쟁이들도 추격은 힘들 터였다.

"모포를 펴고 잘 준비를 하게. 배고픈 사람은 말린 고기와 비스킷을 물과 함께 마시도록. 모닥불은 안 돼! 놈들에게 우리 위치가 발각될 우려가 있으니까."

간보도는 간결하게 명령을 내리고 먼저 잠자리에 들었다. 그는 내일 새벽이면 해가 뜨기도 전에 일어나 출발을 재촉할 것이다. 피로가 누적된 블로도와 비빔도 서로의 등을 꼭 붙이고 잠이 들었다.

봉근은 온몸이 포승에 묶인 채 잠을 자야 했다. 그는 고개를 돌려 밤하늘을 쳐다봤다. 고요의 숲 속에서 바라보는 밤하늘은 검은 바탕에 흰 점인지 흰 바탕에 검은 점인지 구분할 수 없을 정도로 별이 많았다. 모닥불을 피우지 않아도 별빛과 달빛이 주위를 환하게 밝히고 있었다. 마법사는 코를 드르렁거리며 자고 있었고 소인족 두 명은 몸을 뒤척였다. 류드 기사단장의 모습은 보이지 않았다. 그의 침낭은 애벌레가 빠져나간 고치처럼 텅 비어 있었다.

"볼컨, 무슨 생각을 그리 하시오?"

봉근은 달빛을 가리고 선 그림자가 류드의 것이라는 걸 알았다.

"휴우, 그냥 답답해서 그러우. 모레아 같은 여자와 같이 살 생각을 하니……."

류드는 봉근의 곁에 살며시 앉았다. 저녁 바람을 받아 그의 금발이 물결치고 있었다.

"볼컨, 난 당신이 오크와 곰을 상대로 맨손으로 싸우던 모습이 아직도 눈에 선하오. 물론 식인 기사를 물리치던 날도 똑똑하게 기억하고 있소."

류드의 손에서 무언가 번쩍하고 빛났다. 그의 부러진 보검 갸리우메였다. 봉근은 류드가 자신을 해치려는 줄 알고 흠칫하고 놀랐다. 그러나 갸리우메는 조용히 봉근을 결박한 밧줄을 썰고 있었다.

"볼컨, 당신같이 용맹한 자가 이렇게 살아서는 아니 되오. 가시오! 자유롭게 방랑하며 모험을 하시오! 그게 당신에게 어울립니다!"

끊어진 밧줄이 봉근의 팔뚝에서 흘러내렸다. 봉근은 벌떡 일어나 류드의 손을 덥석 잡았다.

"고맙수! 당신 정말 멋진 싸나이야! 나 갈게!"

봉근은 어두운 숲길을 냅다 달렸다. 아무것도 두렵지 않았다. 추봉근의 가슴속으로 무한한 자유의 공기가 들어왔다.

"아우우우우— 난 자유인이다아—"

그는 가슴을 두드리며 숲길을 질주했다. 봉근의 괴성에 놀란 새 떼들이 한꺼번에 날아올라 고요의 숲에는 잠시 소동이 일었다.

봉근은 밤새도록 숲길을 달리고 또 달렸다. 숲 한쪽에서는 어느새 부옇게 먼동이 텄다. 아침 해가 뜨고 나서도 봉근은 쉼없이 달렸다. 지칠 줄 모르는 놀라운 체력이었다. 봉근은 자신이 점점 숲의 가장자리로 이동하고 있다는 걸 느꼈다. 빽빽했던 삼림은 사라지고 수목의 밀도가 낮은 숲이 나타나더니 이제는 듬성듬성 나무가 자라는 풀밭이 나타났다. 봉근은 코를 벌름거렸다. 공기에서 소금기 섞인 짭조름한 냄새가 났다.

'음, 설마… 이건 바다 냄새인가?'

그의 앞에는 초록색 잔디가 깔린 언덕이 좌우로 펼쳐져 있었다. 저 언덕 너머에는 무엇이 있을 것인가, 봉근의 호기심을 자극했다. 그는 언덕을 향해 내달리기 시작했다. 경사가 제법 심했지만 튼튼한 다리로 단숨에 언덕 꼭대기로 올라갔다. 봉근은 언덕 꼭대기에서 멈칫하고 섰다. 그는 당황해서 손을 파닥거리며 앞으로 넘어지지 않으려 애썼다.

그곳은 깎아지른 절벽이었다. 절벽 아래로는 눈부시게 하얀 백사장이 좌우로 널려 있고 그 너머에는 에메랄드 빛깔의 아름다운 바다가 끝 간 데 없이 펼쳐져 있었다. 수평선 가까이에 하얀 돛을 단 범선 한 대가 지나고 있었다. 갈매기가 끼룩거리며 봉근의 귓가를 스치고 날아갔다. 그는 가슴이 탁 트이는 느낌을 받았다. 봉근은 셔츠를 풀어헤치며 정면에서 불어오는 바닷바람을 마셨다. 그는 목청이 터져라 소리를 질렀다.

"아우우우~ 바다다!"

광활한 바다를 감상하던 봉근은 해안가를 살펴보다 멀찍이 떨어진 곳에 항구 도시가 있음을 알게 됐다. 크고 작은 배들이 접안해 있고 하얀 돌로 만든 건물들이 밀집해 있었다. 얼핏 보기에도 꽤 규모가 있는 도시였다. 봉근의 가슴속에는 저곳에서 배를 타고 먼 곳으로 나가고 싶다는 열망이 일렁거렸다. 어느새 그는 짧은 다리로 하얀 건물들이 모여 있는 항구 도시를 향해 달음질하고 있었다.

도시에 들어서자 잘 정비된 도로와 예쁘게 지은 돌집들이 눈에 들어왔다. 사람들은 모두 키가 크고 아름다웠으며 친절하고 웃음이 많았다. 봉근이 두리번거리며 거리를 구경하자 줄무늬 셔츠를 입은 남자애가 모자를 벗으며 인사했다.

"쉐르부에 잘 오셨습니다!"

그는 소년의 인사를 받고서야 도시의 이름이 쉐르부라는 것을 알았다. 봉근은 그림처럼 아름다운 거리를 구경하며 항구 쪽으로 향했다. 이날 출발하는 배가 있으면 냉큼 잡아타고 어디로든 떠날 생각이었다. 항구 근처에는 술집과 여인숙이 무척 많았다. 봉근은 그중 '가메론스바' 라는 선술집을 골라서 안으로 들어갔다.

"어서 옵서! 이쪽으루 앉으십서!"

덩치가 산만한 선술집 주인이 큰 소리로 인사했다. 술집 안은 담배 연기가 자욱했는데 선원들과 신사들로 발 디딜 틈조차 없었다. 봉근은 주인이 안내한 테이블에 앉으며 술집 규모에 비해 손님 숫자가 좀 과하다고 생각했다.

"사람이 무척 많군. 오늘 무슨 행사라도 있수?"

주인은 눈을 동그랗게 뜨고는 의외라는 듯이 반문했다.

"모르셨어요? 오늘이 바로 초대형 범선 레오나르 호(號)가 출범하는 날이에요. 이 사람들은 그 배에 오를 사람들이구요."

"초대형 범선이라… 도대체 얼마나 크기에 그러슈?"

주인은 봉근의 질문의 무척 재밌다는 듯이 껄껄 웃은 뒤에 친절하게 설명해 주었다.

"승무원이 700명에 승객이 1,500명이나 된다면 짐작이나 하시겠습니까? 범선 내부에는 초호화 객실과 연회장이 갖추어져 있고 당구장과 사우나 시설까지 되어 있답니다. 아참, 갑판 위에는 테니스 코트도 있답니다. 굉장하지요?"

"음, 크긴 크구나. 한번 타보고 싶은걸."

"아쉽지만 포기하세요. 레오나르 호는 오늘이 처녀 출항이라 벌써 오래전에 승선 티켓이 매진됐다구요. 배는 이곳 쉐르부를 출발해 로두스 섬을 경유한 다음 마르체고비나로 갈 거예요."

"쩝, 매진됐다면 할 수 없지. 근데 오늘 출발하는 다른 여객선은 없수?"

"안됐지만 이번 달에는 없습니다. 여기 있는 배들은 거의 고기 잡는 어선들이에요. 다음 달 중순까지 기다리면 마르고라는 작은 범선이 들어오긴 한답니다."

봉근은 낭패감을 느꼈다. 당장 이곳을 떠나 먼 나라로 여행을 떠나려던 그의 계획에 차질이 생겼다. 주인의 말대로라면 이 항구에서 한 달 이상을 보내야 한다. 차라리 말을 구해서 해안가를 따라 길을 떠나

볼까 하는 생각도 들었다.

주인이 내온 럼주를 마시며 골똘히 생각에 잠겼던 봉근은 왁자지껄 하는 소리에 고개를 들었다.

건장한 사내 두 명이 팔씨름을 하고 있었다. 한 사람은 털투성이 얼굴에 굵은 팔뚝을 가진 뱃사람이고 또 한쪽은 얼굴이 검게 그을린 농부였다. 뱃사람의 뒤쪽으로는 다른 동료 선원들이 병풍처럼 둘러섰고 농부의 뒤쪽으로는 역시 다른 농사꾼들이 둘러서서 자기 편을 응원했다. 양쪽 모두 힘이 좋게 생겼으나 뱃사람이 좀 더 팔이 굵고 억세 보였다. 봉근의 예상대로 승리는 뱃사람에게 돌아갔다. 땀을 삐질삐질 흘리며 용을 쓰던 농부는 뱃사람이 힘을 주며 팔을 틀자 비명을 지르며 옆으로 넘어졌다. 승부가 결정나자 뱃사람은 테이블 위에 쌓여 있던 금화 여러 닢을 자신이 주머니에 쓸어 담았다. 내기 팔씨름이었다.

"음하하하! 또다시 나의 승리다! 덤빌 놈은 얼마든지 덤벼! 단 주머니가 두둑해야 할 게야!"

뱃사람이 한창 호기를 부리고 있는데 머리가 크고 수족이 짧은 남자가 얼른 의자에 앉았다.

"어이, 형씨! 나랑 합시다! 난 대한민국 열혈청년 추봉근이오!"

봉근은 주머니에 남아 있던 마지막 금화 한 닢을 테이블 위에 올려놓았다.

"음하하하! 머리 큰 양반, 용기 한번 가상하시군! 좋소! 붙어봅시다!"

뱃사람의 털투성이 손과 봉근의 솥뚜껑 같은 손이 맞잡고 힘을 쓰기 시작했다. 두 사람은 끄응끄응 하는 신음 소리를 내며 팔뚝을 자신의 안쪽으로 넘기기 위해 안간힘을 다했다. 선원들의 고함 소리가 점점 커지고 있었다. 봉근의 힘이 만만치 않다는 걸 깨달은 구경꾼들이 점차 봉근을 응원하기 시작했다.

"이겨라! 큰머리! 이겨라! 큰머리!"

봉근은 구경꾼들의 응원에 힘입어 단숨에 뱃사람의 손목을 꺾었다. 뱃사람의 손등이 요란한 소리를 내며 탁자에 부딪치는 순간 구경꾼들은 만세를 부르며 열광했다.

"큰머리! 큰머리! 큰머리!"

"아우~ 아우우우우~ 아우우우우~"

봉근도 팬들의 환호에 가슴을 두드리며 괴성으로 답했다.

"한 판 더 합시다!"

뜻밖의 상대에게 패한 뱃사람은 골이 단단히 나 있었다. 그는 자신이 지금까지 땄던 금화를 모두 걸었다. 하지만 봉근이 가진 것은 금화 두 닢이 전부였다.

"이보슈, 난 가진 게 이게 전부요."

봉근이 금화 두 닢을 내보이며 어깨를 으쓱하자 뱃사람은 악의에 찬 웃음을 지으며 말했다.

"좋소! 당신은 금화 두 닢만 거시오! 당신이 이긴다면 내가 가진 금화를 모두 다 주겠소! 그 대신… 흐흐흐……."

그는 한참 동안 음흉한 웃음을 흘린 뒤에 소름 끼치는 목소리로 말했다.

"만일에 당신이 진다면… 당신의 팔목을 부러뜨리겠소. 다시는 팔씨름을 못하도록. 으흐흐흐……."

뱃사람의 비열한 제안에 지켜보던 구경꾼들이 야유를 보냈다. 하지만 열혈청년 추봉근은 전혀 개의치 않고 그의 제안을 쾌히 수락했다.

"좋수다! 몸으로 때우는 건 대한민국 열혈청년들의 특기라오!"

뱃사람의 손바닥과 추봉근의 손바닥이 철썩 하는 소리를 내며 붙었다. 뱃사람은 추봉근을 손이 부서져라 움켜쥐었다. 갑판 위에서 굵은 밧줄을 당기며 단련된 그의 손아귀 힘은 돌도 가루로 만들 정도로 셌다. 하지만 봉근은 전혀 아픈 표정이 아니었다. 뱃사람은 손가락을 위로 옮겨 잡으면서 손목을 꺾으려 했다.

"에잇!"

그는 봉근의 손목이 꺾어지지 쉬운 각도로 온 힘을 주었다. 보통 사람 같으면 아이구야 하는 소리를 내지르며 몸이 기울어지고 말 텐데 봉근의 팔뚝은 튼튼한 참나무처럼 꿈쩍도 하지 않았다. 뱃사람은 덜컥 겁이 났다.

'으으… 이게 인간이냐? 이렇게 강한 놈은 처음이군.'

봉근의 반격이 시작됐다. 얼굴이 부들부들 떨리더니 폭발적인 힘을 내뿜으며 손목을 꺾었다.

"아우우우우— 간다아아앗~!"

"으갸갸갹!"

번개처럼 내려가는 두 사람의 팔뚝. 테이블은 우지끈 소리를 내며 부서졌다. 구경꾼들은 환호성을 울리고 뱃사람은 손목을 잡고 뒹굴었다. 봉근은 의기양양한 표정으로 금화들을 쓸어 담았다. 기세가 오른 봉근은 내기 팔씨름을 몇 판 더 하고 싶었으나 감히 도전하는 자가 없어 그만두었다.

봉근이 팔씨름으로 딴 돈으로 맛있는 고기 요리를 시켜서 먹고 있는데 푸른색 제복을 입은 허연 수염의 남자가 봉근에게 다가왔다. 그는 식사 중인 봉근의 맞은편에 앉더니 인사를 건넸다.

“안녕하시오. 난 레오나르 호의 선장 가르곤이라 하오. 정말 멋진 팔씨름 시합이었소.”

“쩝쩝… 안녕하세요. 꼭 뭐 먹을 때 누가 나타난다니까. 쩝쩝… 난 볼컨이라고 해요. 아구아구… 원래 이름은 봉근인데… 쩝쩝… 제대로 발음하는 사람은 아직 못 봤어요.”

“볼컨, 당신의 힘과 용기에 걸맞는 이름이로군. 초대형 범선 레오나르 호의 선장으로서 당신에게 기막힌 제안을 하나 하고 싶은데, 괜찮겠소?”

“뭔데요? 쩝쩝… 밥 먹는 중이니 간단하게 말씀해 주세요. 쩝쩝…….”

“좋소. 그럼 단도직입적으로 이야기하겠소. 난 당신을 우리 배의 승무원으로 채용하고 싶소.”

봉근은 순간 목이 메어 물컵을 찾았다. 선장은 물잔을 그의 손에 쥐어주며 빙그레 웃었다. 고깃점이 목에 걸려 컥컥거리던 봉근은 물을 벌컥벌컥 들이킨 뒤 선장에게 반문했다.

“날 승무원으로 쓰겠다고요?”

“그렇소. 우리 레오나르 호에는 힘센 선원들이 많이 필요하지. 엄청나게 무겁고 굵은 밧줄들을 힘들이지 않고 이리저리 당기고 조절할 수 있는 강한 선원 말이오. 난 당신이 적격이라고 생각하오. 마침 갑판원 자리가 많이 비었으니 당신이 와줬으면 좋겠소. 그리고 당신은 내가 특별히 채용하는 사람이니 보수는 두둑히 지급하리다.”

“좋지요! 마침 배를 타고 멀리 떠나려던 참이었는데!”

봉근은 덥석 선장의 손을 잡고 아래위로 세차게 흔들었다. 이렇게 해서 봉근은 표 없이도 레오나르 호에 승선할 수 있었다. 그는 가이센 왕국 역사 이래 인간이 만들었던 가장 큰 배에 승선하게 된 것이다. 그는 마냥 기뻐하고만 있었다. 앞으로 벌어질 파란만장한 사태들에 대해서는 전혀 예측하지 못한 채.

레오나르 호는 눈처럼 하얀 돛을 매단 커다란 범선이었다. 갑판 아래로는 5층까지 객실과 식당 등이 들어서 있고 갑판 위에는 수영장과 테니스 코트가 있었으며 창고에는 다섯 달 동안 항구에 들르지 않아도 될 만큼 충분한 식량이 있었다. 부두에는 깨알같이 많은 사람들이 모여 출범하는 레오나르 호를 환송하고 있었다. 그들은 배 위에 타고 있는 자신들의 부모 형제에게, 친구에게, 연인에게, 또는 남편에게 손을 흔들고 있었다. 그러나 배 위에서 홀로 쓸쓸히 바닷바람을 맞고 있는 봉근에게는 아무도 없었다. 그저 갈매기 한 마리가 지나가며 끼룩 하고 인사할 뿐. 하지만 방랑과 모험 속에 살아온 열혈청년 추봉근에게 고독은 좋은 친구였다. 그는 소금기 가득한 공기를 폐부 가득히 들이마시며 기지개를 켰다.

"아우~ 좋다!"

기지개를 켜면서 기분 좋게 소리를 지르는 봉근에게 덩치 큰 선원 한 명이 다가왔다.

"이봐, 자네가 볼컨인가?"

"그런데요?"

"난 갑판장이다! 게으름 피우지 말고 저기 밧줄 나르는 걸 도와줘! 어서!"

"알았어요. 쩝……."

봉근은 궁시렁거리며 밧줄을 나르기 시작했다. 급료를 받기로 하고 승선한 것이니 약속한 노동은 해야 했다. 밧줄은 쇳덩이처럼 무거웠으나 힘이 좋은 봉근은 번쩍번쩍 들어서 후딱후딱 날랐다. 그가 일하는 모습을 지켜보던 갑판장은 만족스러운 웃음을 지으며 부갑판장에게 말했다.

"신참내기가 제법인걸. 혼자서 네 사람 몫을 하고 있어."

"선장님이 두 배로 임금을 준다고 했지만 결국 남는 장사죠. 저렇게 힘센 놈은 처음 봐요."

"음… 그렇게 남는 장사라고는 할 수 없어. 저 녀석, 아까 식당에서 보니까 육 인분에서 칠 인분을 먹더라구."

"허억, 그래요?"

밧줄 나르기가 끝나고 다른 선원들은 갑판 청소를 했지만 월등히 일을 많이 했던 봉근은 특별히 휴식을 허락받았다. 그는 배의 난간에 기대어 아득한 수평선을 감상했다. 시원한 바닷바람이 귓가를 스쳤다.

"까아악! 내려와, 이년아!"

"싫어요!"

봉근은 날카로운 여자들의 악다구니에 고개를 돌렸다. 머리를 치렁치렁하게 기른 젊은 여자가 난간 밖에 서서 자살을 기도하려고 했다. 난간 안에서는 그녀의 모친으로 보이는 늙은 여자가 비명에 가까운 만류를 하고 있었다. 젊은 여자는 그다지 미인이라고는 할 수 없었다. 하지만 얼굴에 통통하게 살이 오른 것이 제법 돈 많은 귀족티가 흘렀다. 봉근은 난간에 매달려 위태로운 포즈를 취하고 있는 여자에게 다가섰다.

"아가씨, 왜 그래요? 왜 죽으려고 하죠?"

그녀는 눈물을 글썽이며 봉근에게 호소했다.

"흑흑… 제 이름은 루즈예요. 몰락한 귀족 집안의 딸이죠. 우리 엄마는 나를 돈 많은 영감에게 시집보내려고 해요. 얼굴에 주름이 쭈글쭈글한 노인에게 시집가래요!"

그러자 루즈의 모친으로 보이는 여자가 앙칼지게 외쳤다.

"이년아! 그 영감탱이가 백년만년 살 것 같니? 좀 살다 뒈지면 그 재산 다 네 건데 왜 싫다는 거야?! 딸년 덕에 나도 말년에 호강 좀 해보겠다는데 네가 왜 이렇게 고집을 부려!"

"아, 싫다는데 왜 자꾸 그래! 그렇게 돈이 좋으면 엄마가 그 영감이랑 같이 살면 될 거 아냐!"

"이년아! 내가 십 년만 젊었어도 너한테 양보 안 해, 이 미련한 것아!"

모녀 간의 험악한 대화를 경청한 봉근은 대충 상황을 짐작했다. 이제 젊은 여자의 목숨을 구할 차례였다. 봉근은 여자가 붙잡고 서 있는 난간을 꾸욱 잡고 그녀에게 말했다.

"아가씨! 꼭 잡아요!"

"네?"

"꼬옥 잡으라구요! 으라라라라차차차!"

"꺄아아아악!"

그야말로 괴력(怪力)이었다. 봉근은 여인이 붙잡은 난간을 통째로 뜯어서 갑판 위로 던졌다. 여자는 난간을 잡고 날아가 바닥에 머리를 부딪쳤다.

"우웨엑……."

쇼크를 받은 여자가 갑판 위에 점식에 먹은 에그와 햄을 게워놓고 있었다. 봉근은 여자에게 다가가 솥뚜껑 같은 손으로 등을 두들겨 주었다. 여자의 모친이 다가와 그녀의 손을 잡아끌며 봉근에게 눈을 흘겼다.

"야, 이 무식한 새꺄! 네가 하마터면 우리 집 살림 밑천 거덜낼 뻔했어! 또 한 번 우리 딸년 건드리면 죽어! 알았냐?"

"쩝, 거참, 입이 험한 아줌마일세."

그는 선실 안으로 사라져 가는 두 모녀의 뒷모습을 떨떠름한 얼굴로 지켜보았다. 봉근은 자신이 그 모녀와 다시 인연을 맺게 되리라고는 생각지도 못했다.

레오나르 호의 선원 생활은 잡일과 힘든 노역의 연속이었다. 반나절 동안 무거운 밧줄 나르기를 한 봉근은 오후 늦게부터는 감자 깎고 양파 다듬는 일을 하고 있었다. 주방에서 일하는 승무원들이 따로 있었지만 봉근은 임금을 많이 받는다는 이유로 여러 가지 일을 해야 했다. 그는 열심히 감자 껍질을 벗기다 주방까지 찾아온 갑판장의 말을 듣고 놀랐다.

"네? 제가 저녁 만찬에 초대받았다구요?"

"그래, 내로라하는 대부호인 칼 허걱~ 백작께서 널 친히 저녁 식사에 초대하셨다니깐."

"칼 허걱~ 이라구요? 난 모르는 사람인데?"

"허걱~ 그 유명한 갑부 칼 허걱~ 백작을 모른단 말이야?"

"네, 근데 왜 그 사람이 날 초대한 거죠?"

"자네가 낮에 루즈라는 여인을 구해줬다지? 칼 허걱~ 백작이 바로 루즈의 약혼자라구!"

"허걱……."

그리하여 봉근은 갑판장이 구해온 턱시도와 나비넥타이를 차려입고 저녁 만찬이 열리는 연회장으로 향했다. 1등석 손님들만 참석할 수 있는 연회장은 봉근 같은 평민들이 모여 있는 3등칸 파티 장소와는 격이 달랐다. 모두 고급스러운 예복을 차려입고 우아한 표정으로 조용조용히 대화를 나누고 있었다. 다만 루즈의 모친만이 도살당하는 암탉처럼 듣기 싫은 목소리를 내고 있었다.

"아이구야! 저기 우리 딸을 구해준 무식한 총각이 왔네그랴! 백작님, 백작님이 초대하셨으니 저두 친절해야겠지만 난 저 무식하고 괴상한 총각이 싫어요!"

칼 허걱~ 백작으로 보이는 나이 많은 노인이 봉근에게 자리를 권했다.

"험험… 어서 자리에 드시오, 볼컨."

"쩝, 그럼 앉겠습니다."

공교롭게도 봉근의 자리는 루즈의 옆자리였다. 루즈는 봉근과 눈이 마주치자 윙크를 하며 배시시 웃었다. 봉근도 기분이 나쁘지는 않은 듯 씨익 하고 웃어주었다. 칼 허걱~ 백작은 예의 바른 귀족이기는 했으나 나이가 많아 정신이 오락가락하는 노인이었다.

"볼컨, 당신이 우리 루즈가 약 먹은 걸 토하게 했다지? 잘했소."

"아이구야! 그게 아니구 저 무식한 총각이 난간을 뜯어서 집어 던졌다니까요! 루즈, 저년이 바다에 뛰어들려고 했다구요!"

루즈의 모친이 답답한지 참견을 했다.

"엥? 루즈가 바다에서 누드 사진을 찍었다구?"

"그게 아니라 바다에 뛰어들어 죽으려 했다구요!"

"엥? 루즈가 아니라 정 양이 그랬다구? 난 정 양도 좋아요."

"아이구야! 답답해!"

백작과 모친의 대화를 듣고 킥킥대는 루즈는 줄곧 봉근을 향해 장난스런 웃음을 지어 보였다. 봉근도 테이블 밑에서 루즈의 통통한 손을 주물럭거리며 서로의 감정을 확인했다. 연회장에 부드러운 무곡이 흘러나오자 신사 숙녀들은 하나둘 홀 중앙으로 나와 춤을 추기 시작했다. 루즈는 봉근의 두꺼운 팔뚝을 잡아끌며 말했다.

"볼컨 씨, 우리 춤춰요."

"춤이요? 내가 출 줄 아는 건 딱 하나뿐인데……."

홀 가운데로 나온 봉근은 자신이 알고 있는 스텝을 밟고 있었다. 그녀는 처음에는 어리둥절했으나 이내 봉근의 춤에 익숙해졌다. 왈츠와 비슷한 댄스를 즐기던 신사 숙녀들은 봉근과 루즈의 춤을 보고 호기심 어린 얼굴로 쳐다보았다. 루즈도 궁금해져서 그에게 물었다.

"볼컨, 이건 무슨 춤이죠? 당기고 돌아가고, 틀어주고……. 정말 재밌는 춤이에요."

"하하… 이게 바로 지루박이에요. 진진이 녀석이 좋아하는 춤이죠."

"진진? 그게 누구죠?"

"음, 제가 아는 둔갑팬더에요."

"둔갑… 팬더? 당신은 참 이상한 걸 많이 알고 있군요. 신비스러운 사람이에요, 당신은……."

"신비스럽다구요? 그런 말 처음 들어봅니다."

봉근의 가슴속에서 무언가 따뜻한 기운이 일기 시작했다. 가만히 뜯어보니 루즈는 통통하고 귀여운 여인이었다. 늙고 노망난 노인네에게 주기에는 너무나도 아까운 여자였다. 봉근은 두꺼운 팔로 루즈의 허리를 감았다. 루즈는 붉은 입술을 가만히 봉근의 귀에 가져다 댔다.

"오늘 밤 제 방으로 오세요……."

봉근과 루즈의 춤추는 모습을 감상하던 칼 허걱~ 백작은 루즈의 모친에게 말했다.

"사돈 양반이 춤을 잘 추시는구랴."

"아이구야! 저 사람은 허걱 백작님 사돈이 아니에요! 볼컨이라는 떠돌이 비렁뱅이 총각이라구요!"

"엥? 볼컨이 총각 딱지를 뗐다구? 거참, 잘된 일이야. 잘된 일이로고……."

"아이구야, 답답해!"

봉근과 루즈의 사이가 심상치 않음을 눈치 챈 루즈의 모친은 날카로운 눈매로 봉근을 노려보고 있었다. 만일 봉근이 다 된 밥에 재를 뿌리기라도 한다면 용서치 않을 기세였다. 한참 동안 지루박 스텝을 밟던 루즈는 봉근의 귀에 대고 말했다.

"볼컨, 우리 답답한데 시원한 바닷바람 쐬러 갑판으로 나가요."

"그럴까……?"

갑판 위로 올라온 루즈는 봉근을 이끌고 뱃머리로 나아갔다. 그녀의 손에는 젖은 속옷 두 장이 들려 있었다. 뱃머리 난간에 배를 기대고 선 루즈는 정면에서 불어오는 바람을 향해 양팔을 벌렸다. 양손에는 여성용 팬티가 한 장씩 휘날리고 있었다. 봉근이 의아한 얼굴로 물었다.

"루즈, 지금 뭐 하는 거죠?"

“보면 몰라요? 빨래 말리는 거예요! 이렇게 하면 젖은 빨래가 금방 말라요!”

“아, 그래요? 거참, 기발한 생각이네요.”

“볼컨, 팔이 저려요! 와서 좀 잡아주세요.”

“알았어요.”

봉근은 루즈의 등 뒤로 다가가서 그녀의 팔을 받쳐 주었다. 뱃머리에서 함께 바람을 맞으며 양팔을 벌리고 선 두 남녀는 그렇게 빨래를 말렸다. 붉은 석양이 두 사람을 아름답게 비추고 있었다.

저녁 만찬이 끝나고도 오랜 시간이 지난 깊은 밤이었다. 머리가 큰 총각 한 명이 1등석 객실로 소리없이 숨어들었다. 봉근을 기다리고 있던 루즈는 반갑게 그의 품에 안겼다.

“볼컨, 기다리고 있었어요.”

“루즈, 아무래도 그대를 사랑하는가 보오. 내 가슴은 점화된 번개탄처럼 타오르고 있소. 이 뜨거운 가슴, 북한산 인수봉이라도 녹여 버리겠소!”

“볼컨, 당신의 수사법은 너무 어려워 무슨 소린지 하나도 모르겠어요. 번지르르한 말보다는 당신의 사랑을 증명할 만한 선물부터 내놔봐요.”

“선물이라…….”

그는 일순 당황했다. 귀족들 간에는 사소한 일이라도 작은 선물을 교환하는 것이 관례였지만 봉근은 그걸 모르고 있었다. 뭔가 줄 것이 없을까 하고 주머니를 뒤지던 봉근은 손끝에 느껴지는 차가운 금속의 감촉에 속으로 쾌재를 불렀다. 티파노의 반지였다. 마법사 간보도는 봉근에게 결혼반지를 돌려주며 모레아에게 돌아가도록 종용했던 것이다. 그는 반지를 꺼내어 루즈의 손에 쥐어주었다.

"루즈, 이걸 당신에게 사랑의 증표로 주겠소."

루즈의 얼굴에 환한 미소가 떠올랐다.

"어머나! 이건 티파노의 반지! 이 값비싼 반지를……."

루즈는 감격에 겨워 잠시 할 말을 잃었다. 그러나 이내 이성을 되찾은 루즈는 차가운 얼굴로 봉근에게 물었다.

"진품인가요?"

"무, 물론! 로이렌의 영주에게서 받은 선물이오."

"어디, 확인해 봐야지."

루즈는 반지를 벽난로의 불꽃 속에 집어 던졌다. 진품 여부를 확인하려는 것이다. 잠시 후 부지깽이로 집어낸 반지에는 요정의 문자가 떠올랐다.

모든 반지를 지배하고 모든 반지보다 비싼 것은 명품 반지.
모든 반지를 불러 모아 창고 속에 가둬 버리는 것은 명품 반지.
비싼 것만 살아 숨 쉬는 백화점에서.

루즈의 얼굴에 회심의 미소가 떠올랐다.

"진품이군요. 고마워요, 볼컨."

봉근은 안도의 한숨을 내쉬었다. 루즈는 반지를 약지에 끼워보았다. 헐거웠다. 봉근의 두꺼운 손가락에 맞추었던 반지가 루즈의 작은 손에 맞을 리가 없었다.

"근데 너무 크군요."

"음… 엄지에 끼워보는 게 어떻겠소?"

"반지를 엄지에 끼우는 사람이 어딨어요!"

루즈는 팩 하고 핀잔을 주고는 반지의 용도를 곰곰히 생각해 보았다. 그녀는 갑자기 자신의 은목걸이를 풀었다. 그리고 목걸이에 반지를 끼워서 다시 자신의 목에 둘렀다. 그녀의 얼굴에 다시 미소가 떠올랐다.

"볼컨, 나 이걸 티파노의 목걸이라고 부를래요. 언제까지고 이 목걸이를 하고 있을 거예요."

"음, 반지가 당신의 하얀 목덜미에서 빛나고 있으니 무척 아름답구료."

그녀는 봉근의 손을 잡고 부드러운 목소리로 속삭였다.

"볼컨, 이 목걸이를 하고 있는 나를 모델로 해서 그림을 그려주세요."

"그림?"

"네, 이 목걸이 외에는 아무것도 입지 않겠어요."

"그, 그럼 지금 누드 모델이 되어주겠다는 말이오?"

"네……."

그녀는 말을 마치자마자 블라우스의 단추를 끌렀다.

"오옷… 자, 잠깐……."

봉근은 당황해서 그녀를 말리려 했으나 이미 루즈는 속옷까지 모두 던져 버리고 나신이 되어 있었다. 그녀의 하얗고 포동포동한 피부 위에는 은빛 목걸이와 티파노의 반지만이 반짝반짝 빛나고 있었다. 봉근은 할 수 없이 목탄을 집어 들고 스케치를 시작했다. 얼굴이 화끈거리고 가슴이 두근거려 제대로 손을 가눌 수 없었지만 혼신의 힘을 다해 그림을 그렸다. 그러나 예술이란 그렇게 한순간에 완성되는 것이 아니다.

"이게 뭐예요?"

루즈는 봉근이 그린 누드화를 붙들고 분통을 터뜨렸다. 그건 딱히 누드화라고 칭할 수도 없었다. 봉근이 그린 루즈의 모습은 둥그런 원에 작대기 몇 개가 가지처럼 뻗어 있는 기하학적 형태의 인간이었다. 로즈는 봉근의 따귀를 올려붙였다.

"발가벗고 포즈 잡아주니깐 기껏 졸라맨을 그려놔?! 죽을래!"

"아우, 여기까지가 내 아트(Art)의 한계야."

"네 그림이 아트면 마시마로는 구겐하임에 걸리겠다."

한참을 씩씩거리던 루즈는 뭔가 좋은 생각이 떠오른 듯 손가락을 딱 하고 부딪쳤다.

"그래, 그 친구를 부르면 되겠어."

그녀는 대충 가운을 걸쳐 입고 복도로 뛰쳐나갔다. 봉근은 얼얼한 뺨을 어루만지며 자신의 부족한 예술적 능력을 한탄하고 있었다. 잠시 후 그녀는 금발의 미소년을 데리고 들어왔다.

"볼컨, 인사해요. 이 사람은 3등석에 타고 있는 무명 화가 재크예요."

"쩝, 안녕하슈."

"재크는 우리의 사정을 듣고는 자신이 누드화를 그려주겠다고 약속했어요. 미술의 본고장인 빠리바게뜨에서 빵을 구웠으니 그림도 곧잘 그릴 거예요."

화가 지망생 재크는 부지런히 목탄을 움직이고 있었다. 손은 민첩하게 움직이고 눈은 진지하게 빛났으나 가슴속에서는 구역질이 올라왔다. 다이어트가 필요한 여성 루즈의 투실투실한 몸매는 그런 대로 봐줄 만했다. 그러나 엄청나게 큰 머리와 울룩불룩 멋대로 튀어나온 근육을 가진 볼컨의 육체를 그리는 것은 정말 고역이었다. 거기다가 벌거벗은 두 남녀는 매우 다정스러운 포즈를 취하고 있었다.

'우욱, 돈 받고 하는 일이니 해준다만은… 정말 짜증나는군. 요즘 애정의 증표로 커플 누드화를 그리는 사람들이 많다더니… 정말 엽기적인 세태야. 우욱!'

두 시간 정도의 시간이 흐르자 그림이 완성되었다. 루즈는 재크가 넘겨준 목탄화를 보고 만족스러운 미소를 지었다. 가난한 무명 화가 재크의 손바닥에 금화 두 닢이 짤랑거리며 떨어졌다. 재크는 금화를 받자마자 부리나케 자리를 떴다. 루즈는 그림을 펼쳐 들고 봉근의 어깨에 기댔다.

"볼컨, 사랑해요……."

"으음… 나두, 루즈……."

두 사람의 사랑은 뜨겁게 타오르고 있었다. 그러나 두 사람의 격정적인 사랑은 결실을 맺기도 전에 비참한 종말을 맺게 된다.

바다 속에 사는 드래곤 아크로니아는 요즘 변비에 걸려 고생하고 있었다. 고래, 상어, 다랑어 등 큰 물고기들만 잡아먹고 사는 아크로니아는 한번 거하게 식사를 한 뒤에는 위에 영양분을 저장해 몇 달이고 굶는 게 다반사였는데 이런 좋지 못한 식습관이 변비를 불러왔다. 아크로니아는 지금 바위에서만 자라는 '세나' 라는 독초를 뜯어먹는 중이었다. 세나는 작은 물고기들이 먹으면 10초 이내에 즉사하는 맹독의

해조류지만 드래곤이 먹으면 연동운동을 촉진시켜 변비를 풀어주는 효과가 있다.

우욱… 크르르…….

아크로니아는 세나를 뜯어먹자마자 아랫배에서 신호가 왔다. 창자가 뒤틀리는 듯이 아팠다. 그는 거대한 꼬리를 올리고 끙차~ 힘을 주었다. 바위처럼 단단한 드래곤의 변(便)이 튀어나왔다. 물보다 비중이 작은 드래곤의 경변(硬便)은 수면 위로 부상하기 시작했다. 변비에 걸린 해룡(海龍)이 배출한 딱딱한 변은 바다 위를 떠다니며 항해 중인 배들을 위협하는 변산(便山)이 된다. 이는 배를 타는 선원이라면 누구나가 알고 있는 상식이다.

초대형 범선 레오나르 호는 화려한 불빛을 뿜어내며 고요한 밤바다를 미끄러지듯 순항 중이었다. 마스트에서 경계를 보던 승무원은 레오나르 호의 앞길을 막고 있는 검은 그림자를 발견하고는 얼굴이 파랗게 질렸다.

"설마……."

그는 미간을 잔뜩 찌푸렸다. 어둠 속에서 멀리 떨어져 있는 물체를 식별하기는 쉽지가 않았다. 하지만 가까이 다가갈수록 검은 그림자의 형체는 더욱 뚜렷해졌고 똥 냄새는 코를 찔렀다.

"변… 산……."

승무원은 항해사와 직통으로 연결된 파이프에 대고 고함을 질렀다.

"변산이다! 드래곤의 변산이다! 배를 왼쪽으로 돌려! 어서!"

조타수는 깜짝 놀라 급하게 키를 돌렸다. 거대한 범선이 왼쪽으로 기우뚱하며 변산을 피해 가려 했다. 그러나 레오나르 호는 너무나도 크고 빨랐다. 정면충돌은 가까스로 피했으나 딱딱한 변산의 밑둥은 배의 옆구리를 사정없이 찢어놓았다.

난간에 기대어 루즈와 함께 밤바다를 즐기던 봉근은 난데없이 머리 위로 떨어지는 똥 덩어리에 기분을 잡쳤다.

"우와! 똥 냄새! 뭐야, 이거!"

"어머나! 변산하고 충돌했나 봐! 큰일이네!"

"변산? 그게 뭐지?"

"음, 아주 더럽고 위험한 거예요. 항해 중 변산과 충돌한다는 건 바다 위에서 만날 수 있는 최악의 재난이죠."

루즈의 말처럼 레오나르 호는 최악의 상황에 처해 있었다. 레오나르 호의 선장과 이야기 중인 배의 설계자 게오르달 씨의 얼굴에는 절망과 두려움, 낭패감이 교차되고 있었다. 인간과 요정의 피가 반반씩 섞인 게오르달 씨는 명석하고 침착한 사람이었지만 현재 벌어지고 있는 사태에 대해서는 아무런 대안도 제시하지 못했다. 게오르달의 이야기를 다 듣고 난 선장 가르곤은 경악했다.

"게오르달 선생, 그럼 배가 침몰한다는 말씀입니까? 절대로 가라앉지 않는다는 이 레오나르 호가?"

"그렇습니다. 밑 부분에 차례로 바닷물이 들어오면 결국 가라앉고 말 겁니다."

"믿어지지가 않는군요. 겨우 똥에 부딪쳐 침몰한다니……."

"서둘러야 합니다. 레오나르 호가 완전히 침몰하기까지 길어야 두 시간입니다."

가르곤 선장의 얼굴에 절망과 체념의 빛이 가득했다.

배가 가라앉는다는 소문은 삽시간에 승객들 사이에 퍼졌다. 커다란 혼란이 발생했다. 전체 승선자는 2,200명에 달했지만 구명 보트의 정원은 700명도 채 안 되었다. 1,500명가량이 수장되어야 할 판이었다. 객실마다 사람들이 뛰어나와 '침몰한다' 고 외치고 다녔다. 갑판 위에서는 사람들이 서로 보트에 타기 위해 밀치고 잡아당기며 실랑이를 벌였다. 갑판장은 허리춤에서 긴 칼을 빼내어 머리 위로 휘두르며 소리쳤다.

"질서를 지키세요, 질서를! 새치기하는 자는 목을 베겠소!"

그러나 갑판장의 말에 귀를 기울이는 자는 아무도 없었다. 한꺼번에 너무 많은 인원이 올라타는 바람에 구명 보트의 줄이 끊어져 수십 명의 승객들이 차가운 바닷물 속으로 떨어졌다. 한편 봉근과 루즈도 살 길을 찾기 위해 이리저리 뛰어다니며 몇 대 안 되는 보트에 올라타려 했으나 번번히 거절당하거나 뒤로 밀렸다. 레오나르 호는 아랫부분에 물이 차 올라오면서 점차 앞쪽으로 기울고 있었다. 다급해진 봉근은 루즈에게 잠시 기다리라고 이른 뒤 갑판장을 찾아갔다. 예상대로 갑판장은 뇌물을 요구했다. 그는 이런 절박한 상황에서도 재물을 밝힐 정도로 탐욕이 대단했다. 봉근은 루즈에게 헐레벌떡 뛰어와 손을 내밀었다.

"루즈, 목에 건 피타노의 반지를 줘봐요!"

"네? 왜요?"

루즈는 반지를 꼭 잡고 몸을 잔뜩 움츠렸다. 그녀는 모든 여성들이 꿈꾸는 귀한 반지를 돌려주고 싶지 않았다. 왠지 다시 넘겨주면 그 아름다운 반지를 영영 보지 못할 것 같았다.

"갑판장이 뇌물을 주면 보트에 태워주기로 했소. 당장 가진 돈이 없으니 그 티파노의 반지를 넘겨주고 보트에 탑시다!"

"싫어요! 이 반지는 내 거예요! 아무에게도 줄 수 없어요!"

봉근은 기가 막혔다. 지금 목숨이 왔다 갔다 하는 판에 귀금속에 집착하는 여자의 마음을 이해할 수가 없었다.

"그깟 반지 여기서 살아 나가면 얼마든지 사줄게요! 어서 내놔요!"

"싫어! 안 줄 거야! 이건 내 거야! 당신, 이게 얼마나 구하기 힘든 건지 알기나 해! 이 세상에 몇 개 존재하지 않는다구!"

"아우~ 열받아! 어서 내놔, 이 고집 센 여자야! 살고 봐야 될 거 아냐!"

봉근은 강제로 그녀의 목에 걸린 반지를 빼내려 했다. 루즈는 빼앗기지 않기 위해 앙탈을 부렸다. 두 사람은 티파노의 반지가 걸려 있는 목걸이를 붙잡고 각자의 방향으로 있는 힘껏 잡아당겼다. 반지는 웬만한 충격과 열에는 손상되지 않을 만큼 튼튼한 금속으로 만들어져 있었으나 루즈의 목걸이는 그렇지 않았다. 봉근의 우악스러운 힘을 못 견딘 그녀의 목걸이는 맥없이 투둑 하고 끊어지고 말았다. 반지는 끊어진 목걸이에서 흘러나와 갑판 위를 데구르르 굴러갔다.

"우왁! 반지가 떨어졌다! 어서 잡아라!"

"꺄악! 내 반지!"

봉근과 루즈는 반지를 잡기 위해 몸을 날려 슬라이딩했으나 반지는 야속하게도 반짝하는 빛과 함께 망망대해의 심연 속으로 빠져버렸다. 봉근과 루즈는 억장이 무너지는 심정이었다.

"아우~ 이걸 어째!"

"어머나! 내 반지! 내 반지! 어떻게 해……."

루즈는 발을 동동 굴렀고 속 터지는 봉근은 머리를 갑판 위에 쿵쿵 찧고 있었다.

"아우~ 열받아! 아우~ 속 터져~"

감정이 폭발한 봉근은 갑판이 부서져라 박치기를 했다. 레오나르 호의 신속한 침몰에는 봉근의 박치기가 중요한 역할을 했다. 배의 앞머리부터 서서히 침몰하고 있던 레오나르 호는 배의 중앙 부분에 큰 부하가 걸려 있었다. 그러던 차에 봉근이 단단한 머리로 갑판에 충격을 가하자 갑판이 요란한 소리와 함께 금이 가기 시작했다.

쩍, 쩌적, 쩌저적!

갑판이 갈라지는 소리가 승객들을 더욱 공포 속으로 몰아넣었다.

"우악! 배가 부서진다!"

"갑판이 갈라진다!"

절대로 가라앉지 않을 거라던 초대형 범선 레오나르 호는 한심하게도 두 동강이 나고 말았다. 선수가 더욱 급격한 속도로 가라앉기 시작했다. 배의 뒷부분에 있었던 봉근과 루즈는 선미 쪽으로 기어오르기 시작했다. 배가 점점 수직으로 곧추서고 있었다. 배에 매달렸던 사람들이 비명을 지르며 낙하했다. 봉근과 루즈는 난간을 꽉 잡은 채 버티고 있었다. 수직으로 선 배는 더욱 빠른 속도로 바닷물에 잠기고 있었다. 봉근은 루즈에게 큰 소리로 외쳤다.

"숨을 크게 들이쉬어! 허파에 공기를 가득 넣어서 물 위로 떠오르는 거야!"

"걱정 마세요! 전 허파에 바람 든 여자예요!"

두 사람의 대화가 끝나기도 전에 차가운 바닷물이 그들을 삼켰다. 봉근과 루즈는 하얀 포말 속을 헤치며 수면 위로 머리를 내밀었다. 다행히도 문짝 하나가 둥둥 떠가고 있었다. 봉근은 루즈를 문짝으로 밀어 올렸다. 문짝은 꽤 넓었지만 살집 좋은 루즈와 머리가 무거운 봉근 두 사람을 태울 만큼 부력이 크지 않았다. 봉근은 할 수 없이 두 손으로 문짝을 붙잡고 간신히 바다 위에 떠 있었는데 루즈는 그에 대해 불만을 표시했다.

"볼컨, 당신 머리 무게 때문에 문짝이 자꾸 가라앉고 있잖아!"

"루즈, 당신 몸무게도 생각해야지."

"시끄러! 손 놔, 이 큰머리야!"

루즈는 뾰족한 하이힐 뒤축으로 봉근의 손등을 사정없이 내려쳤다.

"아야야!"

문짝을 놓친 봉근은 그대로 심연 속으로 사라져 갔다. 소리를 지르느라 허파에서 공기가 빠져나간 데다 유난히 크고 무거운 머리를 가진 봉근은 바다에 던져 넣은 쇠망치처럼 가라앉고 있었다. 루즈는 안도의 한숨을 내쉬며 문짝 위에 편안히 누웠다. 이런 참혹한 사태에도 아랑곳없이 밤하늘의 별들은 아름답고 고요하게 빛났다.

제2장 효녀 제인과 둔시 아빠

바다 속으로 가라앉고 있던 봉근은 산소 부족으로 고통스럽다 못해 정신이 혼미해지고 있었다. 수면에서 발버둥 치는 승객들의 모습은 사라진 지 오래였다. 의식이 점차 흐려지는 동안 '이게 죽는 건가' 하는 생각이 스치고 지나갔다. 밍밍의 얼굴이 떠올랐다.

'밍밍… 이제 곧 만날 수 있겠구나…….'

봉근은 자신의 죽음을 예상하고 마음을 편안히 가지려 애썼다. 몸은 천천히, 그러나 끊임없이 침강하고 있었다. 수압은 점차 강해졌고 그의 육체를 압박했다. 그는 눈을 감고 있었다. 더 이상 호흡을 참을 수 없어 숨을 들이쉬었다. 차가운 바닷물이 폐 속으로 들어왔다. 그러나 고통스럽지 않고 자연스럽게 들숨과 날숨이 되었다. 의식이 다시금 또렷해지고 몸이 편안해졌다.

'뭐지? 내가 죽은 건가?'

그는 천천히 눈을 떴다. 분명 바다 속인데 숨을 쉴 수 있었고 호흡에 전혀 불편함을 느끼지 못했다. 물론 코와 입을 통해 들어오고 나오는 것은 바닷물이었다.

"당신은 누구죠?"

봉근은 자신에게 들려오는 목소리에 깜짝 놀라 옆을 쳐다보았다. 인간을 닮았으나 결코 인간이라고 할 수 없는 생물이 물속에서 지느러미 같은 팔을 하늘거리며 봉근의 주위를 맴돌았다. 그 생물은 몸 전체가 녹색이고 머리는 생선대가리 같았으나 인간의 팔과 비슷하게 생긴 지느러미와 발이 없는 다리를 가지고 있었다.

"나, 나는 볼컨이라고 합니다. 당신은… 뭔가요? 물고기? 사람?"

"우리는 뮤단이라는 종족입니다. 당신 같은 인간들은 우리를 인어(人魚)라고 부르지요."

"인어라구요? 당신이?"

"네, 그렇습니다. 저는 인어입니다. 제 이름은 아에리아드라고 합니다."

봉근은 월트디즈니 만화와는 달리 인어가 무척 추한 모습이라고 생각했다.

"음, 근데 제가 어떻게 물속에서 숨을 쉴 수 있는 거죠? 정말 신기하네요."

"이곳은 용왕님이 살고 계시는 용궁입니다. 이곳에 채워진 물은 허파로도 숨을 쉴 수 있도록 용왕님이 마법을 써서 만드신 것이지요. 머리 위를 보세요."

봉근은 인어의 말에 고개를 들어 위를 쳐다보았다. 그리고 탄성을 질렀다. 거대하고 투명한 막이 용궁 내부를 외부로부터 차폐시키고 있었다. 재밌는 것은 막의 투과성이었는데 용궁 내부의 액체와 바닷물은 철저하게 분리되어 있었지만 물고기들은 자유롭게 막을 통과했다. 봉근도 저 투명한 막을 통과해 용궁으로 들어온 것이었다. 인어는 봉근의 주위를 맴돌며 지느러미 같은 다리를 흔들었다.

"저는 인간을 기다리고 있었습니다. 당신이 맞는지는 모르겠지만 일단 저를 따라오시지요."

인어는 봉근을 용궁 내부로 안내했다. 용궁은 다른 바다 속 밑바닥 풍경과 다를 것이 없었다. 산호들 사이로 작은 물고기들이 노닐고 해초들이 하늘거리며 춤을 추고 문어가 먹물을 뿜어댔다. 봉근은 물의 저항력 때문에 빨리 걸을 수는 없었으나 별 어려움 없이 인어를 따라갈 수 있었다. 처음에는 신기하고 아름다운 수중 세계에 넋을 잃었던 봉근이지만 똑같은 풍경이 계속되자 점차 따분해지기 시작했다. 그는 앞서 가는 인어를 불러 세우려 했다.

"어이, 이봐요! 생선대가리 아저씨! 도대체 언제까지 가야 되는 겁니까? 용왕님 사는 용궁은 언제 나와요?"

인어는 돌아보지도 않고 계속 헤엄치며 대답했다.

"이제 거의 다 왔으니 불평 말고 따라오세요."

봉근은 툴툴거리며 애매한 조개들만 걷어찼다.

"아이구, 힘들어. 물속이라 걷기 되게 짜증나네. 용궁이란 데가 있기는 있는 거야? 저 자식, 혹시 사람들 홀리는 물귀신 아냐? 생긴 것도 밥맛없게 생겨 가지구. 어엇? 우와!"

불평만 주절주절 늘어놓던 봉근은 순간 눈이 번쩍 뜨이며 탄성을 내질렀다.

"우와~ 저것이 용궁인가?"

에메랄드 빛깔의 거대한 궁성이 깊은 심연 속에서 찬란하게 빛나고 있었다. 용궁은 봉근이 알고 있는 동서양의 궁성 모양에서 크게 벗어난 독특한 형체를 띠고 있었다. 평평한 단층 건물들이 수백 미터에 걸쳐 늘어서 있고 그 위로 거대한 구체의 탑들이 솟아 있었다. 용궁에서는 수많은 바다 생물들이 살고 있었는데 그중 상당수가 봉근을 인도한 아에리아드와 같은 인어들이었다. 인어들은 건물 내외를 드나들거나 물건을 나르거나, 하릴없이 부유하거나 저희들끼리 모여서 이야기를 나누고 있었다. 봉근은 넋을 잃고 용궁의 풍경을 구경하다가 아에리아드가 미끌거리는 손으로 잡아끌며 재촉하자 다시 발걸음을 옮겼다.

"어서 갑시다, 볼컨. 예정보다 늦게 와서 용왕님이 노하실지도 몰라요. 어서어서……."

그는 용왕을 무척 두려워하는 것처럼 보였다. 봉근은 아에리아드의 손에 끌려가면서도 용궁을 오가는 바다 생물들에게 손을 흔들며 인사했다. 용왕의 거처는 용궁의 중앙 부분에 있는 거대한 구체 모양의 탑이었다. 인어와 봉근은 먼저 네모난 단층 건물을 통해 내부로 들어간 뒤 헤엄을 쳐서 구체 모양의 탑으로 올라갔다. 용왕은 탑 안에 있는 커다란 의자에 위엄있는 자세로 앉아 있었다. 아에리아드는 머리를 조아리며 봉근에게 말했다.

"어서 용왕님께 인사드리세요. 오랫동안 기다리셔서 화가 많이 나셨어요."

그러나 용왕의 얼굴을 본 봉근은 실망스러운 목소리였다.

"뭐야! 용왕도 생선대가리였어?"

금실로 누벼진 화려한 망토를 걸치고 머리에는 번쩍번쩍 빛나는 왕관을 쓰기는 했으나 용왕 역시 아에리아드처럼 물고기의 머리를 한 인어였다. 봉근의 무례한 발언에 용왕은 화가 머리끝까지 나서 아에리아드에게 버럭 소리를 질렀다.

"뭐냐, 저놈은?"

"아, 예. 어부들이 제물로 바친 인간이옵니다."

"저런 괴상하게 생긴 녀석이 제물이라고? 매년 아리따운 처녀를 보내더니 오늘은 왜 저런 우악스러운 사내 녀석을 보낸 거냐! 날 우롱하는 건가, 이 건방진 족속들 같으니라구! 출어 기간에 거친 파도를 일으켜 다 죽여 버리겠다!"

"요, 용왕님, 참으시옵소서. 어쩌면 착오가 있었는지도 모릅니다. 제가 다시 한 번 알아보겠나이다."

아에리아드는 얼른 봉근의 손을 잡고 용왕의 탑을 빠져나왔다. 봉근은 영문을 몰라 그에게 물었다.

"저 생선대가리가 왜 저렇게 화를 내는 거지요? 그리고 나보고 제물이라뇨?"

"휴, 우리 용왕님은 약간 변태라서 인어 왕비님만으로는 만족을 못한답니다. 그래서 인간 종족의 여자를 얻어 첩으로 삼는데 매년 어부들을 협박해서 예쁘장한 처녀들을 제물로 바치게 한답니다. 만일 어부들이 제때에 처녀를 바치지 않거나 자신의 마음에 들지 않으면 해일이나 풍랑을 일으켜 많은 어부들을 죽여 버린다구요."

"거참, 성질 고약한 용왕이네."

"네, 제가 섬기는 주군이지만 솔직히 말해 폭군이지요. 근데 말을 들어보니 당신은 제물과 관련이 없는 인간이군요. 그 시간 그곳에 있길래 혹시나 어부들이 실수한 줄 알고 데려와 봤는데……."

"전혀 관련이 없어요! 난 커다란 범선을 타고 가다가 배가 침몰하는 바람에 여기까지 오게 된 거라구요.”

봉근의 자초지종을 듣고 난 아에리아드는 생선대가리를 설레설레 흔들며 어찌해야 할지 고민하기 시작했다.

망망대해에서 외롭게 흔들거리는 작은 고깃배가 있었다. 갑판 위에는 처녀 한 명과 뱃사람 십수 명이 뭔가 수상한 일을 벌이려는 중이었다.

제인은 넘실거리는 파도를 바라보다가 두려움에 오줌을 지렸다. 그녀는 뱃전에 서서 치마를 들어 올리고 검푸른 파도 속으로 뛰어들려고 했다가 갑자기 공포심이 일어나 멈칫거리고 있었다. 등 뒤에서는 무정한 뱃사람들이 어서 뛰어내리라고 재촉했다. 그녀는 고개를 들어 올려 구름이 잔뜩 낀 하늘을 바라보았다. 두꺼운 오목 렌즈를 낀 아버지의 얼굴이 떠올랐다. 두 볼에서 뜨거운 눈물이 주르르 흘렀다.

“흑, 아버지, 아버지의 눈만 고칠 수 있다면…….”

어촌 마을에서 효심이 지극하기로 소문이 자자했던 제인이 이런 끔찍한 짓을 하기로 마음을 먹게 된 것은 부친의 눈 때문이었다. 제인의 부친 토마스 마치 씨는 근시로 징집을 면제받을 정도로 눈이 나빴는데 나이를 먹어감에 따라 더욱 근시가 심해져 일상 생활이 불가능할 정도였다. 제인은 안경을 써도 시력이 교정되지 않아 딸의 얼굴도 제대로 못 알아보는 부친이 안타까웠으나 어촌 마을의 의술로는 아무것도 할 수 없었다. 그러던 차에 우연히 길을 가다 제인의 오두막에 들렀던 오비완이라는 수도사가 그녀에게 놀라운 이야기를 들려주었다.

“부친의 고도 근시를 치료할 수 있는 방법이 딱 한 가지 있습니다.”

“네? 정말인가요, 수사님? 제발 알려주세요, 수사님! 아버지의 눈만 치료할 수 있다면 무슨 일이든 하겠어요!"

그녀는 수도사의 말에 비상한 관심을 보였다.

"음… 처자는 혹시 제다이 기사단이라고 들어보았는지요?"

"제다이… 라구요?"

"그래요. 그들은 정의와 평화의 수호자들로 광선검을 휘둘러 적을 제압하는 기술을 가지고 있습니다."

"일종의 전사로군요. 하지만 그들과 우리 아버님의 눈과 무슨 상관이 있죠?"

"끝까지 들어보십시오. 마침 이 어촌 마을 가까이에도 제다이가 한 명 살고 있습니다. 이름은 루크 스카이러너라고 하는데 미세한 절삭력을 자랑하는 엑시머 레이저 광선검을 가지고 다니지요. 그자는 날아다니는 파리의 다리를 자를 정도로 정교한 검술을 구사한답니다. 그는 수많은 제다이들의 스승이자 고명한 검술사인 요다의 가르침을 받았는데 요다의 기술 중에 라식이라는 신비의 검법이 있습니다."

"라… 식… 이라구요?"

"그래요. 엑시머 광선검으로 근시 환자의 각막을 깎아내어 시력을 교정하는 초절정의 검법이지요."

제인의 얼굴이 일순 환해졌다.

"정말 놀라워요! 광선검으로 우리 아버지의 근시를 고칠 수 있다는 말씀이군요?"

기뻐하는 제인의 표정을 본 수도사는 왠지 연민이 가득한 얼굴이 되었다.

"그렇소. 기술적으로는 가능하지. 하나… 처자가 부친의 근시를 고치기는 쉽지 않을 거요."

"왜요?"

"음… 루크 스카이러너는 아무에게나 라식 검법을 쓰지 않는답니다. 라식 검법은 고도의 집중력과 정신력을 요할 뿐 아니라 제다이 자신에게도 체력 소모가 심하기 때문이지요. 그래서 루크는 라식을 원하는 자에게는 제다이의 체력을 보충할 수 있는 맛 좋은 영양 간식을 요구한답니다."

"맛 좋은 영양 간식이라… 꽤 비싼 걸 요구하는 모양이지요?"

"그렇습니다. 찹쌀떡 삼백 개를 바쳐야 하지요."

"찹쌀떡 삼백 개?!"

제인의 얼굴에 절망감이 가득했다. 제인이 살고 있는 지역은 토양이 척박하고 비가 잘 오지 않아 벼농사를 지을 수 없었다. 따라서 찹쌀떡 같은 음식은 값도 어마어마하게 비쌀 뿐 아니라 구하기도 힘들었다. 제인의 집처럼 찢어지게 가난한 형편에서는 도저히 마련할 수 없는 간식이었다.

"왜 하필 찹쌀떡인가요? 보리떡두 있고 개떡두 있는데……."

"제다이 기사 같은 귀한 신분이 개떡 같은 걸 먹겠습니까? 찹쌀떡은 맛도 좋을 뿐 아니라 포스가 가득 담겨 있는 우주영양식(宇宙營養食)이랍니다."

"아아… 찹쌀떡 삼백 개라니……."

수도사가 떠난 뒤 제인은 고민에 빠졌다. 부친의 고도 근시를 고칠 수 있다는 건 분명 반가운 사실이었으나 제다이의 영양 간식을 마련할 길이 요원했다. 아무리 머리를 싸매고 고민해도 방법은 떠오르지 않고 늘어만 가는 건 한숨이었다.

제인의 부친은 땅이 꺼져라 한숨만 푹푹 내쉬는 딸이 이상하다고 생각해 물었다.

"얘야, 무슨 고민이라도 있니? 혼자서 끙끙 앓지 말고 이 아비한테 털어놓아 보렴."

그러나 효성 지극한 제인이 부친에게 사실 그대로 털어놓을 리가 없었다. 아버지의 마음을 기쁘게 하는 말만 골라서 하는 제인이었다. 그녀는 찹쌀떡 삼백 개 이야기는 쏙 빼고 오비완 수도사에게 들은 제다이의 라식 검법 이야기를 부친에게 들려주었다. 부친은 고도 근시를 고칠 수 있다는 말에 귀가 번쩍 뜨여서 기뻐하고 있었다.

"오오… 정말이냐? 내 눈을 고칠 수 있다는 말이지? 이것 참 경사스러운 일이로구나. 내 근시를 고칠 수 있다니! 이 두꺼운 안경을 벗어버릴 수 있다니 이 얼마나 기쁜 일이냐! 이제 소개팅 나가도 화장발에 속지 않겠구나!"

아무것도 모르고 기뻐하는 부친의 모습에 효녀 제인은 가슴이 아려왔다.

'아아… 아버지가 저렇게 즐거워하는 모습은 정말 오랜만이야. 내가 찹쌀떡 이야기를 하면 얼마나 실망하실까…….'

그녀는 무슨 수를 써서라도 제다이에게 바칠 찹쌀떡을 마련해야겠다고 다짐했다. 그리고 기회는 곧 찾아왔다.

제인은 그날도 혼자 집에서 시장에 내다 팔 나막신을 깎고 있었는데 어부들 서너 명이 문가에서 수런거렸다. 제인은 무슨 일인가 하고 판잣집 문을 열었다. 한적한 해안가에 자리 잡은 제인의 판잣집에는 일 년 내내 찾는 이가 없었다. 그런데 어부들이 여러 명 찾아왔으니 그녀는 호기심이 일 수밖에 없었다.

"무슨 일들이세요? 아저씨들은 누구죠? 우리 집엘 찾아오신 건가요?"

"네가 제인이냐?"

어부들 중 나이가 제일 많아 보이는 남자가 물었다.

"네, 제가 제인입니다. 혹시 우리 아버지를 찾아오셨나요? 아버지는 지금 시내에 빵 사러 가셨는데요."

"아니다. 널 찾아왔단다, 제인. 소문대로 얼굴이 매우 곱구나."

제인은 예쁘다는 말에 금세 얼굴이 붉어졌다. 어려서부터 홀아버지를 모시고 외롭게 살아온 그녀는 남자들을 접할 기회가 적었다. 게다가 칭찬까지 들으니 얼굴이 달아올랐던 것이다. 제인은 속으로 '이 아저씨들이 혹시 멸치 아가씨 선발 대회에 나갈 후보라도 물색하러 왔나' 하고 섣부른 추측까지 했다. 그러나 나이 많은 어부가 한 말은 매우 뜻밖이었다.

"얘야, 우린 너에게 찹쌀떡 삼백 개를 주러 왔단다."

그녀는 '찹쌀떡 삼백 개' 라는 말에 가슴이 두근거렸다.

"찹쌀떡이라구요! 아저씨, 제가 찹쌀떡 구하는 줄 어떻게 아셨어요?"

"제인, 네가 효녀라는 소문은 일찍부터 들어서 알고 있었다. 아버지 눈을 고치려 찹쌀떡을 구한다는 이야기도 며칠 전에 마을 사람들한테 들었단다. 우리들은 먼 곳까지 교역을 나가는 상인들을 잘 알고 있어서 찹쌀떡을 구하는 것쯤은 식은 죽 먹기지. 단, 찹쌀떡은 너무 비싸서 돈이 터무니없이 많이 들어가. 더군다가 삼백 개라는 양은… 웬만한 부자가 아니면 마련하기 힘든 분량이지."

"그런데… 어떻게 그 비싼 떡을 삼백 개나 저에게 주실 수 있다는 말씀이시죠?"

나이 많은 어부는 제인 보기가 민망한 듯 얼굴을 돌리며 그녀의 물음에 대답했다.

“제인, 너도 알다시피 우리 마을은 풍랑이 유난히 심한 해안가에 자리 잡고 있다. 매년 출어 기간이 되면 꼭 고기 잡다 실종되거나 익사하는 어부들이 나온단다. 그래서 우리들은 날씨를 관장하는 용왕님께 매년 제물을 바쳐 오고 있지. 예쁘고 참한 처녀들만 골라서 말이다.”

제인의 얼굴이 파랗게 질렸다. 그녀로서는 처음 듣는 야만적인 의식이었다.

“처녀를 제물로 바친다고요? 이 마을에서 평생을 살았지만 전 그런 말 금시초문인데요!”

“그렇겠지. 산 처녀를 바다에 빠뜨리는 끔찍한 의식이라 보통 사람들은 모르고 있단다. 몇몇 어부들끼리만 알고 있지. 너희 아버지도 어부가 아니라서 모르실 게야.”

제인은 이제 모든 걸 알았다는 듯이 고개를 떨구었다.

“그러니까… 제가 용왕에게 바치는 제물이 되면 찹쌀떡 삼백 개를 주시겠다는 말씀이군요.”

“그렇단다. 우릴 용서해 다오. 네가 싫다고 거절하면 군말없이 물러가겠다.”

그녀는 눈물을 뚝뚝 떨어뜨리며 먼 바다를 한번 바라보고는 어부에게 돌아섰다.

“아저씨, 용왕의 제물이 되겠어요! 우리 아버지의 근시만 고칠 수 있다면… 이 보잘것없는 몸뚱이… 저 푸른 물에 던져 버리겠어요…….흑… 하지만… 아버지한테는 비밀로 해주세요. 제가 용왕의 제물이 되었다는 사실을 아신다면… 괴로워하실 거예요…….”

“알았다, 제인. 약속은 꼭 지키마.”

제인이 어부들의 제안을 수락하자 그들은 바로 일꾼들을 시켜 찹쌀떡 삼백 개를 가져왔다. 찹쌀떡은 참나무로 만든 찬합에 스무 개씩 들어가 있었다. 제인은 판잣집 마당에 층층이 쌓인 찬합을 어루만지며 눈물을 흘렸다.

"흑… 이걸로 우리 아버지 눈만 고칠 수 있다면……."

어부들은 삼 일 후에 그녀를 데리러 오겠다며 돌아갔다. 그녀는 너른 마당에 홀로 남아 찬합 뚜껑을 열었다. 제다이를 부르려면 오비완이 알려준 주문을 외워야 했다. 그녀는 목소리를 가다듬은 다음에 최대한 큰 목소리로 부르짖었다.

"루크 스카이러너! 찹쌀떡 줄게 새 눈 다오!"

제인의 주문이 하늘 높이 울려 퍼지자 순식간에 먹장구름이 몰려와 온 하늘을 뒤덮었다. 주위가 어둑어둑해지고 심상치 않은 바람이 불었다. 그리고 낭랑한 목소리가 들려왔다.

"나를 부른 자, 누구이더냐?"

다리를 파닥거리며 공중을 뛰어다니는 사람이 있었다. 그는 제인의 머리 위를 지나 판잣집 지붕에 올라가 한참을 뛰어다니더니 훌쩍하고 점프하여 그녀의 눈앞에 나타났다. 금발에 넓은 소매의 셔츠를 입고 신비로운 분위기를 풍기는 남자였다. 제인은 뺨에 묻은 눈물을 지우며 물었다.

"당신이… 제다이?"

"그렇소. 마지막 남은 진정한 제다이 루크 스카이러너요."

"스카이러너, 우리 아버지의 근시를 고쳐 주세요. 딸년 얼굴도 못 알아볼 정도로 눈이 나쁘세요."

"근시라! 걱정 마시오, 나에겐 라식 검법이 있으니. 하나 라식 검법은 많은 체력 소모를 필요로 하오. 미안하지만 나도 그에 상응하는 비싼 보수를 받는다오."

"알고 있어요. 찹쌀떡 삼백 개를 받으신다는 거……. 여기 이렇게 준비해 놓았답니다."

그녀는 마당에 쌓여 있는 찬합을 가리켰다. 제다이의 눈이 둥그렇게 커졌다.

"아니, 그럼… 이게 다 찹쌀떡이란 말이오? 오오오……."

스카이러너는 흥분한 얼굴로 찬합을 열어젖혔다. 동그랗고 이쁘게 빚어진 하얀 찰쌉떡이 가지런히 스무 개씩 들어 있었다. 그는 냅다 떡 하나를 집어 입에 넣었다. 쫄깃쫄깃하고 달콤한 맛이 온몸에 전해져 왔다.

"으음… 으음… 음……."

그는 눈을 감고 입을 오물거리며 쾌감 어린 신음 소리를 냈다. 또 한 개의 떡을 집어 먹는 제다이. 이번에는 씹지도 않고 그대로 삼켜 버린다. 점차 먹는 속도가 빨라지더니 나중에는 찬합 하나를 비우는 데 1분도 채 걸리지 않았다. 결국 찹쌀떡 삼백 개를 그 자리에서 다 먹어버리고는 잔뜩 부른 배를 안고 마당에 주저앉았다. 그는 임산부처럼 부풀어 오른 배를 쓰다듬으며 만족스러운 표정을 지었다.

"음… 좋구나. 온몸에 포스가 충만한 느낌이야……. 좋았어."

"저… 이제 우리 아버지의 눈을 고쳐 주실 건가요?"

효녀 제인은 제다이의 눈치를 슬슬 살피며 물었다. 제다이 루크 스카이러너는 고개를 끄덕거렸다.

"물론. 근데 오늘은 내가 엑시머 레이저 광선검을 가져오지 않았소. 앞으로 정확히 삼 일 후 이 자리에 다시 나타나서 부친의 근시를 고쳐

드리리다. 그럼 난 이만!"

루크 스카이러너는 펄쩍 뛰어오르더니 공중에서 나는 듯이 뛰어갔다. 점차 멀어져 가는 스카이러너의 뒷모습을 바라보며 제인은 조용히 한숨지었다. 드디어 부친의 근시를 고칠 수 있다는 안도감의 한숨이자 이제 삼 일 후면 용왕의 제물로 바쳐져야 한다는 체념의 한숨이었다.

"제인, 뭐 하고 있어! 냉큼 뛰어들지 않고! 용왕님이 노하시겠어!"

삼 일 전 일을 회상하던 제인은 등 뒤에서 들려오는 어부들의 외침 소리에 정신이 들었다. 눈앞에서 검푸른 바닷물이 일렁거렸다.

'지금쯤 아버지는 제다이에게 치료를 받고 계시겠구나…….'

그녀는 두터운 안경을 벗어 던지고 기뻐하는 부친의 얼굴을 떠올렸다. 다시금 용기가 솟았다. 그녀는 눈을 질끈 감고 바닷물에 몸을 던졌다. 어부들이 발목에 납덩이를 매달아놔서 제인의 몸은 아래로 아래로 가라앉았다. 그녀는 점점 가슴이 뻐근해져 옴을 느꼈다. 이제 더 이상 숨을 참을 수가 없었다. 쿨럭 하고 숨을 내뱉자 차가운 바닷물이 입 안으로 밀려 들어왔다. 그녀는 바닷물을 들이키고 내뱉었다.

'어? 이상하네? 내가 물속에서 숨을 쉬다니?

제인은 자신이 익사하지 않고 살아 있다는 사실이 신기했다. 어느새 발 밑으로 바다 밑바닥이 보였다. 그녀는 자신에게 다가오는 큰 물고기를 보고 놀랐다. 처음에는 상어인 줄 알고 긴장했으나 자세히 보니 생전 처음 보는 물고기였다. 머리는 분명 물고기처럼 생겼는데 인간처럼 팔다리가 있었다. 더욱 놀라운 것은 그 괴상한 물고기가 인간의 말을 한다는 사실이었다. 괴어(怪魚)가 하는 말은 수중 음파가 되어 그녀의 귀에 들어왔다.

"이제야 제대로 된 제물이 내려왔군. 어부들이 올해는 좀 늦었는걸."

그녀는 놀라서 괴어에게 물었다.

"당신은… 뭐죠? 날 아시나요?"

"내 이름은 아에리아드라고 해요. 사람들이 인어라고 부르는 뮤단 종족의 일원입니다."

"뮤단? 당신이 인어라고요?"

제인은 물속에서 웃음을 터뜨릴 뻔했다. 어릴 적 부친의 무릎에 앉아서 들었던 인어의 이미지와는 너무나 달랐기 때문이다.

"후, 좋아요. 당신이 인어라구요? 근데 마치 여기서 날 기다렸다는 듯한 말투로군요? 날 기다렸나요?"

"네, 어제부터 쭉 아가씨를 기다렸지요. 엉뚱한 남자가 내려와서 잠시 헷갈렸지만……."

"흠… 날 기다렸다……. 뭣 때문에 날 기다렸지요? 그리고 내가 이곳으로 올 줄은 어떻게 알았나요?"

"아가씨가 이곳에 온 이유는 본인이 더 잘 아실 테지요. 그리고 난 아가씨를 모시러 온 용왕님의 신하입니다."

제인의 얼굴에 어두운 그림자가 드리워졌다.

"설마… 그렇군요……. 당신은 어부들의 제물을 받으러 온 용왕의 신하로군요. 난 그게 그저 어부들의 미신인 줄로만 알았어요. 그래서 야만적인 인습이라고만 생각했어요. 근데… 용왕은 정말 존재하는군요."

"그럼요. 어서 갑시다. 용왕님이 기다리고 계세요."

그녀는 아에리아드를 따라 용궁으로 가는 길에 많은 이야기를 들었다. 그에 따르면 용왕은 무척 색을 밝히는 뮤단 족 남자로 특히 제인처럼 청순한 인간 여자를 무척 좋아한다고 했다. 뮤단 족 여자를 왕비로 두고 있지만 그에 만족하지 못하고 어부들이 바치는 인간 여자를 매년 첩으로 삼았는데 그 숫자가 벌써 삼천 명에 이르렀다는 것이다. 그녀는 깜짝 놀라는 얼굴로 그에게 물었다.

"네에? 매년 한 명씩 바쳤는데 어떻게 삼천 명의 후궁이 있을 수 있죠?"

"아, 모르시나 본데 용궁에 들어오면 수명이 늘어난답니다. 용궁에서의 하루는 인간 세상의 일 년과 같지요. 인간 세상의 삼천 년은 용궁의 십 년도 안 되는 기간이에요."

"아… 그렇군요. 근데 어부들이 제물을 바치기 시작한 게 그렇게 오래전이라는 건 몰랐어요."

"네, 어부들에게는 대대로 내려오는 전통이지요."

제인은 인어 아에리아드와 이야기를 나누다 보니 어느새 용궁 안에 들어와 있었다. 용궁은 에메랄드 빛이 도는 알 수 없는 광석으로 만들어졌는데 구조나 건축 솜씨가 너무나 정교해 한눈에 보아도 인간이 아닌 다른 종족에 의해 지어졌음을 추측케 했다. 아에리아드를 따라 거대한 구체의 탑 안으로 들어가니 그와 닮은 인어 한 마리가 엄숙한 표정으로 옥좌에 앉아 있었다. 아에리아드는 머리를 조아리며 옥좌에 앉은 인어에게 말했다.

"용왕님, 어부들이 바친 제물을 데려왔나이다. 아까 데려온 남자는 용궁 위 바다를 지나다 침몰한 배의 선원이었습니다."

"멍청하긴. 다음부터 또 그런 녀석을 데려오면 네 목을 벨 테다."

"죄송합니다. 앞으로는 절대 착오가 없도록 하겠습니다."

용왕은 신하를 엄하게 꾸짖고 있었으나 목소리는 부드러웠다. 봉근을 보고 화를 버럭 내던 때와는 사뭇 다른 목소리다. 아에리아드가 데려온 제물이 마음에 들었기 때문이다. 제인은 온몸이 근질근질했다. 징그러운 생선 눈알이 자신의 육체를 머리부터 발끝까지 탐욕스럽게 훑어보고 있었다. 그녀는 자신을 바라보는 징그러운 녀석의 대가리를 칼로 탁 쳐서 떼어낸 후에 몸뚱어리를 야채와 함께 냄비에 집어넣고서 찌개를 끓여 먹는 상상을 했다. 용왕은 잠시 후 그녀에게 끔찍한 말을 해줬다. 그녀가 용왕의 삼천오십두 번째 후궁이 될 것이라는 이야기였다.

"뭐라구요? 내가 당신의 첩이 될 거라구요?!"

제인은 펄쩍 뛰며 화를 냈지만 용왕은 눈 하나 깜짝하지 않았다. 오히려 여유롭게 웃으며 처음에는 누구나 다 반항하지만 곧 용궁 생활에 익숙해질 거라며 타일렀다. 그녀는 입에서 부글부글 공기 방울을 뿜어내며 지상에서 알고 있던 모든 욕을 퍼부어주었지만 징그러운 용왕은 그저 느끼하게 웃을 뿐이었다. 아에리아드를 비롯한 인어 신하들이 날카로운 비늘을 세우고 달려와 그녀를 어디론가로 끌고 갔다. 그녀는 속절없이 인어들에게 끌려가며 아버지! 하고 절규했다.

제인의 부친 토마스 마치는 판잣집 안마당에서 안경을 벗고 긴장된 표정으로 서 있었다. 그의 앞에는 제다이가 엑시머 레이저 광선검을 들고 호흡을 가다듬고 있다. 그의 이름은 루크 스카이러너. 초절정 라식 검법으로 안과계에서 떼돈을 벌었던 요다의 유일한 직계 제자였다. 토마스는 걱정이 되는지 스카이러너에게 조심스럽게 물었다.

"제다이님, 설마 부작용 같은 건 없겠지요? 수술 중에 사고 같은 건

안 나겠지요?"

"라식 검법은 나의 스승님께서 살아계실 때 고안했던 검법이오. 역사가 일천하여 아직 부작용은 보고된 바가 없소."

"아아… 제다이님, 아프지 않게 살살 해주세요."

"정신 집중을 할 수가 없군. 각막을 미세하게 잘라내는 어려운 검술이오. 자꾸 말 걸지 마시오."

"알겠습니다……. 아이구, 가슴 떨려라~"

스카이러너는 서너 번 심호흡을 한 뒤 단숨에 검을 휘둘렀다.

"타압!"

"아이구야아!"

라식 검법은 눈 깜짝할 사이에 이루어졌다. 제다이가 손잡이의 스위치를 내리자 광선검의 빛이 조그맣게 사그라들었다. 토마스는 코를 잡고 낑낑대고 울었다.

"제다이님, 원래 이 수술을 받고 나면 코가 아픈가요? 각막을 잘라냈는데 왜 이리 코가 아프죠?"

"그게 아니라 검이 손에서 미끄러지는 바람에 콧등을 잘라냈소."

"뭐라구요?! 우악! 난 몰라!"

"호들갑 떨지 마시오. 라식 검법은 그만큼 정밀하고 어려운 거요."

제다이는 허리춤에서 붕대와 소독약, 지혈제 등을 꺼냈다. 라식 검법을 쓸 때마다 꼭 가지고 다니는 상비약이었다. 토마스는 코에서 피를 줄줄 흘리며 죽는소리를 했고 제다이는 붕대를 풀어 환자의 얼굴에 단단히 감았다. 피가 멈춘 후 토마스의 엄살도 멈추고 나서야 제다이의 검술이 다시 시작됐다. 두 번째는 검이 살짝 빗나가 토마스의 애꿎은 머리칼만 잘랐다. 세 번째는 지레 겁을 먹은 토마스가 멀리 도망치는 바람에 제다이가 검을 휘두르며 쫓아갔다. 제다이가 네 번째로 광선검을 내려쳤을 때 토마스는 눈에서 화끈하는 느낌을 받았다. 정신이 몽롱해지고 온몸에서 기운이 빠졌다. 루크 스카이러너는 이마에 송골송골 맺힌 땀방울을 소매로 닦아내며 안도의 한숨을 내쉬었다.

"각막이 얇게 잘 떠졌소. 내일부터 조금씩 정상적인 시력으로 돌아올 거요."

"정말이요? 만일 효과 못 보면 우리 딸이 지불한 치료비는 도로 물어주셔야 합니다."

"음… 라식 검법의 세계에 A/S는 있지만 환불은 없소. 이미 먹은 찹쌀떡을 어찌 다시 토해내겠소? 그럼 난 가겠소!"

루크 스카이러너는 훌쩍 공중으로 뛰어올라 나비처럼 너울거리며 하늘 위를 달려갔다. 그의 모습이 조그맣게 되어 사라지자 토마스는 붕대로 친친 감은 콧등을 어루만지며 집 안으로 들어갔다.

"찹쌀떡을 어떻게 토해내냐구? 그게 무슨 소리였지? 거참……."

그는 고개를 갸웃거리며 침대에 누웠다. 부둣가에 생선 사러 나간 딸은 아직 돌아오지 않고 있었다. 욱신거리는 통증에도 불구하고 잠이 쏟아졌다. 토마스 마치가 잔혹한 진실을 알게 된 것은 그 다음날 아침이었다.

"뭐라구요? 우리 딸이 찹쌀떡 삼백 개에 몸을 팔았다구요?!"

토마스는 돌아오지 않는 제인을 찾아 마을 광장으로 왔다가 끔찍한 소문을 듣게 됐다. 딸이 자신의 눈을 고쳐 주기 위해 어부들에게 몸을 팔았다는 것이다. 그는 갑자기 닥쳐온 엄청난 불행을 감당하지 못해 두 손을 사시나무처럼 떨고 있었다.

"그, 그럼 우리 딸은 지금 어디 있는 거죠?"

"어디 있긴요……. 쯧쯧… 상어 뱃속에 있거나 물에 퉁퉁 불어서 해안가로 밀려갔든가……."

"으아아악! 말도 안 되는 소리 하지 마세요! 우리 딸이 죽었다니!"

토마스는 두 손으로 머리를 감싸 쥐고 어쩔 줄 몰라했다. 당혹감과 슬픔, 죄책감이 한꺼번에 그를 엄습했다. 그를 측은히 여긴 늙은 어부 한 명이 토마스의 소매를 잡아끌었다.

"따라오슈. 제인이 몸을 던진 바다로 데려다 주리다. 가서 딸한테 인사라도 하시구랴."

어부는 토마스를 자신의 낡은 고기잡이 배에 태워서 먼 바다로 데리고 나갔다. 자신의 시력을 되찾기 위해 딸을 바다로 보낸 아버지는 배 위에서 내내 울었다. 눈을 고쳐 보고자 했던 자신의 욕심이 이런 어처구니없는 일을 초래했다는 생각에 그는 죽고 싶은 심정이었다. 어부는 해안이 보이지 않을 정도로 먼 바다로 나오자 배를 멈추었다.

"바로 이 부근이우, 제인이 몸은 던진 곳이……."

"어흐흐흐흐! 제인! 어흐흐흐……."

토마스는 푸른 바다 위로 눈물을 뿌리며 절규했다. 제다이의 라식 검법 치료를 받은 뒤로 시력은 조금씩 좋아지고 있었으나 이제 더 이상 살고 싶은 생각이 없었다. 그는 몇 번이나 바다에 몸을 던지려다 어부의 만류로 갑판 위에 주저앉았다.

"어흐흐흐… 이렇게 살아서 뭐 하나……. 어흐흐흐… 딸년 팔아먹고 살아서 무엇하나……. 어흐흐흐……."

"쯧쯧… 그래도 제인이 희생한 덕분에 올해 고기잡이는 마음놓고 할 수 있지 않소. 헛된 죽음은 아니었소."

"어흐흐흐… 남의 일이라고 그렇게 쉽게 말하지 마쇼. 어흐흐… 제인이 어떻게 키운 딸인데……. 어흐흐흐… 내가 팔에 안고 젖동냥을 다니면서 키운 딸이란 말이오. 어흐흐흐……."

토마스를 달래던 어부는 착잡한 마음에 한숨을 내쉬며 바다를 쳐다봤다. 배와 가까운 곳에 부글부글 거품이 올라오고 있었다. 웬일인가 싶어 어부는 눈을 크게 뜨고 지켜보았다. 거품은 점점 심하게 일어나더니 급기야 물살이 소용돌이치며 시계 방향으로 돌기 시작했다. 어부는 배가 딸려 들어갈까 봐 소용돌이의 반대쪽으로 있는 힘껏 노를 저었다. 울고 있던 토마스도 사태의 심각성을 깨달았는지 같이 달려들어 노를 저었다. 두 사람이 땀에 흠뻑 젖을 정도로 노를 저었을 때에야 소용돌이가 점차 잦아들기 시작했다. 물살은 약해졌지만 부글부글 끓어오르는 거품은 더욱 심해졌다. 무언가 거품 속에서 천천히 올라오고 있었다. 사람의 머리 같은 것이 불쑥 솟아오르더니 몸통과 다리가 보였다.

"아앗! 저게 뭐지?"

"사람 같은데?"

두 사람은 눈을 비비고 거품 속에서 솟아 나온 자를 자세히 살폈다. 커다란 머리를 가진 근육질의 남자가 벌거벗은 채로 거대한 조개껍데기 위에 서 있었다. 그는 알몸이 창피한 듯 손으로 사타구니를 가리고 있었다. 신화와 민담에 밝은 늙은 어부가 중얼거렸다.

"설마… 저분은 미(美)의 남신(男神) 아프로봉테? 옛날 전설에 의하면 미의 남신 아프로봉테는 거품 속에서 태어났다던데……."

토마스는 고개를 절레절레 흔들었다.

"신인지 인간인지 알 수 없지만 분명 미(美)하고는 친하지 않아 보이는데…….”

벌거벗은 남자는 부끄러운 얼굴로 두 사람에게 말했다.

“나는 봉근이에요! 어서 옷 좀 주세요!”

어부는 고기 잡는 갈고리를 내밀어 봉근을 배 위로 끌어올렸다. 수건으로 물기를 닦아주고 옷을 입혀주자 봉근은 그동안의 자초지종을 이야기해 줬다. 초대형 범선 레오나르 호가 변산과 충돌해 가라앉았고, 자신은 바다 속에서 인어를 만나 용궁에 들어가서 용왕을 알현했는데 자신이 잘못된 손님이라는 게 밝혀지자 인어들이 옷을 벗겨서 수면 위로 쫓아냈다는 것이다. 두 사람은 때로는 고개를 끄덕거리기도 하고 때로는 두 눈을 크게 뜨고 정말이냐고 반문하기도 하면서 봉근의 이야기를 열심히 들었다. 특히 용왕과 용궁 이야기가 나오자 토마스는 봉근을 잡고 흔들면서 물었다.

“정말 용궁에 가셨던 건가요? 우리 딸애가 용왕에게 제물로 바쳐졌다구요! 어흐흐흐… 혹시 우리 딸 못 보셨어요?”

“제물? 무슨 말씀이세요, 아저씨? 자세히 말해 보세요.”

“어흐… 그러니까… 우리 딸이… 찹쌀떡을…삼백 개를… 그래서 제다이가… 근시를… 고쳤는데… 알고 보니… 우리 딸이… 어부들한테… 팔려서… 어흐어흐… 흐흐… 제물로… 어흐흐… 용왕한테 제물로… 어흐흐흐…….”

토마스가 감정이 복받쳐 횡설수설하자 늙은 어부가 대신 설명을 해주었다. 봉근은 가만히 듣고만 있다가 어부의 이야기가 끝나자 얼굴이 시뻘겋게 달아올라서 소리쳤다.

“아니, 이런 나쁜 생선대가리를 봤나! 물고기 새끼가 사람 처녀를 넘봐? 아우우우~ 열받아!”

봉근은 갑판 위에서 가슴을 한참 두들기다가 구석에 세워져 있던 커다란 해머를 들어 어깨에 둘러멨다. 해머는 다랑어같이 큰 물고기를 끌어올렸을 때 때려잡기 위한 도구였는데 참나무로 만든 튼튼한 손잡이에 엄청나게 무거운 쇳덩이가 달려 있었다. 봉근은 토마스를 향해 크게 외쳤다.

"아저씨, 걱정 마세요! 제가 따님을 구해올 테니! 아우우우~ 열받아!"

봉근은 해머를 든 채 바다 속으로 뛰어들었다. 어부는 놀라서 얼른 뛰어가 보았으나 이미 봉근은 깊은 바닷물 속으로 가라앉은 뒤였다.

무거운 해머를 들고 있어서 그런지 봉근은 매우 빠른 속도로 가라앉고 있었다. 아래를 내려다보니 둥그런 막이 가까이 보였다. 봉근은 순식간에 막을 통과하고 나서 참았던 숨을 내쉬었다. 마침 인어 한 마리가 유유히 헤엄치고 있었다. 봉근은 비늘로 덮인 인어의 다리를 꽉 잡았다. 인어는 당황해서 바둥거렸으나 앙탈할수록 봉근의 손아귀에는 힘이 들어갔다.

"으악! 누구세요? 절 놔주세요."

"난 대한민국 열혈청년 추봉근이다! 네놈들 왕초에게 안내해라!"

"용왕님을 말씀하시는 건가요? 용왕님은 지금 혼례를 앞두고 매우 바쁘십니다."

"혼례? 웃기네! 생선대가리 주제에 사람 처녀랑 혼례를 올린다구? 어서 그 싸가지없는 생선대가리한테 안내하지 못할까!"

봉근은 버럭 소리를 지르며 해머를 내려쳤다. 지축이 흔들리고 흙과 모래가 일어나 맑은 물이 흐려졌다. 겁이 난 인어는 고개를 끄덕이며 봉근을 안내했다.

"용왕님은 지금 용궁 대회의실에서 신하들과 의전(儀典)을 상의하고 계십니다. 오랜만에 미인이 내려왔다고 기분이 들떠 계세요."

"건방진 생선대가리 놈! 해머로 박살을 내버려야지! 아우~ 열받아!"

용궁 대회의실은 어전의 오른쪽으로 오십여 미터 떨어진 곳에 화려한 빛을 내는 광석들로 지어져 있었는데 그 규모가 제법 컸다. 봉근은 기죽지 않고 대회의실 정문으로 걸어나갔다. 정문 앞에는 봉근의 몸체보다 다섯 배는 커 보이는 거대한 문어가 사람 허벅지보다 굵은 다리를 휘휘 저으며 보는 이를 겁주고 있었다. 봉근을 안내했던 인어가 온몸을 부르르 떨며 말했다.

"저놈은 회의가 열릴 때 문앞을 지키는 파수꾼이에요. 만일 허락받지 않은 자가 회의실로 들어가려 한다면 저 거대한 빨판으로 꼼짝 못하게 붙든 다음에 용왕님의 지시를 기다린답니다."

"흥! 웃기고 있네! 한국에 있을 때 저런 녀석 술안주로 백 마리도 더 먹었다구!"

봉근은 해머를 들고 씩씩하게 문어에게 걸어갔다.

"야, 이놈아! 생선대가리들 혼내주러 왔으니 어서 비켜라!"

문어는 커다랗고 무감동한 눈을 크게 뜨더니 거대한 다리로 봉근의 몸을 친친 감았다. 문어는 괴이한 소리로 봉근에게 말을 걸었다.

"츄츄츄츄… 용왕님께서 오늘 회의를 방해하는 자는 그 자리에서 죽여도 좋다고 하셨다. 츄츄츄츄… 넌 오늘 재수없게 걸린 거야……. 츄츄츄츄… 각오해라."

봉근은 자신의 등짝에 거대한 빨판들이 들러붙는 것을 느꼈다. 문어의 다리에서 빠져나오려고 애쓰면 애쓸수록 문어의 빨판과 다리는 더욱 봉근의 몸을 옥죄어왔다.

"에이 씨… 아프잖아! 이거 놓지 못해?!"

"츄츄츄츄… 빨판으로 네놈의 몸을 갈가리 찢어버리겠다! 각오해라! 츄츄츄츄……."

문어의 빨판이 진공청소기보다 더욱 강력한 힘으로 봉근의 피부를 잡아당겼다. 봉근은 비명과도 같은 괴성을 질렀다.

"아우우우~ 아우~ 아우우우~ 아우~ 아우우우~"

"츄츄츄… 고통스럽지? 츄츄츄… 그럴 거야……. 츄츄츄……."

문어는 봉근이 괴로워하는 모습을 즐거워하는 내색을 보였다. 그러나 봉근의 얼굴은 고통스러운 표정이 아니었다. 괴성을 지르고는 있었지만 얼굴에는 즐거운 웃음을 머금고 있었다.

"아우우우~ 시원해! 아우~ 시원해!"

"츄츄츄? 시원해? 정말이야? 츄츄츄츄… 뭐 이런 놈이 다 있어?"

"아우~ 시원해라. 야, 너 지금 부항 뜨냐? 뻣뻣한 등 근육을 어찌 그리 시원하게 풀어줄 수가 있는 거야? 아우~ 시원해! 계속 그렇게 좀 해봐! 문어 빨판으로 부항 떠보기는 처음이네!"

"츄츄츄츄… 이 건방진 인간이!"

자존심이 상한 문어는 다리를 옥죄어 봉근을 질식시켜 죽이려 했다. 그러나 봉근은 빨판의 흡착력이 약해진 틈을 타서 이미 문어의 머리 위로 올라와 있었다. 봉근은 떡메 치듯이 해머를 문어의 정수리에 내리꽂았다. 봉근의 해머에 머리를 강타당한 문어는 어질어질하고 정신이 없었다. 다리가 힘없이 흐느적거렸다. 봉근은 다시 한 번 해머를 들어 올렸다.

"자아~ 또 간다! 둘이요~ 어싸!"

쿵 하는 두 번째 충격에 문어는 더 이상 견디지 못하고 몸을 뒤집었다. 이제 문어는 아무런 힘도 쓰지 못하고 해파리처럼 흐느적흐느적거릴 뿐이었다. 봉근은 거치적거리는 문어를 치워 버린 뒤에 해머를 둘러메고 씩씩하게 대회의실 안으로 들어갔다. 징그럽게 생긴 인어들이 돌로 만든 탁자에 둘러앉아 열심히 무언가를 논의하고 있었다.

"야, 이 생선대가리들아! 납치해 간 아가씨들 내놔라!"

봉근은 해머를 들어 탁자를 힘껏 내려쳤다. 우지끈 하는 소리와 함께 탁자는 여러 조각으로 부서지며 내려앉았다. 놀란 인어들이 지느러미를 움직여 천장으로 올라갔다. 봉근은 그들 중에서 머리에 번쩍이는 왕관을 쓴 자를 찾아냈다. 용왕은 봉근이 자신을 노려보며 해머를 휘두르자 점잖게 말했다.

"인간들은 날 용왕이라 부르지만 난 뮤단 족의 왕이다. 너희들은 이해하지 못할지 모르나 우리 뮤단 족은 찬란한 수중 문명을 이룩한 위대한 종족이다. 썩 물러가지 않으면 앞으로 천 년 동안 풍랑을 일으켜 배가 다니지 못하게 하겠다!"

그러나 봉근은 용왕의 위엄있는 경고에도 눈 하나 꿈쩍하지 않았다.

"또 만났구나, 이 생선대가리 왕초 놈아! 썩 내려오너라!"

"무엄하다! 감히 용왕님에게 무슨 짓이냐!"

인어 몇 마리가 봉근에게 달려들었으나 그가 휘두르는 해머에 나자빠졌다. 봉근은 인어들이 지느러미를 이용해서 요리조리 빠져나가자 화가 나서 회의실을 떠받치고 있는 기둥에 해머를 휘둘렀다. 쿵 하는 육중한 소리와 함께 회의실 천장에서 돌가루가 떨어졌다. 인어들이 자지러지는 듯한 소리를 냈다.

"으… 안 돼! 그럼 이 건물이 무너져! 그러지 마!"

"그러지 말긴 뭘 그러지 마! 내 집도 아닌데 무너져라! 아우~ 또 간다앗!"

봉근의 해머가 다시 기둥을 강타했다. 기둥이 약간 옆으로 기울었다. 인어들은 공포에 질려 이리저리 헤엄쳐 다녔지만 입구를 막고 서 있는 봉근 때문에 어쩔 줄 몰랐다. 봉근이 기둥에 대고 대여섯 번 해머를 휘두르자 크르르르 하는 소리와 함께 붕괴되기 시작했다. 기둥은 옆으로 맥없이 쓰러지고 건물이 흔들렸다. 벽에 금이 가더니 천장이 조금씩 무너지기 시작했다. 인어들은 비명을 지르며 헤엄쳐 다니다가 머리 위로 떨어지는 석판에 깔려 죽거나 벽에 머리를 박고 죽었다. 용궁 대회의실이 급속히 붕괴하기 시작했다. 모든 천장의 석판이 와르르 한꺼번에 무너져 내렸다. 인어의 비명 소리가 여기저기서 들렸다.

웅장한 용궁 대회실이 맥없이 무너진 자리에는 돌 무더기만 잔뜩 쌓여 있었다. 잔해 아래에는 용궁 고위 관료들의 시체가 깔려 있었다. 돌무더기 꼭대기에 있는 잔해가 조금씩 들썩였다. 돌이 몇 개 굴러 내렸다. 안에서 사람의 손이 불쑥 튀어나왔다. 이윽고 요란한 소리와 함께 봉근이 돌 무더기 속에서 튀어나왔다. 한 손에는 해머, 한 손에는 용왕의 목을 틀어쥐고 있었다.

"아우~ 갑갑해 미치는 줄 알았네! 이봐, 생선대가리! 제인인가 뭔가 하는 아가씨는 어디 있어? 어서 불지 않으면 해머로 두들겨 주겠다!"

"끄윽… 살려주세요……. 도망칠까 봐 감방에 가두어놨어요……."

"이런 나쁜 자식! 혼례 올릴 사람을 감방에 가둬놔? 어서 안내해!"

감방은 용궁 밖에 있었으나 다행히 멀지 않은 곳이었다. 봉근은 용왕을 볼모로 삼아 감방까지 쳐들어간 후 옥졸들을 때려눕히고 제인을 찾아냈다. 제인은 돌로 만든 창살 안에 갇혀 있었는데 봉근이 해머를 한번 휘두르자 돌 창살은 가루가 되었다.

"아가씨! 어서 나오슈! 아가씨 아버님이 목 빠지게 기다리고 계슈!"

제인은 감방을 부수고 들어온 우악스러운 사내에 놀라 구석에 웅크리고 앉았다가 부친이 기다린다는 말에 안심하고 봉근의 손을 잡았다. 봉근은 비록 물속이지만 제인의 부드러운 피부와 따뜻한 체온을 느낄 수 있었다. 가만히 보니 용왕이 탐낼 만한 미인이었다.

"안녕하슈? 난 봉근이라고 하우."

"봉……?"

"음, 볼컨이라구 해두슈. 근데 본명은 아니우."

"볼컨… 고맙습니다, 제 목숨을 구해주셔서……."

그녀는 다소곳하게 인사하다가 봉근이 붙들고 있는 용왕을 보자 이마에 핏대를 세웠다.

"근데 저 재수없는 새끼는 왜 데려가죠?"

"이 생선대가리 말이우? 하도 나쁜 짓을 많이 한 놈이라 내가 데려가 회 떠 먹을 셈이우."

봉근과 제인은 용왕의 머리에 군밤을 한 대씩 쥐어박았다. 죽이 잘 맞는 한 쌍이었다.

"어서 올라갑시다."

"네에."

두 사람은 수면을 향해 부지런히 발을 놀려 용궁을 빠져나왔다. 용궁을 감싸고 있는 투명한 막을 통과하자 더 이상 숨을 쉴 수 없었다. 숨을 참으며 계속 발을 놀리자 햇빛이 들어오는 수면이 보이기 시작했다. 봉근이 제인에게 조금만 더 참으라는 시늉을 하자 제인은 거품을 뽀글거리며 고개를 끄덕였다.

"우웩… 웩… 끄윽……."

토마스는 출렁거리는 배 위에서 오랫동안 있었더니 멀미가 나서 견딜 수가 없었다. 배 난간으로 달려가 구토를 한 게 벌써 세 번째였다. 그는 기진맥진해서는 어부에게 돌아가자고 졸랐다.

"아이고, 그만 갑시다. 그 머리 큰 총각은 죽은 게 틀림없어요. 물속에서 숨을 쉴 수 있는 곳이 있다는 게 말이 됩니까? 배가 난파당할 때 충격을 받아 머리가 어떻게 됐던 거지요."

"음… 그래도 좀 기다려 보지요, 토마스 씨. 어쩌면 그 총각이 따님을 구해올지도 모르잖아요?"

"어흐흐흐… 그런 소리 마세요. 우리 불쌍한 제인은 고기밥이 되었을 거예요. 아이고오… 내 딸년… 고이 키운 내 딸년… 찹쌀떡 삼백 개와 목숨을 바꿨네……. 아이고오……."

토마스 마치가 다시 통곡을 시작하자 어부는 고개를 절레절레 흔들며 바다 쪽을 쳐다봤다. 제인이 제물로 바쳐진 때문인지 바다는 잔잔하고 평화스러웠다. 그는 멍하니 수평선을 응시하다가 갑자기 미간을 찡그렸다. 가까운 바다에 부글부글 거품이 올라오고 있었기 때문이다.

"설마?"

그는 노를 저어 거품이 올라오는 지점으로 배를 이동시켰다. 어부는 기쁜 얼굴로 실의에 젖어 있는 토마스에게 소리쳤다.

"이봐요, 뭔가 물속에서 올라오고 있어요! 이리 와봐요! 어서요!"

어부의 말에 토마스 마치도 눈물을 닦고 난간으로 다가왔다. 정말 수면 위로 거품이 올라오는 게 무언가 불쑥 솟구칠 것 같았다.

"아앗! 머리 큰 총각!"

토마스의 입에서 반가운 탄성이 터져 나왔다. 봉근이 한 손에는 괴상한 물고기인간을, 한 손에는 제인을 붙들고 수면 위로 부상한 것이다. 어부는 얼른 갈고리를 뻗쳐서 봉근과 제인이 갑판 위로 올라오도록 했다. 제인은 갑판 위로 올라오자 부친을 끌어안고 엉엉 울었다. 토마스는 눈물과 콧물이 뒤범벅되어 제인을 다그쳤다.

"어이구, 이것아. 어쩌자구 그런 짓을 했어. 어쩌자구 그런 끔찍한 짓을 했냔 말이여……. 이 아비는 너만 옆에 있으면 눈 나빠도 살 수 있단 말이여……. 어이구우……."

"흑흑… 아버지 라식 검법 치료는 받으셨어요? 경과는 좋으신가요?"

"그래, 네 덕분에 훌륭한 제다이를 만나서 정상 시력을 되찾았다. 덕분에 코가 날아가긴 했지만……."

"흑흑… 걱정 마세요. 코 수술도 꼭 시켜 드릴게요. 제가 코 높인 곳에서 하면 이쁘게 나올 거예요."

두 사람이 부녀지간의 회포를 풀고 나자 이제 모든 이들의 관심은 갑판 위로 끌려온 용왕에게로 집중되었다. 늙은 어부는 호기심 많은 얼굴을 하고는 봉근에게 물었다.

"이 괴상하게 생긴 물고기는 뭔가? 몸통은 사람하고 비슷한데… 분명 사람은 아니군."

"이놈이 바로 용왕 행세를 하던 괴물이에요! 뮤단 족인지 뭔지 하는 족속의 우두머리인데 그동안 풍랑을 일으켜 어부들 목숨 숱하게 빼어간 장본인이죠."

늙은 어부가 용왕의 얼굴에 침을 탁 뱉었다.

"아주 더러운 자식이구만! 그래, 이놈을 어쩔 셈인가?"

용왕은 자존심이고 뭐고 생각할 겨를도 없이 봉근의 발밑에 엎드려 부들부들 떨고 있었다. 봉근은 생선대가리에게 자비를 베풀 마음은 전혀 없어 보였다. 그는 늙은 어부에게서 날카로운 칼을 빌렸다.

"자아~ 선상에서 회를 떠 먹는 맛은 정말 일품이지요~ 먹고 싶은 분은 말씀하세요~"

봉근은 단칼에 용왕의 목을 자른 뒤에 살을 얇게 떠내기 시작했다. 어부가 놀라는 표정으로 물었다.

"뭐야! 자네, 그 괴상한 물고기인간을 날로 먹을 셈인가?"

"그럼요~ 생선은 회로 먹어야 제맛입니다~"

봉근은 콧노래를 부르며 얇게 저민 살을 입에 덜렁 집어넣고 씹기 시작했다. 음, 하고 만족스러운 소리를 내면서.

"카아~ 정말 맛있네요! 초장에 소주라도 있으면 금상첨화일 텐데 아쉽군요!"

"이보게, 볼컨 총각. 난 토할 것 같네……."

어부와 토마스는 난간으로 달려가 동시에 구토를 시작했다. 뜻밖에 비위가 좋은 사람은 제인이었다. 그녀는 눈 하나 깜짝하지 않고 봉근이 용왕의 살을 발라먹는 걸 지켜보았다.

"볼컨, 그거… 맛있어요?"

"그럼요! 광어나 우럭보다 훨씬! 자아~ 한 점 먹어보세요~ 아~"

"아~"

봉근은 한껏 벌린 제인의 작은 입속에 용왕의 저민 살을 넣어주었다. 두 사람은 어부의 배가 항구로 돌아갈 때까지 양념 없는 회를 다 먹어치웠다. 수천 년간 어부들을 괴롭혔던 수중괴수는 그렇게 인간의 뱃속으로 들어가고 말았다.

제3장 배철수와 백신 캠프

태양이 머리 꼭대기에서 이글거리는 뜨거운 한낮이건만 경기도 광천에 위치한 공립 수영장에는 단 한 사람의 이용자도 없이 정적만이 감돌았다. 풀에 가득 찬 물에서는 염소 냄새가 났고 수면은 거울처럼 매끄러웠다. 광천수영장 관리사무소는 유일한 회원이었던 이주룡 씨가 탈퇴한 이후로 신규 회원 가입을 전혀 받지 않았다. 게다가 반경 1킬로미터 이내로 출입하는 것을 엄격히 금하고 있어 사람들은 겉으로는 수영장이지만 실제 용도는 다를 것이라고 수군거렸다. 뭔가 정치권의 흑막이 있다고 믿는 이들도 있었다. 주민들 사이에는 수영장에서 로봇이 튀어나오는 걸 봤다는 괴담이 떠돌았지만 그곳이 설마 막싸움브이의 비밀 기지라고 믿는 이는 아무도 없었다.

광천 기지 회의실에는 소장 이하 주요 간부급 연구원들이 모여 심각한 얼굴로 대화를 나누고 있었다. 불여우 엑스의 파일롯인 밍밍이 사도에게 살해당하고 막싸움 브이의 파일롯인 봉근이 실종된 지금 광천 비밀 기지는 존폐의 기로에 서 있었다.

"광천 기지가 폐쇄될지도 모른다구요? 정말이세요, 소장님?"

연구원 한 명이 놀라는 얼굴로 진경립 연구소장에게 물었다.

"음… 아직 공식적으로 발표하지는 않았지만 국방부에서 용도 폐기할 움직임이 감지되고 있어. 인간형 병기 프로젝트를 책임지고 있는 고명훈 획득실장이 국방부 내에서 팽(烹)당하는 분위기야. 뭐, 당연한 귀결이지. 광천 기지는 막싸움 브이와 불여우 엑스의 격납고이자 작전 지휘본부인데 두 로봇이 무용지물이 되어버렸으니……."

"하지만 소장님, 막대한 개발비가 들어간 인간형 병기 프로젝트입니다. 군에서 그렇게 쉽게 포기할 리가 없습니다."

"휴… 개발비만큼이나 엄청난 유지비가 들어가는 게 이 광천 기지라네. 전력 강화에 도움 안 되는 불용자산은 매각한다는 게 군의 방침이야. 빠순이 테마 파크를 운영하고 있는 샘숭 오빠 랜드에서 인수할 의사를 내비쳤네."

"소장님, 포기하시기엔 이릅니다. 육군에서 차출한 싱크로 테스트 대기자들이 아직 오십여 명이나 있습니다. 민간인들 중에서도 지원자들이 속출하고 있구요. 추봉근처럼 이상적인 조종사를 찾기는 쉽지 않겠지만 로봇 탑승이 가능한 적합 인물을 곧 찾을 수 있을 겁니다."

김대현 광천 기지 총무과장이 희망적인 이야기를 했으나 진 소장의 얼굴에서는 어두운 그림자가 사라지지 않았다.

"싱크로나이제이션에 적합한 인물을 찾는 일은 백혈병 골수 기증자를 찾기보다 힘들다네. 추봉근 병장같이 특이 체질을 가진 사람이 또 있겠나? 밍밍 역시 특이한 체질을 가진 여성이었네. 유전자 분석 결과 인간이 아닌 개과 동물의 유전자였지. 아무튼 그런 조종사들은 다시 구하기 힘들 거야. 아니… 불가능할 게야."

진 소장의 비관적인 말에 연구원들은 모두 고개를 푹 숙였다. 훌쩍거리며 우는 여성 연구원들도 있었다. 그들은 직장을 잃게 된 상황보다는 사도에게 유린될 조국의 장래를 걱정하고 있었다. 네 번째 사도인 웅묘불패 이후로 사도의 출몰은 없어졌지만 언제 또다시 흉포한 모습을 드러낼지 알 수 없는 일이었다.

홍콩 아방궁 빌딩에 위치한 리서치센터 사도 변환실. 창가에서 야경을 바라보는 한 남자, 아니, 여자… 아니, 변태가 있었다. 오른쪽 얼굴은 포마드를 자르르 발라 넘긴 중년 남자의 얼굴이고, 왼쪽 얼굴은 곱게 화장을 하고 립스틱까지 바른 여성의 모습이었다. 그는 한국에서 웅묘 왕국에 귀화한 천재 과학자 아리랑 백작이었다. 네 마리의 팬더를 사도로 변환시켜 조국인 대한민국의 수도를 쑥대밭으로 만든 남자. 그는 요즘 우울증이 재발해 리서치센터에 틀어박혀 지냈다. 그의 우울증이 재발한 동기는 별다른 것이 아니었다. 나이가 들면서 자연스럽게 찾아오는 피부 노화가 그의 감정을 센치하게 만들었던 것이다. 그는 화려하고 아름다운 홍콩의 야경과 대비되는 자신의 초라한 얼굴에 실망해 연신 한숨을 내쉬었다.

"아, 슬프도다! 오른쪽 얼굴은 술과 담배에 찌들어가고 왼쪽 얼굴은 화장도 안 받고 눈가에 잔주름만 늘어가니… 이대로 가다간 주름살 수술로도 회복이 불가능한 지경에 이르고 말 거야……. 아… 괴롭도다……."

아리랑 백작이 홀로 신세타령을 하고 있는데 천장에 리서치센터 한 쪽 벽면에 설치된 멀티 스크린에 사나운 팬더의 모습이 나타났다.

—이봐, 아리랑 백작! 너 죽고 싶냐! 앙!

"아… 마왕님? 무슨 일이십니까요?"

백작은 팬더 마왕의 느닷없는 꾸지람에 영문을 몰라 물었다.

—지금 감사실에서 올라온 리서치센터 감사 보고서를 읽고 있는 중이야! 자네 최근 들어 하라는 사도 변환 연구는 안 하고 쓸데없는 것들만 붙들고 있더군. 어디 보자, 여기 있군! 노화 방지제 연구, 피부의 주름살이 생기는 원인에 대한 연구, 거친 피부에 좋은 화합물 제조. 이 썩을 놈아, 지금 뭐 하는 거야!

팬더 마왕 앙꼬르는 날카로운 이빨을 드러내며 아리랑 백작을 위협했다. 백작은 고개를 끄덕이며 마왕에게 말했다.

"아이구~ 알았다구요. 알았으니까 재촉하지 마세요 성질 급한 마왕님, 이미 다섯 번째 사도는 다 준비해 놨다구요. 아라리요~ 다섯 번째 사도가 될 팬더는~ 아라리요~ 죽림칠현 중 오현인~ 아라리요~ 태상입니다~ 태상~"

백작은 마왕의 꾸지람을 받자 갑자기 명랑해져서는 탁자 위에 올라가 탭 댄스를 추었다. 마왕은 미간을 찡그리며 중얼거렸다.

—에잉, 정신 나간 놈 같으니……. 쯧!

마왕이 멀티 스크린에서 사라진 뒤에도 백작은 한참 동안 댄스를 추다가 마호가니 테이블에서 내려왔다. 그의 얼굴에 음흉한 미소가 떠올랐다.

죽림방(竹林房)에 모인 죽림칠현 형제들은 오현(五賢)인 태상 주위로 모여들어 그의 이야기를 듣고 있었다. 네 명의 형들이 모두 유명을 달리한 지금 다섯째 태상은 나머지 동생들을 데리고 맏형 노릇을 하고 있었다. 차분하고 이지적인 성격의 태상은 조용하지만 단호한 목소리로 동생들에게 자신의 생각을 말했다.

"다시 말하지만 난 사도가 될 생각이 없다. 백작 손에 놀아나 헛되게 죽을 수는 없어. 형들을 봐서 알잖아? 모두 비참하게 죽었어. 묘비조차 없지. 난 사도가 되지 않을 거고, 너희들 역시 사도 변환실에서 괴물이 되도록 내버려 두지 않겠다."

요상이 걱정스러운 표정으로 반문했다.

"태상 형, 하지만 아리랑 백작이라고 가만있을까? 앙꼬르 마왕의 신임을 받고 있는 녀석이잖아. 마왕도 우리가 사도가 되기를 원하고 있을걸?"

"그렇지. 우리가 사도가 되고 싶지 않다고 가만 내버려 둘 놈들이 아냐. 결국 우리 모두 한 마리씩 변환실로 끌려가 끔찍한 괴물로 바뀐 다음 한국에서 무지막지한 로봇들에게 맞아 죽게 될 거야."

성질 급한 지상이 버럭 소리를 질렀다.

"에이 씨, 태상 형! 그 아리랑 백작 놈의 자식 우리가 패 죽여 버립시다! 앙꼬르 마왕 모르게 해치워 버리면 되지 뭘 그래!"

"모르는 소리 하지 마. 그놈 주변에 경호원들이 득시글거린다구. 우리 밑에 있던 애들도 지금 대부분 그놈 밑으로 들어가 버렸어. 마왕에게 신임을 받고 있다는 소문 때문에 추종자들이 급속히 불어나는 중이야. 건드리면 좋지 않아."

"형, 그럼 어쩌지? 난 사도가 돼서 죽기는 싫어."

마음 약한 요상은 거의 울 듯한 얼굴이었다. 태상은 말없이 잠시 생각에 잠기더니 결단을 내렸다.

"도망치자! 우리가 살길은 그것뿐이다. 아리랑 백작에게서 달아나는 거야."

"도망치자구? 언제? 어디로? 도망쳐서 뭘 어떻게 하자는 거지?"

항상 걱정이 많은 요상은 도망치자는 말에도 선뜻 마음이 내키지 않았다.

"지금 당장 선전(深跡:Shenzhen)으로 가자. 홍콩에서 가깝고 아는 팬더 친구들도 많아. 당분간 거기 숨어 지내면서 기회를 엿보는 거야."

"태상 형, 나는 밑에서 차를 대기해 놓을 테니까 준비되면 바로 나와!"

지상은 차 열쇠를 집어 들고 엘리베이터로 달려갔다. 태상과 요상은 커다란 스포츠백을 집어 들고 당장 필요한 물건들만 챙겼다. 홍콩 전역을 벌벌 떨게 하던 암흑가 보스들로서는 꼴사나운 줄행랑이었지만 어쩔 수 없었다. 가방을 들고 복도로 나오자 순찰 중인 아방궁 경비원들이 보였다. 태상과 요상은 짐짓 태연한 표정을 지으며 그들 곁을 지나쳤다.

"형님들, 어디 가십니까?"

경비원 한 명이 웃으며 물었다. 자세히 보니 전에 알고 지내던 하부 조직원이었다.

"오, 아정이구나. 잠시 아우들이랑 바람 좀 쐬러 간다. 잘 지켜라. 요즘 폭동이 자주 일어난다고 들었다."

"걱정 마십시오. 마왕님께 충성을 맹세한 저희들입니다. 아방궁은 목숨을 바쳐서라도 지킬 겁니다."

태상은 속으로 같잖다고 생각했다. 오래전 손가락에서 피를 내가며 죽림칠현에 충성을 맹세했던 자들이 이제는 모두 마왕이나 아리랑 백작의 직속 부하로 들어가고 있었다. 모상, 조상, 리상, 변상이 사망하고 조직원들마저 다 떠나 버린 지금 홍콩 최대의 파벌 죽림칠현(竹林七賢)은 와해된 조직이나 마찬가지였다. 태상과 두 아우들도 중국 전역을 지배하는 팬더 마왕의 권력에 빌붙어 사는 많은 빈대들 중 한 마리였던 것이다. 엘리베이터를 타고 1층까지 내려와 문앞까지 오는 동안 몇 명의 조직원들을 더 만났지만 별 탈 없이 넘어갈 수 있었다.

"형님, 어서 오세요! 요상! 서둘러!"

어느새 아방궁 정문 앞에 컨버터블 스포츠카를 세워놓고 대기 중인 지상은 두 형제를 발견하고는 어서 오라고 손을 흔들었다. 아방궁 수위는 죽림칠현 형제들이 차에 타고 어디론가 급히 떠나는 걸 보고 고개를 갸웃거렸으나 위에 보고하지는 않았다. 그의 임무는 낯선 이의 출입을 통제하는 것이지 고위 간부의 이상 행동을 보고하는 것이 아니기 때문이었다.

차는 순식간에 홍콩 시내를 빠져나와 선전을 향해 달렸다. 중국 전역에 계엄령이 선포되어 있었지만 아무도 그들을 검문하지 않았다. 팬더 마왕은 단숨에 권력의 정점에 올랐으나 권력을 유지하고 통치하는 데는 서툴렀다. 군대의 기강은 해이했고 폭동과 반란이 끊이지 않았다. 태상과 두 아우는 이런 어수선한 상황이라면 도망 생활을 하기가 용이할 거라고 생각했다. 선전은 홍콩과 워낙 가까운 거리에 있었다. 그들은 어느새 선전 변두리에 위치한 작은 모텔에 차를 주차시키고 있었다. 태상은 동생들과 짐을 부리면서 이제 안심이라는 듯이 말했다.

"이 모텔은 내 친구가 운영하는 거야. 여기 있으면 아무도 우리를 찾지 못할 거다."

지상은 세 형제가 기거하게 될 방을 보자 대뜸 불만을 터뜨렸다.

"아이 씨, 무슨 방이 이렇게 작아? 여기서 어떻게 팬더 세 마리가 지내란 말이야! 그리고 왜 이리 너저분한 거야? 저 벽지 좀 봐! 꼬질꼬질하고 촌스럽고……. 아이 씨, 짜증나네!"

아방궁의 초호화판 인테리어에 익숙해 있는 지상으로서는 당연한 반응이었다. 태상은 그런 동생을 차분히 타일렀다.

"지금 우리는 좁다고 불평할 처지가 아니니다. 목숨을 구하려고 도피 중인데 이 정도는 참아야지."

팬더 형제들은 그 후로 며칠간은 그럭저럭 버틸 수 있었다. 일절 밖으로 나가지 않고 방 안에 틀어박혀 있어서 답답했지만 모텔 주인인 태상의 친구가 생활에 필요한 물건들과 식료품들을 구해다 주고 형제들이 궁금해하는 아방궁의 소식들을 전해주었다. 하지만 그들은 일주일을 버티지 못하고 결국 아방궁으로 돌아가야만 했는데, 이는 지상의 인내심 부족이나 요상의 나약함 때문이 아니었다. 원인은 아리랑 백작의 무서운 저주에 있었다.

그날도 태상은 뉴스 채널을 열심히 보면서 바깥 세상의 동정을 살피고 있었는데 갑자기 TV 수상기의 화질 상태가 고르지 못하게 되었다. 일시적인 현상이겠거니 하고 잠시 기다려 보았으나 화질은 점점 더 나빠졌다. 은근히 짜증이 나기 시작한 태상은 TV 수상기에 다가가 손바닥으로 탁탁 치면서 노이즈가 없어지기를 바랬다. 그러자 화면이 갑자기 시커멓게 변하더니 낯익은 얼굴이 나타났다. 태상은 기겁하며 스위치를 눌러 전원을 꺼버렸다. 등 뒤로 식은땀이 주르르 흘렀다.

"헉헉… 설마… 그 인간이 왜……."

태상은 조심스레 전원 스위치를 눌렀다. 착각이 아니었다. 반쪽은 남성, 반쪽은 여성의 얼굴을 한 남자. 조그만 객실 TV 화면을 가득 채우고 있는 것은 분명 아리랑 백작의 기괴한 얼굴이었다. 그는 무표정한 얼굴로 노래를 부르고 있었다.

—아리랑~ 아리랑~ 아라리요~ 아리랑 고개를 넘어간다~ 나를 버리고 가시는 님은~ 십 리도 못 가서 발병난다~ 아리랑~ 아리랑~ 아라리요~

TV를 꺼버린 태상은 미간을 찌푸렸다.

"재수없는 인간… 방송엔 왜 나오는 거야……?"

그는 친구가 가져다 준 신문을 펼쳐 들었다. 그리고 화들짝 놀라 뒤로 넘어질 뻔했다. 1면을 가득 메운 건 아리랑 백작의 사진이었다. 사진 위로는 아리랑 백작이 TV에서 불렀던 노래 가사가 적혀 있었다.

아리랑 아리랑 아라리요,
아리랑 고개를 넘어간다.
나를 버리고 가시는 님은
십 리도 못 가서 발병난다.
아리랑 아리랑 아라리요.

태상은 신문을 박박 찢어 휴지통에 버렸다. 소매로 이마에 흐르는 식은땀을 닦았다. 그는 담배를 한 대 피운 뒤에 라디오를 틀었다. 처음에는 조용한 재즈 음악이 흐르더니 이내 잡음이 섞여 들렸다. 그러더니 일순 정적이 감돌았다. 그리고 뒤이어 들려오는 아리랑 백작의 목소리.

—아리랑~ 아리랑~ 아라리요~ 아리랑 고개를 넘어간다~ 나를 버리고 가시는 님은~ 십 리도 못 가서 발병난다~ 아리랑~ 아리랑~ 아라리요~

"우와아아악!"

그는 귀를 막고 탁자 위의 라디오를 발로 차버렸다. 라디오는 바닥으로 떨어지면서 박살이 났다. 케이스가 부서지고 회로기판이 떨어져 나갔지만 스피커에서는 여전히 아리랑 백작의 노래가 흘러나왔다.

—아리랑~ 아리랑~ 아라리요~ 아리랑 고개를 넘어간다~ 나를 버리고 가시는 님은~ 십 리도 못 가서 발병난다~ 아리랑~ 아리랑~ 아라리요~

태상은 아리랑 백작의 집요함에 두려움을 느끼기 시작했다. 몸은 멀리 떨어져 있어도 상대방을 바로 옆에서 괴롭히는 자였다. 하지만 정말 무서운 일은 그 다음날 발생했다. 아침에 일어나 보니 지상과 요상이 효자손으로 발바닥을 열심히 긁어대고 있었다. 지상은 하도 긁어서 발바닥에서 피가 배어 나오고 있었다. 태상은 지상의 효자손을 잡으며 물었다.

"뭐 하는 짓이야! 발에서 피나잖아!"

"형, 가려워 죽겠어! 우리 둘 다 엄청 심한 무좀에 걸렸나 봐!"

"무, 무좀?"

태상은 놀라는 표정을 지었다. 기껏 무좀 때문에 발바닥에서 피나도록 긁고 있다니. 그는 스포츠백에서 조그만 연고 하나를 꺼내서 건네주었다. 연고를 건네주는 그의 얼굴에는 동생들을 보살피는 따뜻함이 배어 있었다.

"카네스텐을 발라봐."

"아이 씨, 그걸로 안 된다니깐 그러네! 요상이랑 나랑 무좀약으로 떡칠을 해도 안 낫는다니까!"

요상은 연신 알약을 꿀떡꿀떡 삼켰다. 태상은 이상히 여겨 막내에게 물었다.

"요상, 뭘 그리 자꾸 삼키냐?"

"응, 먹는 무좀약이야. 가려워 미치겠어."

"음… 갑자기 웬 무좀이……. 방이 습한가?"

태상은 자신도 모르게 발가락을 꼼지락거리고 있는 걸 깨달았다. 발끝이 가려웠다. 양말을 벗어보니 각질이 벗겨지고 있었다. 무좀이었다. 그는 지상의 효자손을 빼앗아서 발바닥을 긁었다. 아무리 긁어도 시원하지 않고 가려움은 점점 심해졌다. 태상은 순간 아리랑 백작의 얼굴이 스쳐 지나갔다.

'설마… 이것이 백작의 저주인가?'

그는 TV를 켰다. 아리랑 백작은 전날과 다름없는 모습으로 같은 노래를 부르고 있었다.

아리랑 아리랑 아라리요,
아리랑 고개를 넘어간다.
나를 버리고 가시는 님은
십 리도 못 가서 발병난다.
아리랑 아리랑 아라리요.

태상은 그제야 자신들이 백작의 저주로 인해 무좀에 걸렸음을 알게 됐다. 하지만 무좀 따위에 굴복해 아방궁으로 돌아갈 순 없었다. 그는 친구에게 더욱 강력한 무좀약을 사다 달라고 부탁했다. 세 형제는 아침 저녁으로 발을 열심히 씻고, 말리고, 약을 발랐으나 증세는 개선되지 않았다. 요상은 화농까지 일으켜 팔과 다리에 붉은 줄이 나타났다. 무좀이 걸린 지 삼 일째에 접어들었을 때 태상은 괴로움을 견디다 못해 돌아갈 것을 결심하고 동생들을 불러 모았다.

"백작의 저주에서 도저히 벗어날 길이 없구나. 아무래도 돌아가는 게 좋겠다."

"맞아, 형. 사도가 돼서 죽으나 무좀 걸려 죽으나 매일반이지 뭐……."

그리하여 마왕과 아리랑 백작으로부터 도망쳤던 세 형제는 6일 만에 돌아와 팬더 마왕 앙꼬르 앞에 무릎을 꿇었다. 마왕은 건방진 놈들이라며 따귀를 올려붙였다. 하지만 그들은 아픔을 느끼지 못했다. 발바닥의 가려움이 극심해 다른 곳은 고통을 못 느끼는 것이다. 태상은 고통받는 형제들을 대표해 아리랑 백작에게 부탁했다.

"백작님, 제발 저주를 풀어주세요."

"아라리요~ 너희를 용서할 수는 있지만 아리랑 저주를 풀 수는 없단다. 아라리요~"

"네? 저주를 풀 수 없다니, 그 무슨 청천벽력 같은 소리세요?"

"아라리요~ 아리랑은 칠천만 한민족의 끈끈한 정과 한이 맺혀 있는 민요라서… 한 번 건 저주는 쉽게 풀리지 않아."

저주를 풀 수 없다는 백작의 말에 태상과 그 형제들은 억장이 무너지는 심정이었다.

"아이고오~ 그럼 어쩌면 좋아요? 발바닥 가려워 죽겠어요! 아아… 이렇게 사느니 죽는 게 나아요!"

"아라리요~ 걱정 마라~ 저주를 완전하게 풀 수는 없지만 강도를 약하게 해서 무좀을 치료할 수는 있으니까. 아라리요~"

세 형제는 무좀을 치료할 수 있다는 말에 귀가 번쩍 틔어 동시에 외쳤다.

"무좀을 치료할 수 있다고요? 제발 가르쳐 주세요!"

백작이 제시한 방법은 좀 묘하고 이상했다. 면양말을 신고 마호가니 탁자 위에서 탭 댄스를 추는 것이었다. 태상과 형제들은 반신반의하며 마른 면양말로 갈아 신고 탁자 위로 올라섰다. 백작은 팬더 형제들보다 먼저 올라서서 따가닥거리며 춤을 추고 있었다.

"자아~ 날 따라서 해봐~ 아라리요~ 이렇게~ 따가닥따가닥~ 이렇게~ 따가닥따가닥~"

태상, 지상, 요상은 그날 온몸이 땀에 흠뻑 젖도록 춤을 추다가 탁자에서 내려왔다. '탭 댄스로 저주 풀기' 가 끝난 뒤 백작이 건네주는 항진균제를 발바닥에 바르고 숙소로 돌아오니 가려움증이 훨씬 덜한 것을 느낄 수 있었다.

"지상 형, 백작이 가르쳐 준 방법이 효험이 있나 봐. 이제 피나도록 긁지 않아도 가렵지 않은데?"

"그러게 말이야. 거참 신기한 일이야. 어쨌든 그 징그러운 백작 놈, 우리한테 몹쓸 저주를 걸었어. 언제든 기회를 봐서 복수해 주고 말 테다."

"형, 복수할 때는 나도 꼭 끼워줘. 백작 놈 때문에 고생한 거 생각하면 치가 떨려. 그리고 다른 형들 죽게 한 건 또 어떻고."

"물론이지. 근데 태상 형은 어디 있지? 아까부터 안 보이네."

지상과 요상이 백작에 대한 복수를 이야기하는 동안 태상은 리서치센터 사도 변환실에 있었다. 그는 지금 마왕와 백작의 명령에 따라 다섯 번째 사도로 탈바꿈하려는 순간이다. 그는 거대한 유리병 안에 갇혀 있는데 병 입구에는 회로기판처럼 생긴 접시가 그를 향해 있었다. 이를 지켜보는 마왕은 흥미로운 얼굴로 아리랑 백작에게 물었다.

"다섯 번째 사도는 어떤 모습인가? 거대한 괴수로 변하는가, 아니면 변상처럼 절세무공의 소유자로 만들 건가?"

마왕의 질문에 백작은 고개를 절레절레 흔들었다.

"아라리요~ 태상은 무형(無形)의 사도가 되어 적들을 공격할 겁니다."

"무형의 사도? 그럼 눈에 보이지 않는다는 말인가?"

"그렇습니다~ 태상은 무형의 디지털 정보로 변환되어 남한의 행정 전산망에 침투하게 됩니다. 그는 전산망을 타고 자유롭게 이동하면서 중요한 정보들을 파괴하고 왜곡하여 전국적인 대혼란과 재앙을 초래할 겁니다. 아라리요~ 생각만 해도 신이 나는구나~ 아라리요~ 아리아리랑~ 쓰리쓰리랑~ 아라리가 났네~ 아리랑~ 고개로 날 넘겨주소~"

백작은 신명이 나서 어깨를 들썩거리며 춤을 추었다. 마왕은 짜증이 나서 버럭 소리를 질렀다.

"백작, 이상한 노래는 그만 부르고 어서 사도로 변환시켜!"

"아라리요~ 알겠습니다~ 화 내시면 건강에 안 좋아요~"

백작은 마왕의 재촉에 변환기의 스위치를 서둘러 당겼다. 태상의 머리 위에 설치된 접시에서 지지직 하고 방전 현상이 일어났다. 태상은 고통스러운 듯 신음 소리를 냈다. 접시의 방전 현상은 점점 확대되더니 태상의 온몸을 삼켰다. 눈부신 빛이 방출되었다. 마왕과 백작은 눈이 부셔 고개를 돌렸다. 태상의 신음 소리가 점차 줄어들고 있었다. 백작은 변환기의 스위치를 올렸다. 팬더 마왕은 눈을 둥그렇게 뜨고 백작에게 물었다.

"어떻게 된 건가? 태상 녀석, 없어졌잖아!"

태상이 겁먹은 표정으로 서 있던 큰 유리병 안에는 그가 입었던 셔츠와 바지만 남아 있었다. 아리랑 백작은 즐거운 표정으로 대답했다.

"아라리요~ 성공이에요~ 태상이 디지털 정보로 변환되었네요~ 아리아리랑~ 쓰리쓰리랑~ 아라리가 났네~ 아리랑~ 고개로 날 넘겨주소~"

아리랑 백작은 마왕이 꾸중하거나 말거나 들썩들썩 춤을 추었다. 변환실에 설치된 멀티비전에는 커다란 타조알 모양의 이미지가 나타났다. 마왕은 저것이 무엇인가 하고 고개를 갸웃거렸다.

달안 동사무소 호적 담당인 오미란 씨는 수신된 이메일을 확인하기 위해 아웃룩 익스프레스를 실행시켰다. 편지 수신함은 대부분 스팸메일들로 가득 차 있었다. 그녀는 기계적으로 광고 메일을 지워 나가다가 기묘한 메일 하나를 발견했다.

보낸 사람:arirang_count@panda.or.cn

제목:다섯 번째 사도 비트(Bit).

메일에는 아무런 내용이 없었고 타조알 모양의 첨부 파일만 들어 있었다. 그녀는 파일을 다운로드받은 뒤에 동료에게 물었다.

"저기, 강석 씨… 나한테 이상한 타조알 같은 게 메일로 왔는데 좀 봐줄래요?"

"타조알?"

"여기……."

동료는 오미란 씨의 모니터를 힐끔 쳐다보더니 피식 웃었다.

"알집이네요. 압축 파일이니까 그냥 더블 클릭해 봐요."

그녀는 다운로드받은 파일 위로 커서를 옮겨 클릭했다. 그러자 수백 개의 파일이 생성되더니 이리저리 멋대로 복사되었다.

"까악! 뭐야, 이거!"

"왜 그래, 오미란 씨?"

"으으… 이상해요, 내 컴퓨터가!"

"음… 바이러스 먹었나?"

20기가에 달하는 그녀의 하드 디스크는 이내 압축 파일에서 풀려 나온 괴(怪) 파일들로 가득 찼다. 오미란 씨와 강석 씨는 괴 파일들을 하나하나 지워 나가기 시작했다. 하지만 지울 때마다 스스로 자기 복제를 하는 괴상한 파일이었다. 더구나 아웃룩 익스프레스를 자동 실행시키더니 주소록에 등록된 모든 이에게 파일들을 발송하기 시작했다. 강석 씨는 파일 삭제를 포기하고 멍하니 모니터를 쳐다봤다.

"신종 악성 바이러스인가 봐요. 백신 프로그램 돌려보세요."

그러나 업데이트한 백신 프로그램으로 치료를 시도해 봐도 구석구석 숨어 있고 스스로 복제하는 괴 파일들을 당해내지는 못했다. 결국 오미란 씨는 자신의 컴퓨터를 포맷한 뒤에야 업무를 볼 수 있었다. 그녀와 그녀의 동료 강석 씨는 그저 지독한 바이러스가 하나 출몰했다고 생각하고 일상으로 돌아갔다. 그녀의 컴퓨터가 앞으로 일어날 거대한 재앙의 시발점이 될 줄은 꿈에도 몰랐다.

중소 제조업체의 자재 담당 과장 백주달 씨는 얼마 전 노총각 딱지를 떼고 결혼에 골인한 새신랑이었다. 그는 발걸음도 가볍게 어여쁜 아내가 기다리고 있는 신혼집으로 향하는 중이었다. 동료들과의 회식자리도 마다하고 칼퇴근한 그는 머리 속에 아내와 즐기는 행복한 저녁이 떠올랐다. 집 근처에 있는 편의점에 들러 아내가 부탁한 저녁거리를 사 들고 집앞까지 온 그는 경쾌한 동작으로 초인종을 눌렀다.

"누구세요?"

왠지 쌀쌀맞은 목소리였다. 낮 동안 잡상인들에게 시달렸던 게 틀림없었다.

"나야, 나~ 자기의 하나뿐인 허니~"

"흥! 일찍도 기어들어 오시는군. 어서 들어와욧! 할 말 있으니."

그는 어리둥절한 기분으로 집 안으로 들어갔다. 아내는 눈꼬리가 양쪽으로 치켜 올라가 있었다.

"자기, 왜 그래? 무슨 일 있었어?"

"몰라서 물어? 이 뻔뻔한 사기꾼!"

아내는 다짜고짜 백주달 씨의 뺨을 후려쳤다.

"왜, 왜 그래, 자기? 내가 뭘 잘못했다고?"

"오늘 전입 신고하러 동사무소에 갔었어! 근데 당신… 당신 정말… 흑……."

아내는 고개를 숙이며 울먹였다. 영문을 모르는 백주달 씨는 도대체 무슨 일이냐고 다그쳤다.

"당신… 혼인 신고가 되어 있더군. 애까지 딸리고… 흑… 내가 무슨 죄를 지어서 유부남이랑 결혼을……. 으흑흑흑……."

"뭐, 뭐야? 내가 애 딸린 유부남이라고? 말도 안 돼! 내가 십수 년간

노총각으로 갖은 궁상을 떨며 지내왔던 건 회사 사람들이 다 안다구! 그게 무슨 뚱딴지 같은 소리야!"

그는 펄쩍 뛰면서 아내의 황당한 주장을 부인했으나 이미 그녀는 안방으로 들어가 짐을 싸고 있었다.

"여, 여보, 내 말 좀 들어봐! 뭔가 착오가 있었던 게 분명해! 내가 유부남이라니? 주위 사람들한테 물어보면 알 거 아냐!"

"시끄러! 넌 인간 말종이야!"

그녀는 다시 한 번 백주달 씨의 따귀를 올려붙이고는 현관문 밖으로 나가 버렸다. 신혼집에 홀로 남겨진 그는 얼얼한 뺨을 어루만지며 중얼거렸다.

"아이구, 아파라……. 때린 데 또 때리네……."

이 황당한 사태를 어떻게 수습해야 할지 갈피를 잡을 수 없었다. 정신이 멍해서 앉아 있는데 초인종이 울렸다. 그는 혹시 아내가 돌아왔나 해서 얼른 인터폰을 들었다.

"누구세요?."

"엠쥐 홈쇼핑에서 왔습니다!"

"홈쇼핑? 무슨 일이죠?"

"인터넷으로 전자렌지 주문하셨잖아요."

"전자렌지? 집사람이 주문했나?"

"주문자 성함이 백주달 씨로 되어 있네요."

"엥? 난 전자렌지 같은 거 안 시켰어요!"

백주달 씨는 화가 나서 인터폰을 확 끊었다. 오늘따라 재수없는 일들만 생긴다. 배달원이 계속 초인종을 누르고 있다. 신경이 곤두서기 시작했다. 거실 탁자 위의 전화 벨이 요란하게 울렸다. 혹시 아내의 전화일지도 모른다는 생각에 백주달 씨는 얼른 받았다.

"여보세요?"

—실례지만 백주달 씨 되십니까?

"그런데요. 누구시죠?"

—전 어홍은행 대출 담당 박주희라고 합니다.

"대출 담당? 무슨 일이죠? 은행에서 나 찾을 일이 없을 텐데……."

월급을 찾는 일 말고는 은행에 갈 일이 없는 백주달 씨였다.

—귀하의 대출금 1억 8천만 원에 대한 이자 납입이 석 달째 연체되어 전화드렸습니다.

"대, 대출? 1억 8천만 원? 무슨 소리요! 난 평생 빚이라곤 져 본 일이 없는 사람이에요!"

—죄송합니다만 전 새로 업무를 맡게 되어서 전산상에 나와 있는 대로 말씀드리는 것뿐입니다.

"이런 젠장! 뭔가 착오가 있을 거라구요! 거기 어디 지점이죠?"

—논현동 지점입니다.

"기다려요! 내가 지금 거기로 찾아갈 테니!"

백주달 씨는 속에서 열불이 났다. 지금 색시한테 오해받고 따귀 맞은 것도 억울한데 난데없는 빚 독촉이라니. 은행으로 달려가 실수한 놈 모가지를 비틀어 버리리라. 백주달 씨가 대충 옷을 걸쳐 입고 현관문을 나서는데 억센 인상의 두 남자가 그를 가로막았다.

"어이, 서용만! 어딜 그렇게 급하게 가시나!"

한 사람은 넓은 어깨에 목이 두껍고 눈썹이 짙었고 한 사람은 눈매가 날카롭고 한쪽 뺨에 칼자국이 있었다. 두 사람 모두 사납고 싸움깨나 하게 생겼다. 백주달 씨는 겁이 나서 목소리가 기어들어 갔다.

"제 이름은 백주달인데요……. 사람 잘못 찾아오셨군요."

"얕은 꾀 부리지 마라! 벌써 컴퓨터로 사진 조회랑 주소 조회를 다 끝냈어! 서용만! 살인 및 방화 혐의로 체포한다!"

"뭐, 뭐라구요? 사, 살인?!"

형사들은 다짜고짜 백주달 씨의 팔을 뒤로 꺾어 수갑을 채웠다.

"아야야야! 이거 놔요! 전 백주달이에요! 백주달이라구요! 동사무소 가서 물어보세요! 정말 백주달이에요!"

"시끄럽다, 서용만! 할 이야기가 있으면 서로 가서 해라!"

백주달 씨는 형사들에게 끌려가면서 절규했다.

"으아악! 오늘 대체 왜 이러는 거야! 왜! 아아아아……!"

청와대에서는 긴급 국무회의가 열렸다. 안건은 '국가기간 전산망 혼란 사태 대책 마련'. 대통령, 국무총리와 국무위원들이 모두 출석해 굳은 표정으로 회의를 주재하는 총리의 말을 듣고 있었다.

"여러분, 난리예요, 난리. 행정 전산망, 공안 전산망, 국방 전산망, 금융 전산망, 교육 전산망… 모조리 뒤죽박죽, 엉망진창이에요. 난 오늘 아침에 돈 찾으러 은행에 갔더니 계좌가 사라졌대요. 기막힌 일이에요. 만날 일등만 하는 우리 아들놈은 학교 전산실의 성적 자료가 전부 날아갔다고 울상이에요. 공부 못하는 애들만 신났다는 거예요. 국방부는 병사들 신상 자료가 담긴 데이터베이스가 마구 뒤섞여서 지금 급료를 줄 수가 없대요. 이거 도대체 어떻게 대처했길래 이 모양이에요? 어이, 정통부 장관, 당신이 그래도 전문가니까 말 좀 해봐요."

장관은 식은땀을 흘리며 설명했다.

"에… 저도 참 난감한 심정입니다. 국가기간 전산망이 구축된 이래

처음 있는 일이라서… 저희 부처에서도 최고의 인력을 투입하여 원인 조사와 대책 마련에 부심하고 있습니다. 그밖에는 드릴 말씀이 없군요."

총리는 장관의 궁색한 답변에 얼굴을 찌푸렸다.

"쯧쯧… 정통부 장관이란 사람이 고작 한다는 말이 그거예요? 답답하군요, 답답해……."

그러자 지금까지 줄곧 근엄한 표정으로 듣고 있던 행자부 장관이 벌떡 일어났다.

"내 언젠가는 이런 일이 일어날 줄 알았습니다. 그놈의 컴퓨터가 문제를 일으킬 줄 알았다니까요. 옛날이 좋았어요. 내가 공무원 생활 시작할 때만 해도 모든 문서는 손으로 직접 작성해서 만들었어요. 자 대고 줄 긋고, 볼펜으로 이름 쓰고……. 아, 그 옛날이 좋았는데……. 여러분, 이번 기회에 아예 모든 업무를 수작업으로 바꾸는 겁니다. 캠페인도 벌이자구요. 이름도 생각해 놓았어요. 다시 손이다. 어때요? 근사하지요?"

몇몇 국무위원들이 박수를 쳤다. 그들은 모두 나이가 지긋한 관료나 정치가 출신으로 컴맹들이었다.

청와대에서 한심한 회의가 열리는 동안 군에서는 보다 현실적인 대응 방법을 찾고 있었다. 특수부대 소속의 두 장교가 T1 급 전용선에 연결된 컴퓨터에 앉아 대화를 나누고 있었다. 국방부에서 전자전에 대비해 차출한 이들은 민간 보안업체 출신으로 해킹과 바이러스에 관한한 정상급 실력을 갖추고 있었다. 그들은 지금 온 나라를 혼란 속에 몰아넣고 있는 중국발 바이러스의 이름을 '팬더 바이러스'라 명명하고 이를 제거할 묘안을 궁리하는 중이었다.

"이처럼 재빠르고, 능동적이고, 영리한 바이러스는 처음이야. 마치 스스로의 의지를 갖고 있는 것 같아."

"백신 프로그램을 돌려도 이리저리 도망다니잖아? 파일 삭제를 하려 해도 다른 폴더로 도망쳐 버려."

"폴더 사이로만 이동하는 게 아니라 네트워크를 타고 움직인다구. 임의적인 확산과 복제를 하는 바이러스가 아니라 스스로 사고하는 지능을 가지고 있는 바이러스야. 데이터를 왜곡시켜 사람들을 골탕먹이는 걸 보라구. 이건 스스로 생각하고 행동하는 인공지능 로봇과도 같아."

두 사람은 한 시간에 걸친 토의 끝에 결론을 내렸다.

"이 문제를 해결할 사람은 단 한 사람."

"응, 국내 최고의 백신전문가 배철수 박사뿐이야."

배철수 박사가 누구인가. 가수 배칠수와 이름이 비슷하지만 하는 일은 전혀 다른 의사 출신 컴퓨터 바이러스 전문가다. '배철수와 백신 캠프' 라는 회사를 설립하여 전 국민에게 '넘버 쓰리' 라는 백신 프로그램을 공급하고 있다. 이제 나라의 운명은 배철수 박사의 두 어깨에 걸려 있는 것이다.

백신 캠프의 핵심 연구원들 중 하나인 박희주 CTO는 고심하는 얼굴이었다.

"어렵겠는데요. 문제는 팬더 바이러스가 기동성이 뛰어나다는 점입니다. 넘버 쓰리가 파일을 삭제하려 하면 먼저 알아차리고 네트워크를 통해 다른 컴퓨터로 도망쳐 버리니까요. 넘버 쓰리가 치료 능력이 있어도 놈보다 더 빠르지 않으면 잡기 어렵겠어요."

"아니야, 지금 속도로도 충분히 잡을 수 있어."

텁수룩한 수염을 쓰다듬으며 박희주 CTO에게 이야기하는 사람은 배철수 박사. 백신 캠프의 설립자이자 국내 컴퓨터 백신 산업의 산 증인이다. 그는 특유의 소탈한 미소를 지어가며 말을 이어 나갔다.

"이건 혼자서 독불장군식으로 행동해서는 잡을 수 없어. 모든 사람이 단합된 힘을 발휘해야 퇴치할 수 있는 거야. 지금 당장 방송국 피디를 만나봐야겠어."

"방송국 피디요? 무슨 말씀이세요?"

"방송을 통해 국민들에게 알리는 거야. 한날한시에 넘버 쓰리를 동시에 구동하여 팬더 바이러스를 퇴치하는 거지."

"아항~ 마치 쥐 잡는 날에 전국적으로 쥐약을 놓는 셈이로군요."

"그렇지."

배철수 박사의 아이디어는 즉시 호응을 얻었다. 방송국 측은 물론 정책 당국에서도 배 박사의 의견을 적극 받아들이기로 했다. 일주일간에 걸쳐 전 국민을 대상으로 한 홍보에 들어갔다. 넘버 쓰리를 구동해야 하는 날짜와 시간을 숙지시키기 위한 사전 작업이었다. 팬더 바이러스를 잡기 위한 넘버 쓰리 팬더 버전이 인터넷을 통해 무료로 배포되었다. 방송에서는 배철수 박사가 등장해 넘버 쓰리를 구동하는 법을 직접 설명했다. 드디어 디데이가 되었다. 요란한 사이렌 소리가 울렸다. 하지만 아무도 민방위 훈련이라고 착각하는 사람은 없었다. 사람들은 사이렌 소리에 맞추어 모두 집이나 직장으로 돌아가 컴퓨터 모니터 앞에 앉았다.

거사를 앞둔 배철수 박사는 직원들을 모아놓고 비장한 목소리로 연설을 했다.

"작업 들어가기 전에 한마디만 하겠다. 예전에 최영욱이라는 분이 계셨다. 최영욱. 용산을 떠돌면서 A/S를 하시던 분이지. 그 양반이 메인보드도 여러 개 작살내셨지. 메인보드. 그 양반 스타일이 이래. 너, 바이러스냐? 나 최영욱이야! 그리고 존나게 백신 프로그램을 돌리는 거야. 존나게! 바이러스 삭제될 때까지! 해커하고 싸울 때도 마찬가지야. 유 해커? 진짜루 해커? 나 최영욱이야! 그리고 역해킹하는 거야, 역해킹. 그럼 해커는 '뭐, 뭐야, 이 시벌 놈은? 뭐야, 이 시벌 놈이'. 그러다가 당황하면서 아이피 뽀록나는 거야. 응? 무뎃포! 무뎃포 정신! 그게 필요하다……."

백신 캠프 직원들은 눈물을 글썽이며 그의 연설을 경청했다. 연설을 마친 배철수 박사는 방송국 피디의 지시에 따라 음향실에 들어가 마이크 앞에 앉았다. 피디가 큐 사인을 내자 엔지니어가 바쁘게 움직이고 배 박사는 입을 열었다. 방송과 대형 스피커를 통해 배철수 박사의 음성이 울려 퍼졌다.

—국민 여러분, 오늘은 팬더 바이러스를 잡는 날입니다. 모두 컴퓨터를 부팅시키신 후 넘버 쓰리를 실행시켜 주세요. 준비가 모두 되셨으면 카운트에 들어가겠습니다. 숫자가 영에 다다르면 모두 힘차게 마우스 버튼을 클릭해 주세요.

긴장된 순간이었다. 배철수 박사는 천천히 숫자를 세었다.

—열… 아홉… 여덟… 일곱… 여섯… 다섯… 넷… 둘… 하나… 치료 시작!

전국에 깔린 수백만 대의 컴퓨터에서 동시에 넘버 쓰리가 돌아가기 시작했다. 백신의 움직임을 감지한 팬더 바이러스는 네트워크를 통해 이리저리 도망쳐 다녔지만 안주할 곳이 없었다. 모든 서버와 클라이언트에서 넘버 쓰리가 살기등등하게 지키고 섰다. 하지만 팬더 바이러스는 자유 의지를 가지고 있는 사도였다. 쉽게 굴복하려 들지 않았다.

'이따위 삼류 백신에게 질까 보냐! 백신을 감염시켜 주마!'

팬더 바이러스는 즉각 넘버 쓰리의 오작동을 유발하는 코드를 뿌려대기 시작했다. 배철수 박사도 예상치 못한 역습이었다. 바이러스에 감염된 넘버 쓰리는 치명적인 오류를 만들어내며 수십만 대의 시스템을 다운시켰다.

"사장님! 넘버 쓰리가 밀리고 있습니다! 팬더 바이러스는 역시 만만치 않는 놈이에요!"

백신 캠프 직원들이 비명을 지르며 배철수 박사를 찾았다. 하지만 배 박사는 묵묵히 모니터를 지켜보며 바이러스의 움직임을 주시하고 있었다. 그는 냉철한 분석력으로 바이러스의 실체를 꿰뚫어 보고 있었다. 그는 바이러스에 관한 지식에서 배 박사에 버금가는 박희주 CTO에게 조용하게 말했다.

"팬더 바이러스의 본체를 잡아야 해."

"네? 무슨 말씀이세요?"

"이놈은 지금까지의 바이러스들 하고는 달라. 기존의 바이러스는 자신과 동일한(Identical) 개체를 복제하지만 이놈은 자신과 비슷하지만 기능이 훨씬 떨어지는 분신(Avatar)을 만들 뿐이야. 이놈이 만들어내는 분신들은 데이터를 엉망으로 만들고 백신의 움직임을 감지할 수는 있지만 지금처럼 지능적이고 교활하지는 못하지. 우리는 팬더 바이러스의 본체를 잡아야 해."

그는 잠시 동안 팬더 바이러스를 잡을 전략을 구상하다가 부하 직원에게 명령했다.

"네트워크 지도를 가져와 봐. 길을 만들어서 우리 회사 서버로 유도해야겠어. 내가 직접 끝내주마."

넘버 쓰리에 둘러싸여 악전고투하던 팬더 바이러스는 한쪽 방향으로 길이 트이는 것을 발견했다. 팬더 바이러스는 재빨리 그쪽으로 옮겨갔다. 역시 넘버 쓰리가 깔려 있었지만 구동되지 않고 있었다. 바이러스는 넘버 쓰리가 멈춰 있는 서버들로 계속 옮겨다니며 도망치기 시작했다.

'휴, 살았다. 이쪽으로 쭉 도망치면 이 무시무시한 백신이 없는 동네가 나타날 거야.'

백신을 피해 계속 도망쳐 온 팬더 바이러스는 자신이 어느새 대용량 하드디스크에 들어와 있는 것을 깨달았다. 바이러스는 순간 공포심과 위압감을 동시에 느꼈다. 자신의 바로 옆에 거대한 크기의 파일이 하나 떡하니 버티고 서 있었기 때문이다.

'흐에엑! 뭐야, 이게?'

배철수 박사는 궁지에 몰린 팬더 바이러스를 보며 크게 웃었다.

"하하하! 놀랐지? 그게 바로 국방부에 납품하기로 되어 있는 미공개 초강력 백신 '넘버 원' 이다! 21세기 전자전에 대비해 우리 백신 캠프에서 모든 역량을 쏟아 부어 만든 걸작이지! 자, 넘버 원! 저 교활하고 간악한 사도를 분쇄하라!"

박사의 명령이 떨어지자 넘버 원을 이루고 있는 육중한 코드 뭉치들이 정교하게 작동하기 시작했다. 사도는 백신 공격용 코드를 뿌려댔으나 넘버 원을 감염시키기 전에 삭제되고 말았다. 넘버 원이 사도를 분석하기 시작했다. 0.001초 만에 사도의 로직을 파악한 백신은 적을 감지하고 도주하는 신경 코드 뭉치를 지워 버렸다. 수족이 잘린 사도는 폴더에 갇혀 옴짝달싹 못하고 있었다. 넘버 원은 느긋하게 폴더를 통째로 지정한 뒤에 단번에 삭제해 버렸다. 사도는 비명 한 번 지르지 못하고 소멸되었다.

"만세! 우리가 이겼다!"

넘버 원의 승리가 확정되는 순간 백신 캠프 직원들은 환호성을 지르며 자리에서 일어섰다. 배철수 박사도 기쁨을 감추지 못하고 이빨을 드러내며 활짝 웃었다. 방송을 통해 넘버 원이 사도를 무찌르는 순간을 지켜본 많은 국민들은 기쁨에 겨워 거리로 뛰쳐나왔다. 그들은 다시 한 번 사도의 침략을 격퇴한 조국의 저력에 벅차오르는 자부심을 느꼈다. 기쁨의 감정을 발산하는 방법도 가지가지였다. 독립 투사처럼 대한민국 만세를 격정적으로 외치는 아저씨, 태극기를 온몸에 휘감고 거리를 뛰어다니는 처녀, 붉은 티를 입고 오~ 필승 코리아를 외치는 어린 학생들. 그들은 생김새도, 하는 일도 모두 달랐지만 뜨겁게 조국을 사랑하는 마음은 누구나 똑같았다. 그날 대한민국은 축구 대표팀이 월드컵 4강에 진출한 이후로 최대의 인파가 거리로 쏟아져 나왔다.

제4장 진진 표류기

정신과 의사 김남미 박사는 디지털 보이스 레코더를 꺼내 입에 가져다 댔다. 그는 환자의 상태와 자신의 소견을 음성으로 기록해 남겨두는 습성이 있었다. 물론 차트를 만들기는 하지만 보다 세세한 기록은 이남미 박사의 노트북 하드 디스크에 저장되어 있는 음성 파일들에 담겨 있다. 수려한 용모와 명석한 두뇌를 가진 그녀는 약간 자기애적 경향을 보였다. 그녀는 자신의 목소리가 조수미나 신영옥보다 아름답다고 믿고 있었기에 자신이 녹음한 기록들을 듣는 것은 음악을 듣는 행위와 견줄 만했다. 그녀는 잠시 후 정신 상담을 하게 될 소년의 치료를 앞두고 기본적인 사항을 기록해 두려는 참이었다.

"나이 여덟 살, 이름은 최곤. 상담을 의뢰한 부모의 말로는 심리 상태가 매우 불안하고 횡설수설한다고 함. 상담을 해봐야 알겠지만 요즘 흔하게 보이는 과도한 교육열로 인한 탈진 증후군이 아닐까 추측해 본다. 요즘 찾아오는 어린 환자들은 반수 이상이 이런 케이스다."

김남미 박사가 레코딩을 끝내는 순간 진료실 문을 열고 주춤주춤 들어서는 조그만 체구의 소년이 있었다. 순진하고 겁먹은 표정의 소년은 조용히 걸어와 의자에 앉았다. 그녀는 되도록 부드러운 목소리로 소년에게 물었다.

"곤아, 기다리느라 지루했지? 이 병원에는 항상 나를 만나고 싶어하는 사람들이 줄을 서 있단다. 네가 날 만나게 된 건 큰 행운이야. 네 평생 나같이 예쁜 정신과 의사를 만나볼 수 있겠니?"

"아줌마, 아줌마는 약을 드셔야 해요."

김남미 박사는 소년의 뚱딴지 같은 소리에 고개를 갸웃거렸다.

"내가 약을 먹어야 한다구? 난 아주 건강하단다."

소년은 귀엽게 미소 지으며 그녀에게 말했다.

"아줌마는 공주병이에요. 약 드세요."

그녀는 순간 불쾌함을 느껴 싸늘한 표정을 지었다.

"환자는 너야. 묻는 말에만 대답해."

"네."

"너, 학교에서 왕따라며? 그렇게 싸가지없으니까 왕따지. 너처럼 사회성 부족하고 자폐적인 아이는 성인이 되어도 제대로 적응할 수가 없어. 될성부른 나무 떡잎부터 알아본다는 말 알지?"

그녀는 유능한 의사였지만 공과 사를 구분 못하는 좋지 못한 버릇이 있었다.

"아줌마, 난 정신병자가 아니에요. 난 남들이 못 보는 걸 볼 수 있기 때문에 따돌림당하는 거예요."

김남미 박사는 순간 양 볼을 부르르 떨더니 책상 위에 있던 물컵을 단숨에 들이켰다. 그리고 소리쳤다.

"얘가 왜 자꾸 나보구 아줌마래?! 결혼했다구 다 아줌마인 줄 알어? 너, 정신병동에 한번 갇혀볼래? 독한 약 매일 먹구 전기 치료 받아볼래? 또 한 번 아줌마라고 부르면 죽어. 알았어?"

소년은 그녀의 앙칼진 협박에도 굴하지 않고 당당히 말했다.

"아줌마는 정서 불안이에요. 약을 드셔야 해요."

김남미 박사는 심호흡을 해가며 간신히 감정을 추스렸다.

"까불지 말고 묻는 말에나 대답해. 방금 네가 못 보는 걸 볼 수 있다고 했는데 뭘 볼 수 있다는 거지?"

소년은 갑자기 진지한 표정이 되더니 속삭이듯이 말했다.

"난 둔갑한 동물들이 보여요."

"동물들이 보인다구? 동물들이라면 나두 만날 보는데. 더러운 개들, 교활한 고양이들, 시끄러운 까치들, 역겨운 비둘기……."

소년은 고개를 절레절레 흔들었다.

"그런 게 아니에요. 난 사람으로 둔갑한 동물들이 보인다니까요."

김남미 박사는 소년의 말을 이해하지 못해 잠시 멍하니 있었다. 진료실이 문이 열리면서 요염한 간호원 한 명이 들어왔다.

"선생님, 댁에서 전화왔었는데요, 시어머님 생신인데 왜 아직 퇴근 안 하시냐는데요?"

"환자가 밀려서 못 간다고 해."

"예, 선생님……."

소년은 엉덩이를 씰룩거리며 진료실에서 나가는 간호원의 뒷모습을 뚫어져라 쳐다봤다. 김남미 박사는 소년의 시선을 다시 돌아오게 한 뒤에 물었다.

"자, 아까 하던 이야기 계속하자. 동물들이 보인다고?"

"아까 그 간호원이요."

"응? 간호원?"

소년은 손을 덜덜덜 떨고 있었다. 얼굴에는 공포심이 가득했다.

"아까 그 간호원은… 꼬리가 아홉 개나 달린 여우예요. 손톱은 엄청나게 길고 날카로워요. 길쭉한 주둥이에는 피가 묻어 있어요. 아줌마, 조심하시는 게 좋아요."

김남미 박사는 얼굴이 파랗게 질렸다. 그녀는 가쁜 숨을 몰아쉬며 간신히 이야기했다.

"너… 왜 자꾸 나보고 아줌마라는 거야? 그렇게 이야기했는데……. 휴우, 너랑 계속 이야기하다가는 내가 노이로제 걸리겠다. 약 지어줄 테니까 어서 나가!"

소년은 시무룩한 얼굴로 걸어나갔다. 그녀는 보이스 레코더를 꺼내서 녹음을 시작했다.

"이름 최곤, 나이 여덟 살. 완전히 싸이코에 또라이다. 다음번에 또 찾아오면 큰 병원에 트랜스퍼시키겠음."

진료실에서 쫓겨나다시피 한 소년은 엄마의 손에 붙들려 병원에서 끌려나왔다.

"어휴, 곤아! 넌 왜 가는 곳마다 말썽이니. 제발 좀 다른 애들처럼 얌전하게 지낼 수 없겠니? 엄마는 너 때문에 흰머리만 늘었구나."

"제가 잘못한 게 아니에요. 그 아줌마 성격이 이상한 거라구요."

"됐다, 됐어! 엄마 운전할 동안은 말 시키지 말아라. 너 때문에 신경곤두서니깐."

소년은 차를 타고 집에 오는 동안 골똘히 생각에 잠겼다. 그는 옆집에 사는 팬더 아저씨에 대해 생각 중이었다. 둥글둥글 인상 좋은 남자처럼 생겼지만 실은 하얗고 까만 털로 뒤덮인 팬더라는 걸 소년은 알고 있었다. 남들이 못 보는 걸 볼 수 있는 탓에 소년은 마음고생도 컸다. 학교에는 인간의 탈을 쓴 동물들이 많이 살고 있었다. 명석하고 깔끔한 영어 선생님이 실은 족제비라는 걸 알고 있는 소년은 수업 시간마다 도망치기 일쑤였다. 체육부장인 철수는 덩치가 어마어마하게 큰 곰이었고 남학생들한테 인기가 좋은 부반장 영희는 눈이 빨간 토끼였다. 둔갑동물들은 소년에게 특이한 능력이 있다는 사실을 깨닫기 시작했고 자신들의 비밀이 드러날까 봐 소년을 따돌렸다. 왕따로 찍히면 소년이 어떤 말을 해도 반 아이들이 믿지 않으리라는 생각에서였다. 소년은 자연스럽게 우울하고 내성적인 성격으로 변해갔다. 아무도 소년에게 관심을 갖지 않았고 소년의 능력을 알아차리지 못했다.

집 근처 공원에서 태극권 수련을 하던 진진은 자꾸만 어떤 소년에게 신경이 쓰였다. 초등학교 저학년생 정도로 보이는 어린 소년이 자신을 뚫어지게 쳐다보고 있었기 때문이다. 진진은 수련을 멈추고 소년에게 다가갔다. 그는 특유의 푸근한 미소를 지으며 소년에게 말을 걸었다.

"웅~ 너 이름이 뭐니, 꼬마야?"

"최곤이에요."

"웅~ 곤아, 너 아저씨한테 태극권 배워볼래? 이거 신기해서 자꾸 쳐다보는 거지?"

소년은 고개를 절레절레 흔들었다.

"아니요, 팬더가 운동하는 거 재밌어서 보는 거예요."

진진은 이마에서 식은땀을 주르르 흘렸다. 혹시나 둔갑이 풀렸나 해서 온몸 구석구석 살펴보았으나 완벽한 인간의 모습이었다. 진진은 짐짓 모르는 체하면서 되물었다.

"팬더가 운동한다구? 팬더가 어디 있는데?"

소년은 까르르 웃으며 진진을 검지손가락으로 가리켰다.

"아저씨가 팬더잖아요."

"하하, 어른을 놀리면 못쓴다, 꼬마야. 아무리 배가 나왔기로서니 아저씨를 팬더라고 놀리면 안 되지."

"놀리는 게 아니에요. 진짜 팬더잖아요. 근데 너구리 할머니는 집에 있나요?"

"헉!"

진진은 놀라서 딸꾹질이 나올 뻔했다. 공원을 산책하던 아주머니 한 분이 힐끔힐끔 쳐다보고 있었다. 진진은 점잖게 헛기침을 하면서 소년의 머리를 쓰다듬어 주었다.

"웅~ 그래, 아저씨 몸매가 팬더랑 많이 닮긴 했지. 나이에 걸맞지 않게 배도 많이 나오고……. 후후… 구여운 놈……."

"아니에요. 팬더랑 닮은 게 아니라 아저씨가 진짜 팬더잖아요."

진진은 점점 긴장 상태가 심해졌다. 소년이 계속 떠들게 내버려 두었다가는 수습하기 힘든 사태가 발생할지도 모른다.

"웅~ 너, 뭐 먹고 싶은 거 없니? 가자, 아저씨가 맛난 거 사줄게."

진진은 소년의 손을 잡아끌었다. 공원에서 빠져나오면서 진진이 물었다.

"너, 아저씨가 팬더라는 거 어떻게 알았니?"

소년은 해맑은 표정으로 대답했다.

"그냥 보여요."

"보여?"

"네."

"웅… 내 진짜 모습이 보인단 말이지. 내 둔갑술은 중국에서도 알아주는 완벽한 기술인데… 그걸 간파하다니 대단한 꼬마로군. 근데 소청… 아니, 너구리 할머니는 언제 봤니?"

"너구리 할머니요? 집에서 만날 살림하시잖아요. 우리 집 창문에서 내려다보면 다 보여요."

진진은 소년이 바로 옆집에 사는 이웃이란 걸 알았다. 그리고 소년이 자신뿐 아니라 모든 둔갑동물들의 실체를 볼 수 있다는 사실도 알아냈다. 소년은 진진과 함께 길을 걷는 중에도 곧잘 둔갑한 동물들을 골라냈다.

"저기 가는 파란 블라우스 아줌마는 돼지예요. 원래는 엄청 뚱뚱한데 날씬한 여자처럼 보이게 했네요."

"웅… 그래? 난 몰랐는데……. 넌 내가 못 알아보는 동물들도 보는구나."

"그리고 저기 만두 파는 사람은 아저씨네 할머니처럼 너구리예요. 제일 흔한 동물은 너구리랑 여우예요. 팬더는 아저씨가 처음이에요."

"웅… 그래? 하지만 중국에 가면 엄청나게 많단다. 사실 너무 많아서 걱정이지.야생 팬더는 멸종 위기지만……."

진진은 한참 이야기를 나누다 보니 소년이 무척 영특하고 보통 인간들이 가지지 못한 초능력을 가지고 있다는 걸 알게 됐다. 그리고 소년은 꽤 오랫동안 진진을 관찰해 온 듯했다.

"예전에 팬더 아저씨랑 같이 살던 머리 큰 사람은 어디 갔어요?"

소년은 봉근에 대해서도 알고 있었다.

"웅~ 봉근이 말이냐? 그 사람은 내 친구이자 집주인이란다. 부인이 죽고 상심이 커서 자살을 기도했는데 죽지 않고 어디론가 사라져 버렸지."

"우와~ 차원 이동했어요? 정말 멋진데요. 지금쯤 멋진 기사가 됐을지도 모르겠는데요."

"후… 꼬마가 별걸 다 아는구나. 차원 이동했다고 다 기사가 되는 건 아냐. 원시인들과 어울려 파충류 사냥을 할지도 모르지."

진진은 갑자기 좋은 아이디어가 떠올랐다. 소년은 남들이 못 보는 걸 볼 수 있는 투시안을 가졌으니 봉근이 사라진 곳에서 무언가를 발견할지도 모르는 일이었다. 진진은 소년의 조그만 손을 꼭 잡으며 말했다.

"웅~ 아저씨랑 같이 신촌에 가볼래? 아저씨 친구가 사라진 곳을 보여줄게."

"좋아요! 저도 차원 이동해서 다른 세상으로 가고 싶어요. 학교도 없고 선생님도 없는 세상으로."

소년은 좋아서 손뼉을 치며 웃었다.

진진은 소년을 데리고 봉근이 뛰어들었던 기차 선로 앞에 와 있었다. 오랜만에 그 장소에 오자 왠지 눈시울이 붉어지는 진진이었다. 오랜 세월을 살아왔지만 봉근처럼 진한 우정을 나누었던 인간이 있었던가. 그리고 이곳에서 가까운 곳에 밍밍의 장례식을 치렀던 회관이 자리 잡고 있다. 봉근과 밍밍을 다시 만날 수만 있다면 맛있는 대나무 줄기 한 트럭을 주어도 아깝지 않을 것 같았다.

"웅~ 흑흑… 웅……."

소년은 진진의 옷자락을 잡아당기며 물었다.

"팬더 아저씨, 왜 울어요? 내가 과자 다 먹어서 화났어요?"

"응… 아니다. 바로 여기가 봉근이가 사라진 곳이야."

진진이 선로 주위를 가리키며 훌쩍거리자 소년은 두 눈을 반짝거리며 소리쳤다.

"아저씨! 머리 큰 사람이 차원 이동한 곳이 여기예요?"

"응~ 그래. 여기서 팔 벌리고 '나 다시 돌아갈래' 하면서 기차에 부딪쳤는데 그냥 사라졌단다."

소년은 선로 주위를 부지런히 살피다가 날카로운 목소리로 외쳤다.

"저기 이상한 구멍이 있어요!"

"응? 구멍이 있다고?"

"저기요! 저기 선로 위에 구멍이 뚫려 있어요. 구멍 사이로 바다가 보여요! 야자수도 보여요!"

"응? 내 눈에는 아무것도 안 보이는데?"

진진은 선로 위에 올라가 두리번거렸다. 도대체 어디에 구멍이 있다는 건지 알 수가 없었다.

"거기요! 아저씨 바로 앞에요!"

"응? 여기?"

진진은 앞쪽으로 발을 내딛는 순간 눈앞이 하얘졌다. 강렬한 빛이 한꺼번에 쏟아지고 있었다. 소년이 뒤에서 비명과도 같은 소리를 질렀다.

"아앗! 아저씨! 나도 데려가요! 나도 가고 싶어요!"

소년은 선로 위로 뛰어들었으나 이미 진진의 모습은 온데간데없었다. 선로변에는 무심한 차들만이 오가고 소년은 홀로 멍하니 서 있었다.

"힝, 구멍이 닫혀 버렸네……."

소년은 아쉬운 마음으로 발길을 돌렸다. 모처럼 좋은 친구를 사귀었다 싶었는데 알 수 없는 미지의 공간으로 떠나 버렸다. 소년은 다시 지겨운 일상으로 돌아가야 한다고 생각하니 가슴이 답답해졌다. 내일 아침 해가 뜨면 또다시 얄미운 둔갑동물들이 득시글거리는 학교로 등교해야 할 것이다.

진진은 멍한 정신으로 주위를 둘러보았다. 도대체 어떻게 된 일일까. 무릎을 때리는 파도와 새하얀 백사장, 그리고 해안가에 늘어선 야자수 나무들, 머리 위에는 뜨거운 태양이 이글거리고 끼룩거리는 바닷새들이 귓가를 스치며 날아다녔다. 해안가를 따라 시선을 이동시켜 보았다. 인적이라고는 전혀 찾아볼 수 없었다.

'웅~ 여기가 도대체 어디지? 봉근이가 사라져 버린 다른 세상인가…….'

진진은 혹시 힘껏 소리쳐 보면 봉근이를 볼 수 있지 않을까 하는 생각이 들었다.

"봉근아~ 봉근아~ 어디 있니~ 추봉근~ 나와라아~"

진진은 목청껏 외쳐 보았지만 넓디넓은 백사장에서는 메아리조차 돌아오지 않았다. 무심한 파도만이 말없이 철썩거릴 뿐. 진진은 해안가를 한번 돌아보기로 했다. 보통 해안가를 주변으로 촌락이 형성되기 마련이다. 진진은 콧노래를 흥얼거리며 천천히 걸었다. 인적없고 외로운 곳이었지만 주변 경치는 낙원과도 같은 곳이었다. 바다 색깔은 연초록빛이었는데 너무나도 투명해 바닥이 그대로 드러났다. 야자수에서는 커다란 야자가 말도 없이 툭툭 떨어졌고 살랑살랑 부는 바람에서는 달콤한 과일 향기가 묻어 나왔다. 진진은 유유히 걸어가다가 다리가 아프면 시원한 나무 그늘에 누워 잠을 자거나 노래를 흥얼거렸다. 쉬다가 걷다가 하다 보니 벌써 해가 뉘엿뉘엿 질 무렵이었다. 진진은 슬슬 걱정이 되기 시작했다.

'웅… 아무리 가도 집 한 채 안 보이니… 차라리 내륙 쪽으로 들어가 볼까?'

해가 지려고 하니 일단 바닷가에서 밤을 보내고 날이 밝는 대로 육지 깊숙한 곳으로 길을 떠나기로 했다. 해가 저물고 나니 기온이 점점 떨어져 제법 추웠다. 진진은 원래 팬더의 몸이라 춥고 습한 곳에서도 견딜 수 있는 두터운 모피가 온몸에 덮여 있었다. 하지만 문명에 익숙해진 둔갑팬더라 아무래도 어둠과 추위를 동시에 견디기는 괴로운 일이었다. 진진은 마법을 써서 도깨비불이라도 만들어야겠다고 생각하고 주문을 외웠다.

"웅얼웅얼~ 빛이여, 어둠과 잡귀를 몰아내고 추위와 두려움을 견딜 수 있도록 나에게 오라~"

진진은 주문을 외운 뒤 멍하니 양 앞발을 바라보고 앉았다. 평소대로라면 양 앞발 사이에서 작은 불꽃이 일어나며 공중에 횃불과도 같은 밝기의 도깨비불이 나타났을 터인데 아무 일도 벌어지지 않으니 진진은 순간적으로 당황했다.

"웅… 이게 어찌 된 일이야. 내 법력이 약해졌나? 다시 한 번……. 웅얼웅얼~ 빛이여, 어둠과 잡귀를 몰아내고 추위와 두려움을 견딜 수 있도록 나에게 오라~"

진진은 앞발을 벌리고 앉아서 걱정스런 표정을 지었다.

"큰일이네. 도깨비불 주문을 내가 잊어버렸나 봐."

그는 할 수 없이 수풀 속으로 들어가 땔나무들을 줍기 시작했다. 도깨불 주문이 안 먹히니 장작불을 만들 수밖에 없었다. 바짝 말라서 잘 타게 생긴 나뭇가지들만 모아서 쌓으니 제법 수북했다. 이 정도 땔감이면 하룻밤은 족히 밝힐 수 있을 터였다. 진진은 장작불에 앞발을 바짝 대고 불꽃 주문을 외웠다.

"웅얼웅얼~ 별처럼 빛나고 태양처럼 뜨거운 불꽃이여~ 벼락같이 튀어나와 이 나무들을 태워라~"

예전에 봉근, 밍밍, 소청 등과 함께 캠핑 갔을 때 자주 쓰던 주문이었다. 진진은 비교적 난이도가 낮은 불꽃 주문만큼은 자신이 있었다. 그러나 이번에도 주문이 실패하자 더 크게 낙심할 수밖에 없었다.

"웅? 이게 어찌 된 일이야? 불꽃 주문도 듣지 않다니……. 설마… 설마… 이곳에서는 나의 마법이 힘을 발휘하지 못하는 건가?"

진진은 자신이 알고 있는 마법들을 하나씩 시험해 보았다. 정령 소환, 공중 부양, 사신 소환, 축지법……. 그 어느 것도 듣지 않았다. 마법이 차례로 실패하자 진진은 점차 초조해졌다.

"웅… 설마 둔갑술도?"

진진은 정신을 집중시켜 자신의 몸을 인간화하려 했다. 그러나 둔갑을 시도한 후에도 털이 숭숭 나 있는 자신의 다리를 확인하자 절망감에 사로잡히는 진진이었다. 순간적으로 시공을 초월해 이동해 온 장소가 어디인지는 알 길이 없으나 마법이 전혀 힘을 발휘하지 못하는 곳임에는 틀림없었다. 진진은 고민에 빠졌다. 마법을 쓸 수 없다면 당장 생존을 걱정해야 하는 처지다. 진진은 새로운 세계에서 아직 문명의 흔적조차 발견하지 못했을 뿐 아니라 먹을 것도 없이 추위와 어둠 속에 던져진 상태였다. 이런 진퇴양난의 곤란한 지경에 이르렀을 때 진진이 선택하는 길은 항상 같았다.

"아웅… 골치 아파. 잠이나 자야겠다."

그는 걱정거리가 생기면 밤을 새워가며 고민하는 인간들과는 달랐다. 내일 할 걱정을 오늘 밤에 하지 않는다는 것이 진진의 철칙이었다. 그는 이내 코를 골며 깊은 잠 속으로 빠져들었다. 꿈속에서 맛있는 대나무를 양껏 먹는 진진은 빙그레 웃으며 침을 흘렸다. 이름 모를 해변의 어둠은 깊어만 갔다.

다음날 아침 자리에서 일어나자마자 진진은 야자수를 기어오르기 위해 용을 썼다. 당장 눈에 띄는 먹을 거라곤 야자가 전부였다. 나무타기에 어느 정도 자신이 있던 진진이었지만 가지 하나 없이 쭉 뻗은 야자나무를 기어오르는 일은 녹록치 않았다. 진진은 꾸물거리며 곧잘 올라가다가도 이내 주르륵 미끄러지며 커다란 궁둥이로 땅바닥에 털썩 주저앉았다. 그는 배고픔에 지쳐 앞발로 눈가를 훔쳤다. 눈물이 찔끔거리며 솟아 나왔다.

"웅… 배고파……."

진진은 봉근의 냉장고에서 마음껏 음식을 꺼내 먹던 기억이 떠올라 콧등이 시큰거렸다. 한참을 울다가 다시 용기를 내어 야자나무를 기어오르기 시작했다. 이번에는 발톱을 날카롭게 세우고 단단히 나무 줄기에 붙었다. 하나… 둘… 하나… 둘… 속으로 구령을 붙여가며 리드미컬하게 야자나무를 기어올랐다. 꼭대기에 달린 야자가 진진을 향해 웃고 있었다. 침이 꿀꺽꿀꺽 목구멍으로 넘어갔다. 이제 거의 목표에 다다랐다. 진진은 앞발을 쑤욱 내밀었다. 야자에 발톱 끝이 닿았다. 균형을 잃으면서 발이 나무 줄기에서 미끄러졌다. 앞발을 파닥거리다가 속절없이 추락하고 마는 팬더.

"꾸에에에엑~"

진진은 비명을 내지르며 만유인력의 법칙에 따라 자유 낙하 운동을 했다. 쿵 하는 육중한 소리와 함께 바닥에 드러누운 진진은 궁둥이와 등짝이 아프기도 하고 지치기도 해서 그대로 누워 있었다. 나무 꼭대기에 매달린 야자가 두 눈에 들어왔다. 진진은 침을 꿀꺽꿀꺽 삼키며 안타깝게 열매를 응시했다.

'웅··· 저 열매가 저절로 떨어졌으면 좋겠다······.'

순간 진진의 간절한 염원을 야자수가 알아먹기라도 한 듯이 열매가 흔들거렸다.

"웅? 저게 방금 흔들린 거야? 그렇지! 흔들려라! 마구 흔들리다 떨어져라!"

진진은 누운 채로 두 발을 한껏 오므렸다가 야자수 둥치를 걷어찼다. 열매가 다시 한 번 흔들흔들 희망의 진동을 시작했다. 곧 이어 야자수를 향한 팬더의 오두방정 발길질이 시작됐다.

"야야야야~ 떨어져라~ 야야야야~ 떨어져라~"

진진은 한참 동안 야자수 둥치를 걷어차다가 가쁜 숨을 토하여 위를 쳐다보았다. 순간 야자가 하나가 툭 하고 떨어졌다. 진진은 좋아서 앞발을 벌리고 열매를 받으려 했다. 그러나 그다지 민첩하지 못한 팬더의 동작보다는 야자의 낙하 속도가 더 빨랐다. 진진은 이마에 큰 충격이 가해지는 것을 느꼈다. 그는 하늘이 노래지면서 정신을 잃었다.

얼마나 잤을까. 진진은 아픈 이마를 문지르면서 천천히 일어났다. 반갑게도 진진의 이마를 강타했던 야자가 옆에서 뒹굴고 있었다. 진진은 열매를 찬찬히 살펴보았다. 자신의 이마에는 커다란 혹이 솟아났지만 야자는 흠집 하나 없이 껍질의 견고함을 뽐냈다. 진진은 두 앞발의 발톱을 날카롭게 세워 열매의 껍질을 공격했다. 그리고 젖혀진 발톱을 안고 눈물을 흘렸다.

"우왕… 아퍼……. 윽윽……."

야자는 생각보다 무척 완강하게 저항했다. 진진은 주먹만한 돌멩이 하나를 들고 와서 열매를 내려쳤다. 껍질이 약간 벗겨졌을 뿐 맛있는 코코넛과 쥬스는 냄새조차 풍기지 않았다. 갈증과 허기는 점점 심해지고 기운은 점점 빠졌다. 조급해진 진진은 돌멩이를 있는 힘껏 움켜쥐고 마구잡이로 열매를 강타했다.

"야야야야~ 깨져라~ 깨져라~ 야야야~ 깨져라~"

야자의 껍질은 너무나도 견고한 철옹성이었다. 진진은 조금도 틈을 보이지 않는 열매에게 화가 나서 미친 듯이 돌멩이를 내려치다가 자신의 왼쪽 앞발을 짓이기고 말았다.

"아욱! 아욱… 팬더 죽네……."

진진은 앞발을 잡고 땅바닥에서 데굴데굴 굴렀다. 고통의 눈물이 까만 눈가에 줄줄 흘러내렸다. 앞발의 상처를 혀로 핥으며 고통을 가라앉힌 팬더는 가만히 야자를 바라보았다. 야자를 깨뜨릴 좋은 방도가 없을까. 무언가 날카롭고 단단한 것이 있으면……. 진진은 고개를 두리번거리다가 양쪽 눈을 크게 떴다. 얼마 떨어지지 않은 곳에 깨진 바위가 모래사장에 비죽이 솟아 있었다. 진진은 열매를 주워 들고 깨진 바위로 다가섰다. 배가 고프니 현기증이 나고 다리까지 후들거렸다. 야자를 한껏 머리 위로 들어 올려 날카로운 바위에 내려치니 거짓말처럼 쩍 하고 금이 갔다. 진진은 갈라진 틈 사이에서 흘러내리는 달콤한

물을 받아 마셨다. 갈증이 싹 가시면서 기운이 났다. 열매를 다시 한 번 내려쳤더니 완전히 두 쪽이 났다. 진진은 하얗게 드러난 코코넛을 깨물어 먹었다. 배고픈 중에 먹는 코코넛 맛은 이루 말할 수 없이 훌륭했다. 열매 하나를 다 먹어치우고 나자 허기가 가시고 의욕이 솟았다. 진진은 내륙 쪽으로 발걸음을 옮기기 시작했다. 내륙 쪽으로는 경사가 급한 산악 지형이 솟아 있었는데 울창한 밀림으로 뒤덮여 그 안에 어떤 위험이 도사리고 있을지 알 수 없었다. 마법의 힘을 잃어버린 진진으로서는 큰 모험이었지만 앉아서 굶어 죽느니 움직이는 쪽을 택했다.

낙원 같은 경치의 해안 지역과는 달리 내륙의 산악지대는 지형이 험하고 나무가 빽빽이 들어차 진진을 힘들게 했다. 그는 조금 전진하다 쉬고 조금 걷다가 낮잠 자고 하는 식으로 천천히 산속으로 들어갔다. 때때로 나뭇가지를 감은 채 매달려 있는 커다란 뱀들이 진진을 놀라게도 하고 벌레들이 달려들기도 했지만 진진은 멈추지 않았다. 해가 머리 꼭대기를 지나 서쪽 능선으로 향하고 있을 즈음 진진은 거의 산의 정상에 다다르고 있었다.

'아이구, 힘들어라. 이제 조금만 가면 저 산을 넘겠구나…….'

산의 정상에 이르면 대략적인 지형을 알 수 있을 테고 사람들이 살고 있는 촌락을 발견할 수도 있을 터였다. 진진은 주린 배를 움켜쥐고 한 발 한 발 정상을 향해 나아갔다. 꼭대기에 다다르는 순간 훅 하고 시원한 바람이 정면에서 불어왔다.

"웅~ 시원해라! 드디어 정상이다~"

양발을 벌리고 바람을 온몸으로 껴안았다. 그러나 진진은 앞발을 스르륵 내리고 입을 떠억 벌렸다. 그의 눈에는 절망과 당혹감이 교차하고 있었다. 진진의 눈에 들어온 것은 광활한 대륙이 아니라 햇빛을 받아 반짝이는 바닷물이었던 것이다. 천천히 좌우를 둘러보다 한 바퀴 빙그르르 돌아보는 진진. 그가 내던져진 곳은 망망대해 위에 떠 있는 조그만 섬이었다.

"아이고야~ 내가 못살아~ 무인도였구나……. 아이고야~"

그는 벌렁 누워서 네 발을 바둥거렸다. 기가 막히고 허탈하고 난감한 일이었다. 마법도 통하지 않는 세계의 무인도에 홀로 내던져진 팬더가 무엇을 할 수 있으리요. 잠시 멍하니 먼 바다를 내다보던 진진은 이내 궁둥이를 툭툭 털고 일어나 기지개를 켰다. 그리고 콧노래를 흥얼거렸다. 비관과 절망은 진진과 어울리지 않는 말들이다. 그는 짧은 다리를 흔들거리며 춤을 추었다.

"아싸~ 아싸~ 공기 좋고, 경치 좋고, 날씨 좋고, 먹을 것까지 있으니 이곳이 무릉도원이로구나~"

진진은 노래를 부르다가, 한시를 읊다가, 춤을 추다가 하면서 천천히 산을 내려왔다. 산이 험하기는 했지만 워낙 작은 섬이라 해안가에 다시 내려오기까지는 반나절이 채 걸리지 않았다. 그 후로 진진의 본격적인 무인도 생활이 시작되었다. 야자수가 지천으로 널려 있어 먹는 문제는 쉽게 해결되었다. 진진은 툭툭 떨어지는 야자를 주워다가 껍질을 벗겨 먹기만 하면 되었다. 야자는 음료수도 되고 식량도 되는 신통한 녀석이었다. 하지만 매일같이 야자를 벗겨 먹는 일은 고역이었다. 아무리 달고 맛있어도 계속 먹으면 질리게 되는 법이다. 게다가 야자는 팬더의 주식이 아니었다. 야자를 먹기 시작한 지 일주일째, 진진은 드디어 앞발로 주둥이를 막고 바닷가로 달려갔다.

"우웩… 웩… 우웨엑……."

아침 식사로 퍼 먹은 야자가 소화액과 함께 식도를 역류해 나왔다. 진진은 주둥이를 짠물로 씻어낸 뒤에 휘청거리며 모래사장 위에 엎어졌다.

"웅… 느물거려서 더 이상 못 먹겠네. 물기 촉촉한 시원한 대나무를 먹어봤으면 소원이 없겠네. 아니면 무우나 시금치라도…… 아니면 찬밥에 라면 국물이라도……. 웅……."

입맛을 되찾아줄 음식 생각이 간절했던 진진은 산속으로 들어가기로 했다. 단조로운 해안가보다는 울창하게 나무가 우거진 산속에 다양한 먹을 것이 있을 테니까. 진진은 목마름에 대비해 야자 몇 개를 덩굴로 만든 끈에 엮어 매고 허위허위 걸었다. 산속에 들어서서 찬찬히 살피며 걷기 시작하자 먹을 만한 것들이 제법 다양하게 눈에 들어왔다. 이름 모를 작은 열매들, 조그만 동물들, 날아다니는 새들……. 진진은 우선 버찌처럼 생긴 열매들을 따서 우물거렸다. 새콤달콤한 것이 느물거리는 속을 풀어주고 입맛을 돋우어주었다. 괴상한 울음소리를 내는 열대지방의 새들도 입에 침이 고이게 했다. 고기 맛은 알 수 없었지만 봉근의 집에서 맥주에 곁들여 먹던 통닭 생각이 났기 때문이다. 진진은 덩굴로 만든 끈을 풀어 돌멩이 하나를 쟀다. 머리 위로 끈을 휘휘 돌리는 진진은 까만 눈으로 가지 위에 앉아서 깃털 청소를 하고 있는 새를 노려보았다.

'웅… 새대가리……. 넌 내 밥이다.'

돌리던 끈을 놓자 돌멩이가 새를 향해 맹렬하게 날아갔다. 이내 탁 소리와 함께 새의 몸뚱어리에 명중했다. 부리로 깃털 청소를 하던 새는 맥없이 휘적거리며 나무 아래로 추락했다. 진진은 앞발을 들어 환호했다.

"우와~ 잡았다~ 새고기다, 새고기~"

그는 의기양양하게 새가 떨어진 자리로 걸어갔다. 화려한 색깔의 깃털로 덮인 열대의 새가 죽은 듯이 누워 있었다. 크기는 비둘기보다 크고 닭보다 작았는데 진진의 배를 채워주기에는 충분해 보였다. 그러나 진진의 돌팔매질이 약했는지 새가 튼튼한 건지 불의의 사태가 발생했다. 죽은 듯이 누워 있던 새가 푸드덕거리며 날아오르더니 진진에게서 달아나기 시작했다. 날개를 다쳤는지 높이 날아오르지는 못하고 훌쩍 훌쩍 뛰면서 저만치 수풀 속으로 도망치는 것이다. 진진은 안타까운 목소리로 사냥감을 부르면서 뒤쫓았다.

"웅~ 새야, 새야~ 새고기야~ 나를 두고 어디 가니~ 이리 와서 내 배를 채워주렴~"

다행히도 새는 멀리 달아나지는 못하고 진진의 앞발에 걸려들었다. 진진은 앞발로 새의 모가지를 꾹 눌러 잡았다.

"잡았다~ 아이고, 좋아라~ 오랜만에 고기 맛을 보겠구낭~"

진진은 룰루랄라 콧노래를 부르다가 화들짝 놀랐다. 그의 얼굴은 환희에 넘치고 있었다. 진진 새를 쫓아 들어온 곳은 놀랍게도 푸른 대나무가 빽빽하게 들어찬 대숲이었던 것이다. 바람이 댓잎을 스치는 소리가 서억서억 시원하게 들렸다. 진진은 축 늘어진 새를 든 채 그 자리에서 눈물을 주르륵 흘렸다.

"웅~ 이 섬의 신령님들, 감사합니다……."

그날 저녁은 대나무와 새고기로 포식하게 생겼다. 진진은 먹을 만큼 대나무를 꺾어서 등에 둘러메고 돌팔매로 잡은 열대의 새는 한 손에 들고 홍겹게 노래를 부르면서 산을 내려왔다. 해안가에 당도한 진진은 야자를 잔뜩 쌓아놓은 자신의 거처로 걸어갔다. 비바람을 막기 위해 나뭇가지를 엮어 만든 텐트가 주인을 기다리고 있었다. 대나무와 새를 내려놓고 식사를 하려고 즐거운 마음으로 앉았는데 또 다른 문제가 생겼다. 대나무는 그냥 씹어먹으면 되겠는데 새는 불을 피워 익혀야 했다. 진진은 날고기도 먹을 수 있었지만 양념을 발라 익힌 고기를 좋아했다. 성냥도, 마법도 없이 불을 피워야 한다. 정말 어려운 일이었다. 진진은 나뭇가지 두 개를 들고 와 서로 비볐다. 원시인들은 마찰력을 이용해 불씨를 얻었다고 했다. 그러나 삼십여 분가량을 비벼도 그저 뜨끈한 정도의 열기뿐이었다. 도통 불이 붙을 기미가 안 보였다. 진진은 나뭇가지를 세워 발바닥으로 돌려보기로 했다. 팬더 발바닥에 땀나도록 열심히 가지를 돌렸다. 그러나 연기조차 피어나지 않으니 진진은 지치고 힘들어 짜증이 나려 했다. 나뭇가지를 집어 던지고 열기를 식히던 진진의 눈에 뾰족한 죽순 한 개가 눈에 들어왔다. 식사가 끝나면 디저트로 먹으려고 뽑아온 것이었다. 진진은 외롭고 허전해 죽순에게 말을 걸었다.

"어이, 죽순? 말 좀 해봐라. 어떻게 해야 불이 붙겠니?"

죽순은 말이 없었다. 그러나 왠지 '다른 방법을 시도해 보세요' 라고 미소 짓는 것처럼 보였다. 진진은 죽순의 무언의 충고대로 다른 방법을 찾기로 했다. 맨질맨질한 차돌을 주워 와 서로 부딪쳐 보았다. 불꽃이 튀도록 해 그 불꽃으로 나무 섬유에 불이 붙게 하려는 것이다. 그러나 단단한 차돌이 깨져 나가도록 두드려도 불은 붙지 않았다. 태양의 빛을 모아 불을 붙이려는 시도도 해보았다. 나뭇잎에 물방울을 받아서 돋보기처럼 빛을 모으려 했다. 턱도 없는 짓이었다. 진진이 하루 종일 불을 피우기 위해 갖은 노력을 다하는 동안 익혀 먹으려던 새고기는 이미 조금씩 상해가고 있었다. 부질없는 노력으로 심신이 탈진해 버린 진진은 기진맥진한 목소리로 죽순에게 물었다.

"죽순, 네 의견은 뭐지? 웅? 뭐 하러 불 피우느라고 생고생을 하냐고? 웅~ 알았어. 네가 무슨 뜻으로 한 말인지 알겠다."

진진은 어느새 혼자서 묻고 혼자 대답하는 대화법에 익숙해져 가고 있었다. 그는 대숲에서 꺾어온 대나무와 조릿대를 입에 물고 우물거리기 시작했다. 죽순은 진진에게 '고생하지 말고 그냥 대나무나 먹으라'고 충고했던 것이다. 진진은 그날 꺾어온 대나무와 조릿대를 다 먹어치운 뒤에야 코를 골며 잠이 들었다.

불 피우는 일을 포기하고 난 뒤로 무인도 생활은 순조로웠다. 가끔 태풍이 불어와 나뭇가지로 얽어 만든 움막을 날려 버리기는 했으나 다시 주워서 만들면 됐다. 대나무와 야자를 번갈아가면서 먹고 가끔 들쥐 같은 작은 동물을 잡아먹었다. 이제 진진은 점점 야생의 팬더로 돌아가는 중이었다. 하지만 외로움만은 어쩔 수 없어 진진은 대숲에서 뽑아온 죽순에게 심리적으로 많이 의존하고 있었다.

"무슨 생각 하니, 죽순? 웅… 친구들 생각한다고? 웅~ 그래, 나도 내 친구들이 보고 싶구나. 밍밍, 소청, 메이린, 그리고 봉근이……."

진진은 아련하게 보이는 수평선을 응시하다가 문득 그리움이 밀물처럼 몰려오자 눈물을 글썽거렸다.

"웅~ 흑흑… 죽순, 나 운다고 흉보지 마. 웅……."

진진은 까만 눈가를 훔치며 울다가 죽순을 붙잡고 결의에 찬 목소리로 말했다.

"결심했다, 죽순. 난 이 무인도에서 탈출해야겠어. 이런 외딴 곳에서 천 년도 넘게 남은 나의 여생을 보낼 수야 없지. 여기서 나가자! 죽순, 물론 너도 데려가겠어. 같이 여기서 나가는 거야."

말은 안 했지만 죽순도 빙그레 웃으며 끄덕이는 것처럼 보였다. 그날부터 진진은 나무껍질을 꼬아 밧줄을 만들기 시작했다. 무인도를 빠져나가기 위해서는 뗏목이 필요했고, 뗏목을 만들기 위해서는 튼튼한 밧줄이 많이 필요했다. 하루 종일 나무껍질을 꼬아도 밧줄은 고작 몇 미터 정도밖에 만들 수 없었다. 하지만 진진은 조급해하지도, 짜증을 내지도 않았다. 밧줄을 만들다가, 자다가, 노래 부르다가, 먹다가, 춤추다가, 다시 밧줄 만들다가 하면서 여유롭게 작업을 해 나갔다. 그렇게 반년을 보냈더니 움막 앞에는 수백 미터에 이르는 튼튼한 밧줄이 수북이 쌓이게 되었다. 진진은 자신이 만들어놓은 밧줄을 보며 만족스러운 미소를 지었다. 그는 어깨 위에 올려놓은 죽순에게 말했다.

"죽순, 내일부터는 뗏목을 만들자. 너도 도와줄 거지?"

죽순은 아무 말이 없었다. 잠시 후 진진은 빙그레 웃으며 끄덕였다.

"그래, 네가 수락할 줄 알았어. 고맙다, 죽순. 역시 넌 좋은 친구야."

죽순과 정겹게 이야기를 나누는 것을 본 구관조 한 마리가 인간의 말을 흉내 냈다.

"까악까악— 맛이 갔네, 맛이 갔어. 까악까악—"

옆에 있는 앵무새도 한마디 했다.

"구루루룩— 젊은 나이에 안됐어— 구루루룩—"

진진은 죽순과 도란도란 이야기를 나누며 뗏목을 만들기 시작했다. 그의 앞발이 부지런히 움직이며 그동안 틈틈히 준비해 둔 통나무들을 밧줄로 튼튼히 엮었다.

"죽순, 난 너를 절대로 먹지 않을 거야. 물론 넌 대나무보다 부드럽고 야들야들하고 끝내주게 맛있지만 난 너를 먹지 않을 거야. 왜냐구?

한국의 저명한 에로학자 정세희 씨가 하신 말씀이 있거든."

진진은 죽순을 발치에 내려놓고 물끄러미 바라보면서 말했다.

"사랑하는 사람은 먹는 게 아니야."

나뭇가지에 앉아 이를 지켜보던 구관조와 앵무새가 배를 잡고 웃었다.

"구루루룩— 꼴깝 떠네— 구루루룩—"

"까악까악— 완전히 맛 갔네— 까악까악—"

버릇없는 새들이 비웃거나 말거나 진진은 꾸준하게 뗏목을 엮었다. 처음에는 그저 보잘것없는 통나무들과 조잡한 밧줄이었으나 시간이 갈수록 제법 그럴듯한 모양새를 갖추어갔다. 하루가 가고, 이틀이 가고, 일주일이 가고, 한 달이 지났다. 허름한 움막에서 나오는 진진은 모래사장에 정박해 있는 뗏목을 지켜보고 있었다. 투박하지만 튼튼한, 아무리 험한 파도가 덮쳐도 헤쳐 나갈 수 있는 뗏목이었다. 진진은 뿌듯한 마음으로 말했다.

"가자, 죽순."

뗏목 위에는 야자 오십 개와 대나무 한 짐, 고기를 잡기 위한 나무창, 돌도끼 등이 실려 있었다. 진진은 파도가 일렁이는 바다를 향해 뗏목을 힘껏 밀었다. 고립무원의 섬을 빠져나와 문명 세계를 찾아 떠나는 힘찬 출발이었다. 얕은 바다로 나오자 진진은 뗏목에 올라타고 노를 젓기 시작했다. 육지로부터 점점 멀어지고 있었다. 집채만한 파도가 우레 같은 소리를 내며 덮쳤지만 뗏목도, 진진도 꿋꿋하게 견뎌냈다. 죽순은 뗏목의 앞머리에 단단하게 고정된 채 진진을 격려했다.

"죽순, 걱정 마! 우린 잘해낼 거야. 식량도 충분하고 뗏목도 튼튼해. 그리고 우린 혼자가 아니야. 너에겐 내가 있고 내겐 네가 있으니까. 죽순! 날 믿어야 돼! 알았지, 죽순?"

먼 바다로 나오자 거친 파도는 점차 잦아들었다. 노 젓기에 지친 진진은 대나무 줄기를 입에 넣고 우물거리며 휴식을 취했다. 뗏목은 바람 한 점 없는 잔잔한 수면 위에서 미세하게 흔들렸고 이글거리는 태양은 진진의 머리통을 뜨겁게 달궜다. 진진은 대나무 줄기를 몇 개 씹다가 눈이 스르르 감기기 시작했다.

"음냐, 졸려라. 죽순, 나 잘 테니까 지나가는 배라도 있으면 깨워줘. 아우, 졸려."

진진은 이내 고개를 떨구고 코를 골기 시작했다. 그는 뗏목을 만들고 바다에 띄우느라 그동안 너무나 힘들게 일했다. 그의 육체는 밀린 잠을 벌충하려는 듯 한없이 깊은 잠 속으로 가라앉았다. 팬더가 잠을 자는 동안 죽순은 뗏목 끝에서 위태롭게 흔들리고 있었다. 죽순을 고정시켜 놓은 가는 새끼줄은 매우 헐거워진 상태였다. 조금 큰 파도가 넘실대며 뗏목으로 다가왔다. 파도가 철썩 하고 뗏목을 때리자 죽순은 새끼줄에서 빠져나와 드넓은 바다 위로 떨어졌다. 죽순과 뗏목은 조금씩 멀어지고 있었다. 세상 모르고 자고 있는 진진은 지금 이상한 꿈을 꾸고 있었다. 어느 한적한 부두에서 죽순이 자신에게 이별을 고하는 장면이었다.

"진진, 난 너를 떠나야겠어. 이제 그만 나를 잊어줘."

"무슨 소리야? 난 너 없이는 못살아. 지금 내 옆에는 아무도 없단 말이야. 소청도, 밍밍이도, 메이린도, 봉근이도……. 너마저 나를 떠나면 난 어떻게……."

"흥, 겉으로는 날 위하는 척하지만 육지에 다다르면 날 요리해 먹을 거지?"

"아니야! 난 널 먹지 않아. 사랑하는 이는 먹는 게 아냐."

"거짓말……. 네가 날 먹어치울 수 있는 방법은 백 가지도 넘어. 죽순회, 죽순절임, 죽순나물, 죽순탕, 죽순밥, 죽순채, 죽순 두부전골, 죽순구이, 죽순장아찌……. 넌 언젠가 날 잡아먹고 말 거야! 난 가야겠어!"

죽순은 진진을 뒤로한 채 휙 하고 부두에서 바닷물로 뛰어들었다.

"앗! 안 돼, 죽순!"

진진은 화들짝 놀라 잠에서 깨었다. 그는 후닥닥 일어나 죽순을 매어놓았던 자리를 확인했다. 죽순을 고정시켰던 새끼줄이 풀어져 바닷물 속에 잠겨 있었다. 진진은 다리가 후들거리고 눈앞이 노래졌다.

"죽순! 어디 있어! 죽순!"

사방을 둘러보던 진진은 뗏목에서 수십여 미터 떨어진 수면 위에서 둥실둥실 떠가는 죽순을 발견했다.

"죽순! 기다려! 내가 구해줄게!"

진진은 용감하게 바다에 뛰어들어 손과 발을 허우적거렸다. 원래 수영을 못하는 진진이었으나 바닷가 생활을 하면서 자연스럽게 개헤엄을 익혔던 것이다.

"죽순! 조금만 참아! 죽순! 내가 간다!"

그러나 죽순은 해류를 타고 조금씩 멀어져만 가고 있었다. 뗏목은 죽순과는 반대 방향으로 흘러가고 진진과 죽순, 뗏목은 제각기 점차 멀어졌다. 진진은 뗏목과 죽순 사이에서 갈등해야만 했다. 결국 몸을 돌려 뗏목으로 돌아온 진진은 수평선 너머로 아스라히 멀어져 가는 친구를 향해 목이 터져라 외쳤다.

"주욱수운— 미안해— 미안해, 죽순— 죽순— 주우우욱쑤우우운—"

무인도 생활의 버팀목이 되어준 오랜 친구와의 아쉬운 이별이었다.

진진의 뗏목으로부터 불과 수백여 미터 떨어진 해상에서는 지체 높은 귀족들과 아름다운 미녀들을 가득 태운 거대한 유람선이 바다 위를 미끄러지듯 순항하고 있었다. 지금 이 유람선에서는 호화로운 선상 파티가 벌어지고 있었는데 파티장에서 눈이 맞은 두 신사 숙녀가 난간에 기대어 담소를 나누고 있다. 우아한 미소를 지으며 와인 글라스를 기울이던 레이디는 갑자기 귀를 쫑긋 세우며 두리번거렸다. 의아하게 생각한 젠틀맨이 물었다.

"왜 그러시죠, 미스 에이프릴? 파티장에 뭘 두고 오셨나요?"

"들어보세요! 누군가 저를 부르고 있어요."

"당신을 부른다고요? 전 모르겠는데요."

레이디는 답답한 표정으로 신사에게 말했다.

"잘 들어보세요. 죽순… 죽순……. 들려요? 들리죠? 죽순… 죽순……."

"그렇군요, 과연……. 그런데 당신은……."

젠틀맨은 얼굴색이 순간적으로 돌변하면서 레이디를 응시했다.

"당신… 설마… 나이트 죽순이였소?"

레이디는 혀를 쏙 내밀며 얼굴이 붉어졌다.

"에이 쒸… 뽀록났네."

젠틀맨이 어이가 없어 자리를 피해 파티장으로 돌아가려는데 갑판 쪽에서 왁자지껄하는 소리가 났다. 무슨 일인가 하고 사람들이 모여 웅성대는 곳으로 가보니 선원들이 흑백의 털로 덮인 짐승을 쇠창살 우리에 가두는 중이었다. 젠틀맨은 처음 보는 동물이라 옆에 있던 노신사에게 물었다.

"저 괴상하게 생긴 동물은 뭡니까?"

노신사는 빙그레 웃으며 대답했다.

"저건 팬더라는 동물이라오. 곰의 사촌뻘 되는 놈이지."

"팬더라구요?"

"어머나, 귀여워라! 커다란 인형 같애!"

젠틀맨은 깜짝 놀라 옆을 쳐다보았다. 어느새 나이트 죽순이가 곁에 와서 호들갑스럽게 떠들고 있었다. 그는 얼굴을 찡그리며 그녀에게서 멀찌감치 떨어졌다.

제5장 아부달 서커스단

아름다운 항구 도시들을 순항하는 초호화 유람선 몰드랑 호의 선장 아부크 데드랑은 상아로 만든 파이프를 물고 조용히 생각에 잠겨 있었다. 하급 선원 출신인 그가 선장의 지위에까지 오를 수 있었던 것은 평민임에도 불구하고 귀족적인 풍모와 매너를 갖추고 있었기 때문이다. 선장실에는 우아한 고전 음악이 잔잔히 흐르고, 부드러운 조명이 실내를 포근하게 감싸고 있었다. 선장실의 분위기와는 어울리지 않는 경박한 노크 소리가 아부크 선장의 눈살을 찌푸리게 만들었다.

"들어오시오."

문을 열고 들어온 자는 몰드랑 호의 갑판장 수드나였다. 거칠고 무뚝뚝하지만 충실하고 믿음직스러운 친구였다.

"무슨 일인가?"

"선장님, 방금 표류하던 뗏목을 발견했습니다."

"뗏목? 조난자는 구출했나?"

"예, 근데 그게……."

갑판장은 난감한 표정을 지으며 말꼬리를 흐렸다. 선장은 무언가 예사롭지 않은 일임을 짐작했다.

"조난자가 적대국의 시민인가?"

"아닙니다. 일단 갑판 위로 올라가 보시죠."

선장은 제복과 모자를 갖춰 입고 갑판장의 뒤를 따랐다. 계단을 올라가는데 벌써 구경꾼들의 웅성거리는 소리가 들려왔다. 군중을 헤치고 그들이 보고 있던 조난자를 발견한 선장은 놀라서 두 눈을 크게 떴다. 흑백의 털로 덮인 동물이 커다란 쇠창살 우리에 갇혀 두려운 눈망울을 굴리고 있었다.

"이 녀석이 자네들이 구출했다는 조난자인가?"

"그렇습니다."

갑판장은 선장의 얼굴을 물끄러미 쳐다봤다. 어떻게 해야 할지 명령을 내려달라는 표정이었다. 선장은 낮은 신음 소리를 내며 파이프를 물었다가 뗐다.

"팬더를 다시 보게 될 줄이야… 멸종한 줄 알고 있었는데……."

"아, 이 괴상한 동물을 알고 계십니까?"

평소 선장의 박학다식함에 은근한 존경심을 가지고 있는 갑판장이 경탄하는 얼굴로 물었다.

"이건 팬더라는 동물이야. 곰과도 비슷하고 너구리와도 비슷하지만 그 어느 쪽에도 속하지 않지. 예전에 아주르 대륙에 많이 살고 있었는데 지금은 멸종된 걸로 알려져 있어. 팬더의 털을 탐내는 난쟁이들이 수십 년간 남획하는 바람에 씨가 마른 거지."

"그렇게 희귀한 동물이라면 이 녀석 값이 꽤 나가겠군요. 우리가 횡재한 것 같은데요."

"그렇다고 할 수 있지. 일단 갑판 아래 창고에 넣어두게. 육지에 도착하면 경매에 부치도록 하지."

"알겠습니다."

갑판장은 선원들을 시켜 우리를 옮기도록 했다. 체격 좋은 거구들이 우르르 몰려들어 우리를 들어 올렸다. 우리 안에 갇힌 팬더는 겁이 나는지 안절부절못하고 있었다.

"잠깐만! 잠깐 기다리시오, 선장!"

아부크 선장은 누군가 자신을 부르는 말에 고개를 돌렸다. 말쑥하게 차려입은 신사 한 명이 외알 안경을 반짝이며 자신을 쳐다보고 있었다. 이 남자는 선상 파티에서 지체 높은 귀족 부인을 유혹하려다 나이트클럽 죽순이에게 걸려들었던 '신사를 가장한 제비족' 에드몽이었다. 선장은 남자를 찬찬히 뜯어보았다. 외모는 번듯하나 왠지 신뢰감이 가지 않는 자였다.

"무슨 일이십니까?"

"안녕하시오. 난 부르뉴 지방에서 온 에드몽 백작이라고 합니다."

에드몽이 자신을 소개하며 손을 내밀자 선장은 악수 대신 가볍게 목례를 했다. 에드몽은 약간 멋쩍어하며 본론으로 들어갔다.

"선장, 이 팬더를 나에게 파시지 않겠습니까?"

"팬더를요? 당신에게?"

선장은 내키지 않는다는 얼굴이었다.

"그렇습니다. 값은 후하게 쳐드리겠습니다."

"흠……."

선장과 갑판장은 서로의 얼굴을 쳐다보며 눈짓으로 의사를 교환했다.

"얼마를 내시겠습니까, 에드몽 백작님?"

"천이백 골드를 내겠습니다."

"천이백 골드라……."

골드는 금빛이 나는 합금으로 주조한 화폐로써 어느 국가에서나 통용되고 있는 기축 통화였다. 유람선 선장의 한 달 급료가 300골드에 채 못 미치는 점을 생각해 보면 꽤 큰돈이었다. 그럼에도 불구하고 선장이 즉각적인 반응을 보이지 않자 에드몽은 몸이 달았다.

"아니, 무얼 망설이십니까? 이따위 털투성이 짐승을 천이백 골드에 사겠다는 겁니다!"

선장은 빙그레 웃으며 대답했다.

"백작님, 천이백 골드는 물론 큰돈이지요. 하지만 이 팬더가 그 정도의 가치밖에 되지 않을까요? 우린 이 녀석을 경매장에 내놓을 생각입니다. 멸종한 희귀 동물이라 수집 애호가들에게 비싼 값에 팔 수 있을 겁니다."

"뭐라고요! 경매에 부친다고요?! 그 따위 털투성이 짐승을 경매장에서 받아줄 거라고 믿습니까!"

에드몽은 펄쩍 뛰면서 화를 내다가 이내 풀이 죽었다. 선장은 그런 에드몽의 모습을 보며 속으로 즐거워하고 있었다.

'쿠쿠쿠… 이 팬더를 헐값에 먹으려고? 어림없지.'

잠시 낙담한 모습이던 에드몽은 이내 표정을 밝게 하며 선장에게 말했다.

"선장, 좋은 수가 있습니다. 당신도 좋고 나도 좋은 그런 방법 말입니다."

"흠, 말해 보시지요, 백작님."

"팬더를 선상 경매(船上競賣)에 부치는 겁니다."

"선상 경매? 흠……."

선상 경매란 배 위에서 열리는 경매를 말한다. 보통 몰드랑 같은 호화 유람선에서 벌어지는데 승객들이 모두 돈 많은 귀족들인데다 도난의 위험도 적어 판매자들이 선호하는 방식이다. 선장은 갑판장의 귀에다 대고 무언가를 소곤거리더니 빙그레 웃으며 에드몽에게 말했다.

"좋습니다. 그것참 좋은 생각이군요. 선상 경매는 원래 일정상 없던 일이지만 제 권한으로 승인할 수 있습니다. 오늘 저녁 8시에 갑판 위에서 열도록 하겠습니다."

"고맙습니다, 선장! 내가 만일 낙찰된다면 크게 한턱내지요!"

에드몽은 좋아하며 선장과 악수를 나누고는 객실로 돌아갔다. 선장은 갑판장과 함께 선장실로 돌아오며 경매 방식에 대해 이야기를 나누고 있었다.

"금룡경매(Gold Dragon Style Auction)가 좋겠어. 승객들이 즐거워할 수 있는 이벤트로 만드는 거야."

금룡경매란 귀족들 사이에서 유행하는 경매 방식으로 입찰자, 혹은 대리로 내세우는 입찰선수가 입찰가를 부르며 상대 입찰자, 혹은 선수를 맨손으로 공격하는 방식으로 진행된다. 돈으로만 겨루는 일반 경매에 비해 무예와 재력을 동시에 겨루는 남자다운 경매 방식인 것이다.

"하지만… 그 방식은 저가에 낙찰될 위험이 있습니다."

"후후… 입찰선수가 초기에 다운되는 거 말인가? 걱정 말게. 다 수가 있으니까……."

선장은 음흉하게 웃으며 갑판장의 어깨를 두드렸다. 그의 얼굴에서는 고귀한 풍모가 사라지고 협잡꾼의 모습이 나타나고 있었다.

신사 숙녀들이 웅성거리며 식당 앞 게시판으로 몰려들었다. 게시판에는 그날 저녁 선상 경매가 있음을 알리는 공고문이 나붙었다. 승객들은 상기된 얼굴로 대화를 나누었다. 지루한 유람에 지쳐 가던 차에 재밌는 볼거리가 생긴 것이다.

"금룡경매잖아? 이거 꼭 봐야겠는걸."

"흠… 경매 물건은 동물이잖아? 팬더? 이거 멸종한 동물 아냐?"

"팬더라구? 난 처음 들어보는데?"

"아항~ 이게 뗏목에 타고 있었다던 짐승이구만!"

"뗏목? 짐승이 뗏목에 타고 있었다구?"

"아까 낮에 선원들이 바다에서 건져 올렸다고 했잖아."

수런거리는 사람들 사이에 섞여 걱정스런 얼굴로 게시판을 올려다보는 남자가 있었다. 에드몽이었다. 그는 경매 방식이 금룡경매라는 사실에 난처해하고 있었다. 돈은 어떻게든 마련해 볼 수 있지만 완력에는 자신이 없는 그였다. 무턱대고 입찰에 나섰다가는 망신당하기 십상이었다.

'할 수 없군. 입찰선수를 구하는 수밖에…….'

입찰선수(入札選手)란 입찰자가 경매에 대신 내보내는 입찰 대리인으로 재력은 있으나 무예가 없는 귀족들이 주로 이용한다. 입찰선수를 이용하게 되면 낙찰가 외에도 출전 수당을 지급해야 하므로 돈이 더 많이 든다. 그러나 에드몽에게는 선택의 여지가 없었다. 그는 배 위에서 사귄 지인들에게 물어 입찰선수를 수소문하기로 마음먹고 배 안에서 가장 발이 넓은 요리사 마르쥬를 찾아갔다.

"입찰선수요? 지금 몰드랑 호에 타고 있는 자들 중에선 켄이 최고라고 할 수 있어요. 켄을 찾으세요."

요리사는 주저없이 한 무도가를 추천했고 에드몽은 레스토랑에 저녁 식사를 하러온 켄을 어렵지 않게 찾아냈다. 그는 식사 주문이 끝나자 그에게 자연스럽게 다가가 소개를 하고 금룡경매에 대해 설명했다. 켄은 금발에 시원시원한 마스크를 가진 청년으로 쾌활하고 수다스러운 친구였다.

"금룡경매요? 재력과 무예 둘 중 하나라도 부족하면 절대 이길 수 없는 경매죠. 단순한 경매가 아니에요. 지력과 체력이 월등하고 충분한 자금이 뒷받침되었을 때 낙찰받을 수 있는 예술이죠. 그건 내가 전문이에요! 맘 턱 놓고 나한테 맡기세요!"

"그, 그래요? 거참 다행이군요."

"근데 출전 수당은 얼마나 주실 거죠? 난 좀 비쌉니다!"

에드몽은 속으로 생각해 두었던 수준에 약간 더 얹은 가격을 불렀다. 그러나 켄은 고개를 가로 저었다.

"내가 그렇게 싸구려로 보이십니까? 입찰가는 얼마까지 부르실 수 있습니까?"

"한 3천 골드까지는 가능합니다만……."

"흠, 그 정도면 충분합니다. 그럼 이렇게 합시다. 내가 3천 골드를 안 넘기고 낙찰받을 수 있도록 해드릴 테니 3천 골드와 낙찰가의 차액을 수당으로 주십시오."

에드몽은 재빨리 머리를 굴려보았다. 경매에 부쳐진 이상 팬더는 어차피 고가에 팔릴 것이고 자신은 3천 골드의 확정적인 지출로 팬더를 확보하게 되는 것이다. 물론 입찰선수인 켄이 얼마나 잘해주느냐 따라 낙찰 여부가 결정되지만. 그는 고개를 끄덕이며 켄과 악수했다.

"그렇게 합시다. 잘 부탁드립니다."

"하하하! 걱정 마세요! 이 켄이 누굽니까! 길거리 무도 대회를 3번이나 우승한 지상 최고의 파이터요!"

에드몽은 이 친구가 혹시 허풍선이는 아닐까 하는 의심이 들었지만 요리사 마르쥬의 말을 믿기로 했다. 어차피 시간이 촉박해 다른 선수를 구하기는 이미 글렀다. 켄은 큰 소리로 웃으며 자신이 저녁을 사겠다고 했다. 에드몽은 웃는 얼굴로 사양하며 자리에서 일어났다. 경매에 앞서 팬더를 보아두기 위해서였다.

진진은 선원들이 가져다 준 귀리죽을 핥아먹고 있었다. 그는 속으로 음식을 가져다 주는 선원들을 욕하고 있었다.

'웅~ 나쁜 놈들……. 맛있는 야자는 다 뺏어가고 이런 맛없는 죽을 주다니…….'

구출된 것은 다행스러운 일이지만 상황이 그다지 달갑지 않게 돌아가고 있었다. 일단 말을 전혀 알아들을 수 없었다. 영어, 중국어, 한국어, 일본어, 태국어, 범어 등 백오십두 가지의 언어를 구사하는 진진이었지만 선원들이 하는 말은 난생처음 들어보는 말이었다. 발음은 유럽어 계통인 것 같은데 어휘 중에 아는 단어가 전혀 없었다. 섣불리 중국말을 지껄였다가는 어떤 봉변을 당할지 몰라 그저 입을 꾹 다물고 있었다. 진진은 마법을 쓸 수 없다는 게 안타까웠다. 인간으로 둔갑했으면 최소한 우리에 갇히지는 않을 것이었다. 이런저런 생각을 하며 귀리죽을 먹고 있는데 두런두런 사람들 말소리가 들렸다. 창고 문이 열리면서 두 사람이 들어오는데 한 사람은 진진을 우리에 가두는 일을 지휘했던 갑판장이었고 또 한 사람은 외알 안경을 쓴 신사였다. 신사는 안경알을 반짝이며 우리에 다가왔다. 그는 얼굴에 미소를 가득 머금고 있었다.

"안녕, 팬더야! 귀엽게 생겼구나. 이따 아저씨가 널 살 거란다."

신사는 쇠창살 안으로 손을 집어넣어 진진의 이마를 쓰다듬었다. 진진은 신사가 하는 대로 가만히 두었다. 뭐라고 지껄이는지 도통 알 수 없었다.

'웅… 이 기생오라비 같은 남자는 누구지? 내 머리는 왜 쓰다듬는 거야. 이놈아… 내가 너보다 천 살은 더 먹었다.'

남자는 진진이 머리를 쓰다듬으며 한참 동안 소곤거리다가 갑판장과 함께 나가 버렸다. 진진은 다시 귀리죽을 핥았다. 맛은 없지만 먹어야 산다. 죽을 다 먹고 나자 식곤증이 밀려왔다. 어떠한 상황에서도 잠은 자야만 하는 진진이었다. 사람들이 문을 열고 들어와 우리를 들어올렸다. 진진은 자신이 어디론가 옮겨지고 있다는 느낌을 받았지만 잠을 달아나게 할 만큼 위급한 상황은 아닌 듯했다. 우리를 옮기는 사람들의 말소리가 점점 아득해졌다.

아부크 선장은 갑판 위에 가득 모여 있는 승객들을 보고 회심의 미소를 지었다. 그는 갑판장을 향해 고개를 끄덕였다. 임시로 만든 무대 위에는 검은 천으로 덮인 우리가 놓여 있었다. 경매 진행을 맡은 갸루프 공작이 자리에서 일어났다. 나이는 칠십을 훨씬 넘겼지만 젊은 시절 전쟁터를 누비던 호걸답게 목소리가 우렁찼다.

"신사 숙녀 여러분! 그럼 지금부터 몰드랑 호의 첫 번째 선상 경매를 시작하겠습니다."

군중들 사이에서 우레와 같은 박수가 터져 나왔다. 그들은 모두 지루한 여행에 지쳐 있었다. 아름다운 풍광에 지쳤고 편안하고 안락한 서비스에 지쳐 있었다. 그들이 보고 싶어하는 것은 폭력과 돈이 난무하는 금룡경매였다. 공작은 멋진 회색 수염을 만지작거리며 경매 물건을 소개했다.

"자, 그럼 오늘의 첫 번째 경매 물건입니다! 지구상에서 멸종된 것으로 알려진 전설 속의 동물이 돌아왔습니다. 오늘 낮에 바다 위에서 건져 낸 팬더올시다, 여러분!"

공작의 소개와 함께 검은 천이 위로 당겨졌다. 우리 속에 갇힌 팬더가 나타나자 군중들은 탄성을 내질렀다. 진진이 구조되었을 때 이를 직접 구경했던 사람들은 갑판 위에 모인 이들의 십 분의 일도 채 되지 않았던 터라 그들이 놀라움은 그만큼 컸다. 남자들은 호기심에 가득 찬 눈으로 진진을 관찰했고 여자들은 좋아서 어쩔 줄 몰라하고 있었다.

"어머나~ 귀여워라! 뭐야, 저게?"

"순하기도 하지. 이렇게 소란스러운데 쿨쿨 잠만 자고 있네."

"애완 동물로 길러봤으면 좋겠네."

대부분의 숙녀들은 진진에 대한 애정을 내비쳤으나 일부 엽기적인 취미를 가진 부인들도 있었다.

"정말 아름답고 우아한 동물이야. 박제로 만들어서 내 방에 세워놓았으면……."

"껍질을 벗겨서 인형으로 만들면 우리 딸애가 좋아할 거야."

하지만 남자들이 관심은 역시 먹는 데 있었다.

"그거 알아? 팬더 고기를 먹으면 아주 오래 산대. 백 살 이상은 거뜬히 넘긴다는군."

"음… 하지만 팬더 고기를 먹으면 대가 끊긴다는 속설이 있는 건 모르지?"

"대가 끊긴다구? 그게 무슨 소리인가?"

"팬더가 왜 멸종했나? 난쟁이들이 마구 잡아서 그렇기도 하지만 번식력이 형편없어서 그랬지. 팬더 고기를 먹으면 팬더처럼 정력이 떨어지거나 고자가 된다는거야."

"그래? 흠… 정력이냐 장수냐, 그것이 문제로다."

갸루프 공작은 두 손을 들어 군중들이 웅성거림을 가라앉혔다.

"자, 그럼 이제 팬더에 대한 경매를 시작하겠습니다. 경매 시작가는 300골드입니다. 오늘 경매 방식이 금룡경매라는 건 다들 알고 계시겠지요? 입찰자는 먼저 신분과 성명을 밝혀주시고 입찰가를 불러주시기 바랍니다. 자! 입찰해 주세요!"

입찰이 시작되자마자 콧수염을 기른 건장한 사내가 무대 위로 뛰어올랐다. 그는 레슬러와 같은 복장을 하고 있었는데 허벅지가 여자들 허리 둘레만큼 두껍고 팔뚝이 남들의 서너 배는 되어 보이는 거한(巨漢)이었다. 사내는 가슴에 숭숭 난 털을 잡아 뜯어서 구경하는 숙녀들에게 훅 하고 불었다. 숙녀들은 욕지기가 나서 얼굴을 찡그렸다. 사내는 호탕하게 웃으며 입찰가를 불렀다.

"쿠하하하! 나는 무적의 레슬러 술레이마노프요! 4백 골드 부르겠소!"

"덩치는 산만해 가지고 좀스럽게 4백 골드가 무에냐!"

레슬러가 입찰가를 부르자마자 냉큼 소리를 지르며 무대 위로 뛰어오르는 자가 있었다. 착 달라붙는 초록색 바지와 상의를 입은 호리호리한 사내였는데 동작이 매우 민첩하고 눈매가 날카로웠다.

"난 당랑고수 사마취요! 7백 골드! 으야야얍!"

사마취는 입찰가를 부르면서 슐레이마노프를 향해 뛰어올랐다. 손과 발이 벌레를 낚아채듯이 움직이더니 슐레이마노프가 목을 움켜쥐고 바닥에 쓰러졌다.

"크윽……."

슐레이마노프는 입에서 게거품을 토해내며 정신을 잃었다. 최종 입찰자의 공격을 견뎌내지 못하면 자동 탈락되는 것이 금룡경매의 규정이다. 관중들이 와아 하는 소리를 지르며 모두 자리에서 일어섰다. 폭력이 난무하는 경매의 시작이었다. 슐레이마노프를 쓰러뜨린 사마취가 의기양양하게 서 있는데 어디선가 경쾌한 리듬의 타악기 소리가 들렸다. 그리고 리듬에 맞춰 춤을 추며 무대 위로 올라오는 갈색 피부의 남자가 있었다. 화려한 바지에 소매 없는 셔츠를 입은 남자는 솜사탕처럼 잔뜩 부풀린 머리 모양을 하고 있었다. 그는 계속 다리를 건들거리며 자신을 소개했다.

"카포에라 마스터 호나우도요. 1천 골드~ 간다앗~"

남자는 연신 싱글거리며 춤을 추는데 갑자기 다리를 풍차처럼 빙글빙글 돌리기 시작했다. 사마취는 남자의 춤인지 무술인지 모를 동작을 넋 빠지게 보고 있다가 갑자기 날아오는 선풍각에 맞아 공중으로 솟아올랐다. 떨어지는 사마취의 몸에 사정없이 날아오는 호나우도의 발차기. 그의 발차기는 앞으로 뻗어나오는 직선 공격이 아니라 옆으로 빙글빙글 돌아가는 곡선의 차기였다. 사마취는 7백 골드에서 뻗어버리고 말았다. 흥분한 관중들은 호나우도를 연호하며 열광하고 있었다.

"다리를 제법 쓰는구나! 하지만 내 다리에는 안 될걸!"

관중들의 시선이 호나우도에게 도전하기 위해 무대로 뛰어오른 자에게 쏠렸다. 짙은 눈매에 마른 체구, 재치있어 보이는 눈매가 범상치 않았다. 그는 특이하게도 축구공을 몰고 나왔다. 경매 진행자 갸루프 공작은 새로운 입찰자에게 물었다.

"입찰을 하시기 전에 우선 신분을 밝히시오. 그리고 공은 왜 가지고 나왔소?"

남자는 공을 툭툭 차 올리며 말했다.

"나는 소림철각(少林鐵脚) 주송치요! 천오백 골드 부르겠소! 간다아앗~"

주송치는 높이 축구공을 차 올린 다음 하늘 높이 솟아올랐다. 그리고는 있는 힘을 다해 공을 차버렸다. 공은 불같이 날아가 호나우도의 복부를 강타했다. 호나우도는 공에 떼밀려 수십 미터나 날아간 뒤 바다에 풍덩 빠져 버렸다. 사람들은 난생처음 보는 화끈한 슛에 매료돼 환호성을 질렀다. 누군가 맨손으로만 공격하게 되어 있는 규칙을 위반한 것이 아니냐고 따졌지만 무시되었다. 축구공을 무기라고 볼 수는 없었다. 주송치가 귀부인들에게 연락처를 적어주는 동안 묵묵히 무대 위로 걸어 올라오는 자가 있었다. 사람들은 그의 몸을 보고 숙연해졌다. 기저귀 하나만 걸치고 무대 위로 올라온 남자는 출렁거리는 살을 주체 못해 이리저리 몸을 움직이고 있었다. 그는 느릿느릿한 목소리로 말했다.

"난 스모 선수 혼다요. 천칠백 골드요. 각오하슈, 당신을 밀어낼 테니."

그는 말을 마치자마자 뒤뚱거리며 주송치에게 달려들었다. 거구의 몸치고는 매우 재빠른 동작이었다. 혼다의 공격법은 매우 특이했다.

솥뚜껑만한 손바닥을 앞으로 내밀어 그를 밀어내고 있었다. 주송치는 튼튼한 다리를 이용해 버텼으나 상대방이 워낙 거구였다. 마치 불도저로 생쥐를 밀어내는 형국이었으니 주송치가 버틸 수 없었다. 그는 소리 한번 지르지 못하고 무대 아래로 굴러 떨어졌다. 주송치를 밀어낸 혼다는 뚱한 얼굴로 다음 입찰자를 기다렸다. 그때 도복을 펄럭이며 무대 위로 나는 듯이 올라오는 사내가 있었으니, 바로 에드몽이 내세운 입찰선수 켄이었다.

"음하하! 제법이구나, 뚱땡이! 하지만 최고의 길거리 싸움꾼인 이 켄님에게는 어림없을 것이다. 하늘 아래 큰 무도가가 있어 세상 사내들을 놀라게 하고 귀부인들의 심장을 멎게 하니 그가 바로 켄이니라. 이 경매 물건의 낙찰자는 바로 켄님이 될 것이다!"

"허풍 떨지 말고 어서 입찰이나 하시오."

경매 진행자 갸루프 공작이 점잖게 꾸짖었다. 켄은 멋쩍게 웃고는 혼다를 향해 달려들었다.

"길거리 싸움꾼 켄님이시다! 천8백 골드, 받아라~ 아자자자~"

그는 산처럼 묵직하게 서 있는 혼다를 향해 두발차기를 날렸다. 혼다의 풍만한 가슴에 켄의 강력한 두 발차기가 작렬하자 거대한 살결이 파도처럼 출렁거렸다.

"쿠우욱……."

혼다는 출렁거리는 앞가슴을 부여잡고 고통을 견뎌내고 있었다. 보통 사람이었다면 쇄골이 부서지면서 중상을 입었겠지만 혼다의 두터운 지방층이 켄의 공격을 막아낸 것이다. 혼다는 입가에 흐르는 피를 닦으며 켄을 향해 웃었다.

"제법이구나. 하지만 경매는 계속된다. 천구백 골드! 아다다다!"

혼다의 커다란 손이 마치 소나기처럼 켄을 향해 뻗어왔다. 켄은 혼다의 장(掌) 공격을 막아내기 위해 팔뚝을 이리저리 옮겨보았으나 전광석화 같은 손놀림을 일일이 방어할 수는 없었다.

"크왁!"

켄은 어깨와 복부, 팔 부위에 연타를 맞고 뒤로 튕겨져 나왔다. 무대에서 떨어지려는 찰나 그는 가까스로 균형을 잡으며 버텼다. 두 입찰 선수가 서로 한 번씩 공격을 주고받으며 입찰을 계속하자 경매장은 흥분의 도가니로 변했다. 귀부인들은 준수한 용모와 강인한 체력의 켄에게 반해 열렬한 애정 공세를 퍼부었다.

"까아악~ 켄 오빠! 여기 좀 봐요~ 사랑해, 켄~"

"자기이~ 낙찰되면 팬더 나 줄 거지? 팬더, 나 줘어~"

반면 남성들은 켄의 용모와 인기를 시샘하여 혼다를 응원했다.

"어이, 혼다! 저 밥맛없는 자식 쓸어버려!"

"살덩이로 질식시켜! 배로 뭉개 버려!"

혼다의 연타 공격을 견뎌낸 켄은 이를 갈며 다음 공격을 준비하고 있었다. 그는 말없이 온몸의 기를 운행하고 있었다. 자신의 필살기 중 하나를 쓸 작정이었다.

"각오해라, 돼지! 이천 골드닷! 어~류겐!"

켄은 불끈 쥔 주먹을 위로 하고 마치 승천하는 용처럼 솟아오르며 혼다의 턱을 내갈겼다. 혼다의 거대한 몸이 풍선처럼 두둥실 떠오르더니 삼풍 백화점처럼 와르르 무너져 내렸다. 나무로 만든 무대가 혼다의 무게를 이기지 못해 우지끈 내려앉았다. 혼다는 두 눈을 껌뻑거리며 간신히 일어섰지만 이미 인사불성이 되어 있었다. 그는 주먹을 부들부들 떨며 입찰가를 불렀다.

"이천… 백… 골드……."

추가로 입찰가를 높여 불렀지만 공격을 감행할 체력이 남아 있지 않았다. 켄은 승리의 미소를 지으며 마지막 일격을 가했다.

"백 골드 더!"

그의 외침과 동시에 모아 쥔 양손에서 장풍이 뿜어져 나왔다. 혼다의 거대한 몸뚱이와 부서진 무대의 나무 조각들을 모두 날려 보낼 만큼 강력한 장풍이었다. 혼다는 맹렬한 폭풍에 휩쓸려 수평으로 날아갔다. 배의 난간을 부수고 수십여 미터나 더 날아간 혼다는 그대로 바다에 빠지며 엄청난 물보라를 만들었다. 장풍을 사용한 켄은 힘을 소진해 버렸는지 숨을 헐떡이며 한쪽 무릎을 꿇었다. 관중들은 이내 숙연해졌다. 그들은 모두 켄의 압도적인 힘에 놀라 입을 벌리고 있었다. 갸루프 공작은 시계를 가만히 들여다보더니 무대 위로 뛰어올라 깃발을 흔들었다.

"낙찰—"

"우와아아아!"

공작의 낙찰 선언에 일시에 환호성이 터져 나왔다. 켄이 기뻐하며 양손을 번쩍 들자 입찰자인 에드몽이 뛰어나와 그를 얼싸안았다. 관중들이 한꺼번에 모자를 집어 던져 하늘을 까맣게 뒤덮었다. 여자들은 기뻐서 손뼉을 치며 울고 아이들은 소리를 지르며 뛰어다녔다. 에드몽은 낙찰을 자축하며 샴페인을 터뜨려 마구 뿌려댔다.

진진은 눈을 부비며 일어나 우리 밖을 쳐다보았다.

"웅… 뭐가 이렇게 시끄러워. 잠도 못 자게……."

사람들이 갑판 위에서 웃고, 떠들고, 춤추고, 먹고, 마시며 놀고 있었다. 무슨 파티라도 벌어진 듯했다. 진진은 다시 눈을 스르르 감았다.

우리가 또다시 들려져 어디론가 옮겨지고 있었지만 신경 쓰지 않았다.

아부크 선장은 실내 음악을 들으며 조용히 생각에 잠겨 있었다. 그의 얼굴을 평화로웠으며 기품있고 점잖아 보였다. 하지만 누군가 문을 거칠게 두드리자 얼굴이 험상궂고 야비하게 변해 버렸다.

"누구요?"

"접니다."

문을 열고 들어온 자는 갑판장이었다.

"혼다는 좀 어떤가?"

"많이 다치지는 않았습니다. 좀 더 버틸 수 있었다고 하더군요."

"흠… 아니야. 시간을 더 끌었으면 켄이 못 견뎠을지도 모르지. 그 정도면 적당한 가격이야."

선장은 금화 몇 닢을 갑판장 손에 쥐어주었다.

"혼다에게 전해주게. 아, 그리고……."

그는 뒤돌아 나가려는 갑판장의 어깨에 손을 얹고 귀에다 속삭였다.

"이건 자네와 나만 아는 비밀이야. 입찰 가격을 조작했다는 게 알려지면 우린 끝장이야."

"알겠습니다."

갑판장이 선장실에서 나가자 그는 얼굴 가득 조소를 띠며 중얼거렸다.

"후후후, 멍청한 에드몽 백작, 그 따위 짐승을 이천이백 골드나 주고 사다니……."

아부크 선장은 팬더가 멸종하지 않았다는 사실을 잘 알고 있었다. 십여 년 전 아주르 대륙회의에서 팬더의 남획을 금지하는 법안이 통과

된 뒤로 살아남은 팬더들은 보호 구역 내에서 안전하게 번식해 왔던 것이다. 오늘 경매에 붙여진 팬더는 보호 구역에서 몰래 빼돌리려다 실수로 놓쳐 버린 것이 틀림없었다. 에드몽 백작은 팬더를 잘 간수해야 할 터였다. 그렇지 않으면 보호 동물 밀수 혐의로 체포될 테니까.

몰드랑 호가 다음 항구에 도착하자 에드몽은 팬더와 함께 배에서 내렸다. 그는 팬더가 도망치지 못하도록 목걸이를 채우고 사슬에 연결해 손에 감아쥐었다. 진진은 좀 더 잠을 자고 싶었지만 외알 안경의 신사가 자꾸 목을 잡아끄는 바람에 눈을 비비며 따라나섰다. 그는 뭐가 그리 신나는지 연신 싱글벙글이었다.

"후후… 팬더야, 이 아저씨가 널 아주 좋은 곳으로 데려가 주마. 넌 거기서 스타가 될 거야, 스타~"

에드몽과 진진은 낡은 마차를 타고 항구를 빠져나갔다. 마차는 하루 종일 달리고 또 달렸다. 진진은 마차가 하도 덜컹거려 제대로 잠을 잘 수 없는 것이 스트레스였다. 에드몽이 과자를 몇 개 집어 주었지만 입맛이 없어 고개를 저었다. 수면 부족일 때는 음식이 제대로 넘어가지 않았다. 마차는 몇 개의 도시를 지나고 수십 개의 마을을 지나 어느 한적한 시골 마을에 도착했다. 에드몽은 마차에서 내려 돈을 지불하고 진진의 목줄을 잡아끌었다. 둔갑팬더로서 자존심 상하는 일이었지만 마법이 통하지 않는지라 어쩔 수 없었다. 방법이 없을 때는 빨리 체념하고 현실을 받아들이는 것이 진진의 장점이었다.

"후후~ 다 왔구나. 바로 여기가 네가 일할 곳이란다, 팬더야~"

에드몽은 손바닥을 싹싹 비비면서 말했다. 진진은 주위를 둘러보았다. 커다란 천막이 군데군데 설치되어 있고 이상한 옷을 입은 사람들이 어슬렁거리고 있었다. 에드몽은 직사각형의 천막 속으로 진진과 함께 들어갔다. 천막 안에는 탁자와 의자들이 놓여져 있고 콧수염을 잔뜩 구부린 배불뚝이남자가 앉아 있었다. 그는 에드몽을 보자 반가운 얼굴로 일어섰다.

"여어~ 이게 누구야? 희대의 유혹마 에드몽! 요즘도 백작을 사칭해서 여인들을 유혹하고 다니는가?"

"오랜만이야, 아부달. 서커스 장사는 잘 되나?"

"뭐, 그럭저럭. 단원들 먹여살리고 아이들 키울 정도는 되지."

앉자마자 툭툭 이야기를 던지는 폼이 전부터 잘 알던 사이였다. 아부달이라는 남자는 콧수염을 만지작거리면서 팬더를 힐끔힐끔 쳐다보았다.

"그런데 에드몽, 자네가 여기 웬일인가? 설마 저 팬더를 나에게 팔려고 온 건가?"

"하하하! 역시 아부달답군! 바로 맞췄네. 내가 몰드랑 호에서 건져온 놈이야. 희귀 동물이라는 말을 듣자마자 자네 생각이 떠오르지 뭔가. 이놈이 있으면 장사가 더 잘될 걸세."

아부달은 팔짱을 끼더니 탐탁지 않은 얼굴이 되었다.

"팬더를 서커스에 이용하는 건 불법이야, 에드몽. 게다가 난 지금 돈이 별로 없네."

에드몽은 순간적으로 얼굴을 구겼다가 이내 밝은 표정으로 되돌아왔다. 이런 식의 거래라면 수없이 해보았다.

"이거 왜 이러셔. 자네가 언제 법을 지키는 사람이었나? 그리고 어떻게 친구한테 비싼 값에 팔겠어? 내가 비록 경매로 비싼 값에 사왔지만 우정의 선물이라고 생각하고 헐값에 넘기겠네."

"얼마에 팔 생각인가?"

아부달은 단독직입적으로 물었다.

"몰드랑 호에서 6천 골드 주고 샀다네. 하지만 자네는 친구니까 5천 골드만 받겠어."

"흠, 밑지고 팔겠다구?"

"괜찮아. 자네가 그동안 나한테 해준 것들을 생각하면… 천 골드 정도야 우정으로 상쇄될 수 있네."

"그럼 좀 더 밑지라구. 난 삼천오백 골드밖에 못 내겠어. 요새 비수기라 손님도 없다구."

"삼천칠백."

"삼천육백."

"삼천육백오십."

"좋아, 사겠네."

"휴, 잘 생각했어. 친구니까 이렇게 밑지고 파는 거야."

에드몽은 아부달에게 팬더를 넘겨주었다. 아부달은 쇠사슬을 바짝 감아쥐면서 팬더에게 얼굴을 들이대었다. 씨익 웃으며 금니를 드러내 보이는 아부달.

"어이, 팬더 친구! 앞으로 우리 조련사의 말을 잘 들어야 해. 그렇지 않으면 서커스단 생활이 힘들어질 거다."

진진은 무슨 뜻인지 알아들을 수 없었지만 왠지 안 좋은 예감이 들었다. 배불뚝이남자는 진진의 목줄을 당기며 어디론가 끌고 갔다. 남자가 진진을 데려간 곳은 커다랗고 둥그런 천막이 쳐진 장소였는데 사자, 호랑이, 곰 같은 맹수들이 줄지어 선 우리에 갇혀 있었다. 진진은 사자 우리 옆에 비어 있는 우리로 들어가게 되었다. 배불뚝이남자는 진진을 향해 뭐라고 지껄인 다음 밖으로 나가 버렸다. 남자가 나가 버리자 옆 우리의 숫사자가 진진에게 다가와 물었다.

"안녕! 난 밀림의 황태자 레오야. 넌 누구니?"

"웅, 난 진진이야. 한국에서 왔어."

"한국? 그런 곳은 처음 들어보는데. 근데 서커스는 해봤니?"

"웅? 서커스? 내가 서커스를 해야 된단 말이야?"

"몰랐니? 우린 '아부달 서커스단' 소속의 동물 곡예단이야. 요즘 동물 곡예단 인기가 떨어져서 고민이었는데 네가 들어와서 다행이다."

진진은 난처한 심정이었다. 원래 운동 신경이 둔한데다 행동이 느려 재주를 부린다거나 위험한 묘기는 딱 질색이었다.

"웅, 근데 넌 어떤 곡예를 하니?"

"나? 밀림의 황태자다운 위험한 묘기지. 불타는 고리 사이를 통과하거나, 높은 평행봉 위를 달려가거나, 사다리를 급히 내려가는 따위의 재주를 부리지."

"우와… 정말이니? 대단하구나. 위험하진 않니?"

"당연히 위험하지. 꼬리에 불이 붙은 적도 있고 평행봉에서 넘어져 발목을 다친 일도 있어. 지난번엔 목뼈가 어긋나서 물리치료까지 받았다니까."

"우웅… 정말 아팠겠다."

"아픈 건 참을 수 있는데 되게 쪽팔려."

"웅… 근데 저 호랑이는 무슨 곡예를 하니?"

"덩치 큰 인간이랑 레슬링을 해. 물론 깨물거나 할퀴면 조련사한테 채찍으로 얻어맞지. 그냥 엎치락뒤치락하면서 레슬링을 해야 돼. 맹수로서 참 한심한 짓이지."

사자의 말을 듣고 있던 호랑이가 발칵 화를 냈다.

"어흥! 닥쳐라! 레슬링이 얼마나 위험하고 박진감 넘치는 운동인 줄 알고 하는 소리냐! 네놈의 시답잖은 묘기보다는 레슬링이 훨씬 수컷다운 운동이야!"

사자 레오는 발끈하는 호랑이를 비웃으며 진진에게 말했다.

"저 자식은 만날 레슬링하니까 지가 무슨 타이거 마스크인 줄 알아."

"응~ 근데 난 무슨 곡예를 해야 하지?"

"글쎄··· 팬더는 처음이라서. 아마 조련사가 정해주겠지. 조련사한테 잘 보여야 돼. 성질이 엿 같은 놈이거든."

"엿 같다고? 엿처럼 달콤하다는 말이니?"

"아니, 엿처럼 찐득찐득하다는 뜻이야. 한마디로 성깔 더럽단 얘기지."

진진이 사자 레오와 한창 이야기를 나누고 있는데 인간들이 들어왔다. 키가 큰 사람, 작은 사람, 뚱뚱한 사람, 근육질인 사람 등 가지각각의 체형을 가지고 있었다. 레오가 진진에게 슬며시 귀띔해 주었다.

"인간 곡예단이야. 저 치들도 여기서 연습하거든. 앞으로 자주 보게 될 거야."

키가 작고 호리호리한 남자 한 명이 천막 한쪽에 세워진 높은 기둥을 타고 올라가고 있었다. 레오가 진진에게 설명해 주었다.

"외줄타기를 하려는 거야. 아부달 서커스는 밑에 안전 그물도 안 치고 외줄타기를 하는 걸로 유명하지."

진진은 호기심 가득한 얼굴로 외줄타기 곡예사를 지켜보았다. 기둥 꼭대기까지 올라간 곡예사는 팽팽하게 당겨진 밧줄을 향해 첫발을 내

디뎠다. 아찔할 정도의 높이건만 곡예사는 별로 겁먹은 표정이 아니었다. 하지만 균형은 제대로 맞지 않아 좌우로 뒤뚱뒤뚱하는 폼이 영 불안했다. 진진은 지켜보는 것만으로도 식은땀이 흘렀다.

"웅… 저 사람 저러다 떨어지겠어. 위험해."

"저 맛에 보는 거야. 한두 번 저러는 것도 아닌데 뭐."

곡예사는 비틀비틀하며 발을 내딛다가 팔을 파닥거렸다. 그리고는 기우뚱하더니 수십 미터 아래로 추락했다.

"으아아아아악—"

비명 소리를 내지르며 떨어진 곡예사는 바닥에 팔이 뒤로 젖혀진 참혹한 모습으로 누워 있었다. 동료 곡예사들이 들것을 가져와 그를 실었다. 진진은 얼굴을 찡그리며 사자에게 물었다.

"저 사람, 오늘 처음 해보는 거였니?"

"무슨 소리야. 벌써 십 년 경력에 접어드는 곡예사라구."

"웅? 그런데 그렇게 못 타?"

"원래 균형 감각이 형편없는 사람이야. 혼자 걷다가도 잘 넘어져. 그리고 곡예 중에도 자주 떨어져."

"근데 어떻게 외줄타기 곡예사가 됐지?"

"특이 체질이라서 뼈가 잘 붙거든. 일주일만 석고 붕대 하고 다니면 금방 나아서 돌아다녀. 그리고 관중들도 떨어지는 걸 재밌어하거든."

"웅… 그렇구나."

등과 허리가 그대로 드러나는 야한 옷을 입은 여인이 진진이 있는 우리 앞을 지나갔다. 그녀는 하얀 접시와 기다란 막대기를 들고 있었는데 한눈에 접시 돌리기 곡예사임을 알아볼 수 있었다.

"웅… 저 여자는 접시 돌리기를 하는 거지?"

"그렇지. 몸매 죽이지? 아나스타샤라고 남자들한테 인기 최고야. 단지 아나스타샤를 보기 위해 오는 손님들도 많아."

여인은 가느다란 막대 위에 하얀 접시를 올려놓고 손으로 열심히 돌리기 시작했다. 두 개, 세 개, 네 개……. 접시의 숫자는 점점 늘어나고 여인은 이리저리 바삐 오가며 열심히 손을 놀렸다. 그러나 접시는 왠지 회전하지 않고 고정되어 있는 것처럼 보였다. 진진은 이상하다는 생각에 레오에게 물었다.

"근데 저 접시 이상한데? 꼼짝도 않고 있는 것처럼 보여. 내가 잘못 보는 건가?"

"쿠쿠… 너, 눈썰미있구나. 저거 접시가 아니라 뻥튀기야. 그냥 막대에 푹푹 꽂아놓고 시늉만 하는 거야. 아나스타샤는 그런 묘기 못 부려."

"응? 그럼 눈속임이란 말이야? 손님들이 속아줄까?"

"상관없어. 어차피 사람들이 보고 싶어하는 건 아나스타샤의 몸매지 접시 돌리기가 아냐."

"응… 그렇구나."

여인이 뻥튀기로 곡예 연습을 하는 동안 한쪽에서는 칼 던지기 연습을 시작하려는 참이었다. 조각처럼 잘생긴 미남자 한 명이 커다란 원판 위에 사지를 벌리고 섰다. 그러자 키 작은 칼잡이가 나이프 십여 개를 만지작거리며 미남자를 노려보고 있었다. 진진의 시선은 어느새 이들에게 가 있었다.

"응… 칼 던지기를 하려나 보네. 재밌겠다."

진진은 아슬아슬하게 뺨 옆을 스쳐 꽂히는 나이프 던지기의 묘미를 잘 알고 있었다. 칼잡이는 나이프를 머리 위로 들어 올리더니 힘껏 미남자를 향해 던졌다.

"크악!"

예상 밖의 일이 벌어졌다. 칼잡이가 던진 나이프가 미남자의 복부에 꽂힌 것이다. 미남자는 배에서 피를 흘리며 괴로워하고 있었다.

"웅! 사고다! 어쩌면 좋아……."

진진은 발을 동동 굴렀지만 칼잡이는 태연하게 두 번째 나이프를 던졌다.

"캑……!"

이번에는 목줄기를 관통하는 나이프. 미남자는 쿨럭거리며 입에서 피를 토했다. 이를 지켜보던 진진은 경악했다.

"웅! 저 사람이 미쳤나! 뭐 하는 짓이야!"

세 번째 나이프가 날아가더니 오른쪽 옆구리에 깊숙이 박혔다. 칼잡이는 씨익 웃으며 미남자에게 말했다.

"괜찮아?"

미남자는 자신의 목과 배에서 칼을 쑥쑥 뽑아내더니 칼잡이에게 던져 주었다.

"좀 세게 던져 봐. 액션이 부족해."

진진은 눈을 동그랗게 뜨고 레오에게 물었다.

"뭐, 뭐야, 저건?"

"클클… 저놈은 칼에 맞아도 죽지 않는 언데드 몬스터야. 어디서 저런 괴물을 데려왔는지……. 아이들이 좋아해서 계속하고 있는데 반발이 심해. 너무 엽기적이라나?"

진진은 속으로 '참으로 희한한 서커스단도 다 있구나' 하면서 감탄했다. 그는 사자 레오와 더 이야기를 나누고 싶었지만 그럴 수 없었다.

조련사가 채찍을 휘두르며 나타났기 때문이다. 수염을 대충 깎은 지저분한 턱에 후줄근한 차림이었지만 쭉 찢어진 눈매가 사나워 보였다. 그는 진진의 우리를 손으로 탕탕 치면서 소리쳤다.

"어이, 신참! 넌 뭘 잘하냐? 공굴리기? 재주넘기?"

진진은 최대한 공손한 몸짓으로 말했다.

"꾸엑꾸엑(열심히 하겠습니다)~"

"이리 나와라. 일단 곰순이가 하는 것부터 해보자."

조련사는 진진을 우리 밖으로 끌어내더니 서커스단의 곰들이 부리는 묘기를 시켜보았다. 진진은 조련사가 요구하는 고난도 묘기들에 혀를 내둘렀다. 공 위에서 균형 잡기, 날으는 접시 물기, 구르는 통나무에서 조깅하기……. 과연 이런 것들을 저 둔한 곰들이 해낸단 말인가. 그는 연신 넘어지고 고꾸라지면서 의문을 가졌다. 조련사는 고개를 절레절레 흔들며 팬더를 일으켜 세웠다.

"원 둔한 녀석, 넌 싹수가 노랗구나. 재능이 없으니 훈련시켜 봤자 사고밖에 더 치겠니. 음…그럼 뭘 시킨다……."

조련사는 턱을 괴고 고민했다. 단장은 비싸게 산 동물이라며 본전을 충분히 뽑을 수 있는 재밌는 쇼를 요구했다. 한참 동안 고민하던 조련사의 얼굴에 엷은 미소가 떠올랐다. 진진은 조련사의 얼굴을 보는 순간 왠지 모를 한기를 느꼈다.

부두 위에서 그리움 가득한 눈빛으로 먼 바다를 응시하는 여인이 있었다. 해풍(海風)을 받아 출렁거리는 금빛 머리칼이 아름다웠다. 백발이 성성한 노인이 그녀 뒤에서 가만히 다가와 어깨를 어루만졌다. 청초하고 매력적인 여인과 달리 노인의 얼굴은 주름이 가득하고 검버섯

마저 피었으나 턱 선과 코, 눈매 등이 여인과 매우 닮아 있었다. 눈치 빠른 사람은 이 두 사람이 부녀지간이라는 것을 간파했을 것이다. 노인이 여인에게 조용히 물었다.

"볼컨이 늦는구나. 설마 이 좋은 날씨에 무슨 일이 있는 건 아니겠지?"

"걱정 마세요, 아버지. 이이가 늦을 때는 항상 만선(滿船)이었어요."

그녀는 부친의 얼굴을 쓰다듬으며 사랑스러운 미소를 지었다.

"아버지, 두꺼운 안경을 벗으시니까 훨씬 젊어 보이세요."

"그러냐? 고맙구나. 이게 모두 네 덕이다."

흐뭇한 얼굴로 딸을 바라보던 노인은 바다 쪽을 향해 시선을 돌리다가 눈을 크게 뜨고 소리쳤다.

"아! 저기 배가 들어오는구나! 볼컨의 배로구나!"

"어머나! 볼컨! 볼커어언~ 여보오~ 사랑해애~"

여인은 돌아오는 고기잡이 남편을 향해 목청껏 소리 질렀다. 어선은 이제 손에 잡힐 듯이 가까워졌다. 갑판 위에 서 있는 건장한 사내는 효녀 제인의 남편 봉근이었다. 봉근은 입이 함지박만큼 찢어져 있었다. 배의 저장고에는 싱싱한 청어가 가득하고 눈앞에서는 아름다운 아내가 손을 흔들고 있었다. 그는 큰 소리로 아내를 불러보았다.

"제에에에에에에이이이이이이이이인!"

순간 놀라운 일이 벌어졌다. 어선의 앞쪽으로 작은 해일과도 같은 파도가 일어나더니 항구를 향해 맹렬히 밀려갔다. 제인 부녀가 미처 피할 사이도 없이 커다란 파도가 그들을 덮쳤다. 파도가 지나간 부두 위에는 제인과 그녀의 부친이 물에 젖은 생쥐 같은 꼴을 하고 서 있다. 노인은 소탈하게 웃으며 자신의 사위를 칭찬했다.

"녀석, 목소리 한번 우렁차구나. 껄껄……."

봉근의 어선 근처에서는 그의 고함 소리에 놀라 죽은 물고기들이 배를 뒤집고 떠올랐다. 봉근은 배를 정박시킨 뒤 아내에게 달려갔다. 제인은 금발 머리를 흩날리며 뛰어와 봉근에게 안겼다. 봉근은 아내를 번쩍 들어 머리 위에서 빙빙 돌리다가, 옆구리에 끼웠다가, 던지다가, 별 재주를 다 부렸다. 제인 역시 무슨 피겨 스케이팅 선수처럼 능란하게 포즈를 잡았다. 이를 지켜보는 봉근의 장인은 껄껄 웃으며 박수를 쳤다.

"잘한다, 잘해. 정말 멋지구나. 물고기는 그만 잡고 무도학원이라도 차려야겠구나."

토마스 씨는 자신의 사위가 너무나 고맙고 대견했다. 목숨을 걸고 바다 밑바닥까지 내려가 수중괴수에게 잡혀 있던 딸을 구해내고 이제는 고기를 잡으며 두 사람의 생계를 책임지고 있었다. 제인은 자신의 몸을 팔아서 고도 근시를 고쳐준 끔찍하게 소중한 딸이었다. 그런 딸을 구해줬으니 봉근이 얼마나 대견하겠는가. 그는 자신이 사위 하나 잘 두었다며 몇 번이고 속으로 고마워하고 있었다. 봉근은 한참 동안 아내를 이리저리 돌리다가 힘이 드는지 그만 내려놓았다. 제인은 멀미가 나는지 바닷물에 토하는 시늉을 했다. 봉근은 이마의 땀을 닦으며 장인에게 싱긋 웃어 보였다.

"장인어른, 오늘 만선입니다! 청어를 잔뜩 잡았어요! 몇 달 동안 돈 걱정은 안 해도 되겠어요!"

"후후후… 잘했네, 잘했어. 이리 오게, 볼컨. 내 자네에게 줄 선물이 있네."

"선물이요?"

봉근은 아내의 등을 두드려 주다 말고 장인에게 달려왔다. 자못 기대되는 모양이었다.

"뭔데요?"

"바로 이거야."

토마스 씨가 내민 것은 티켓 두 장이었다. 봉근은 티켓을 받아 들고 앞뒤로 살펴보았다.

"이거 서커스 티켓이잖아요?"

"그래, 유명한 아부달 서커스 입장권이지. 그동안 고기 잡느라 고생했으니 내일은 제인을 데리고 서커스 구경이나 다녀오게나."

"하하! 감사합니다, 장인어른!"

봉근은 장인에게 넙죽 큰절을 올린 뒤 아내에게 달려갔다.

"여보! 당신 아버님께서 이런 걸 주셨어! 서커스 입장권이야!"

"잘됐네요. 우웩! 내일 같이 보러가요. 우엑… 웩……."

제인은 봉근의 '귀항 세레머니' 후유증으로 계속 토악질을 하고 있었다. 봉근은 솥뚜껑 같은 손으로 제인의 등짝을 시원하게 두드려 주었다.

두 부부는 다음날 아침 일찍 일어나 아부달 서커스단이 자리 잡은 마을 광장으로 달려갔다. 아부달 서커스단은 일 년에 한두 번 정도밖에 찾아오지 않는 일류서커스단으로 이를 구경한 사람은 큰 자랑거리를 지니게 되는 셈이었다. 커다란 천막 안으로 들어가자 이른 아침부터 몰려든 구경꾼들로 북새통을 이루고 있었다. 봉근은 제인을 번쩍 들어 올려 목마를 태운 뒤 인파를 헤치고 나갔다.

"여보! 저기 빈자리가 있어요!"

제인이 벼락같이 소리를 질렀다. 봉근은 제인이 가리키는 방향으로 서둘러 달려갔다. 자리를 차지하지 못하면 서서 봐야 할 판국이었다. 과연 한두 사람이 앉을 정도의 작은 공간이 눈에 띄었다. 봉근과 제인이 자리에 앉으려는 순간 웬 중년 여인이 황소처럼 돌진해 오더니 두 사람이 앉으려던 자리에 궁둥이를 들이밀었다. 제인은 여인에게 밀려나며 땅바닥에 엎어졌고 여인의 궁둥이에 측면 충돌한 봉근은 빙글 돌면서 땅에 처박혔다. 입에 들어온 흙을 뱉어내며 일어선 봉근은 여인에게 다가갔다. 그녀는 어느새 무릎 위에 조그만 남자애를 앉게 한 뒤 핫도그를 씹고 있었다. 봉근은 놀란 얼굴로 여인에게 물었다.

"다, 당신은 누구요?"

여인은 눈을 부라리며 걸쭉한 목소리로 대답했다.

"난 아줌마예요."

아줌마족(Azumma 族)! 봉근은 할 말을 잃었다. 이 일족은 어느 나라에나 골고루 분포하며 억척 같은 생명력으로 지위의 고하를 막론하고 두려움의 대상이 되고 있는 무리였다. 가이센 왕국 속담에 '아줌마는 언데드 몬스터이며 백마술이나 흑마술로도 그의 가고자 하는 길을 막을 수 없다' 고 했으며 '아줌마가 차지한 자리는 왕이나 귀족일지라도 넘보지 못한다' 라고 전해진다. 봉근은 깨끗이 포기하고 다른 자리를 찾아보았다. 제인이 풀 죽은 목소리로 말했다.

"여보, 우리 그냥 저 드럼통 위에 앉아서 봐요."

"그럴까?"

봉근은 제인의 허리를 잡고 번쩍 들어 올려 드럼통 위에 앉혔다. 자신도 드럼통 위에 앉으려 했으나 다리가 올라가지 않았다. 봉근이 통 위에 올라오지 못해 낑낑대자 제인이 풋 하고 웃었다.

"후후, 숏다리……. 여보, 내가 올려줄게요."

그녀는 다짜고짜 봉근의 귀를 잡고 힘껏 끌어 올렸다.

"우아아아아~ 아퍼! 아프단 말야!"

봉근은 고통을 이기다 못해 풀쩍 뛰어 통 위로 올라갔다. 봉근이 투덜대자 제인은 그의 귀를 부드럽게 어루만져 주었다.

"후후후… 엄살은……. 이제 잘 보이죠?"

"응, 벌써 시작했나 보네."

봉근의 눈앞에서는 이제껏 보지 못했던 진귀한 서커스가 펼쳐지고 있었다. 안전망도 치지 않은 높은 줄 위에서 비틀거리다 맥없이 추락하는 곡예사, 칼을 맞고도 죽지 않는 불사의 곡예사, 눈속임으로 곡예를 하면서 마력에 가까운 매력으로 남성들을 사로잡는 미녀 곡예사, 불붙은 고리를 뛰어넘다 꼬리에 불이 붙어 관중석으로 뛰어드는 사자, 사람에게 두발차기를 날리는 호랑이 레슬러……. 봉근과 제인은 색다르고 기괴한 서커스에 푹 빠져 입을 다물지 못했다.

"과연… 아부달 서커스의 명성대로군."

봉근이 감탄을 하고 있는데 아부달 서커스단을 이끄는 불세출의 곡예사 아부달 단장이 모습을 드러냈다. 그는 커다란 깔대기를 입에다 대고 관객들을 향해 쩌렁쩌렁한 목소리로 말했다.

"감사합니다! 감사합니다! 이제 쇼도 막바지에 다다르고 있습니다! 다음은 오늘의 하이라이트! 다른 서커스에서는 절대로 구경하실 수 없는 희귀한 동물입니다! 전설 속에 나오는 신비의 동물 팬더를 소개합니다!"

"와아아아아!"

관객들은 조련사에게 이끌려 나오는 흑백의 동물을 보자 환호성을 지르며 모두 자리에서 일어섰다. 그들은 모두 이야기와 그림을 통해서만 팬더를 알고 있었다. 실제로 팬더를 보게 될 줄은 꿈에도 몰랐던 것이다.

낙천적이고 무신경한 진진이지만 이번만큼은 잔뜩 긴장할 수밖에 없었다. 갖가지 묘기에 도전해 모두 실패한 진진은 '곡예 동물 부적격' 판정을 받았지만 조련사는 진진에게 서커스에 출연하게 될 거라고 예고했다. 하지만 아무런 훈련도 받지 않은 채 무작정 관객들 앞으로 끌려 나오고 보니 이제 자신에게 무슨 일이 벌어질지 알 수 없어 두려운 것이다. 조련사는 진진을 돌아보더니 씨익 웃으며 말했다.

"야, 이 둔한 녀석아, 너 같이 운동 못하는 놈은 저런 거라도 해야 돼."

그러면서 손가락으로 은빛의 커다란 대포를 가리켰다. 진진은 대포를 보자 사색이 되었다.

'꾸엑… 설마…….'

진진의 불안한 예감은 적중했다. 아부달 단장은 깔때기에 입을 바싹 대고 목청을 높였다.

"여러분! 다음 순서는 날으는 팬더 대포알입니다! 인간 대포알은 많이 보셨겠지만 팬더 대포알은 아마 오늘이 처음이시라 믿습니다! 소개합니다! 날으는 팬더 대포알 재롱이!"

조련사는 진진의 목줄을 팽팽히 당겼다.

"가자, 재롱아. 멋진 모습을 보여줘야지. 반대쪽에 그물을 쳐놓았으니까 겁먹지 말고. 위험한 것 같지만 별것 아냐."

"꾸엑꾸엑(살려줘)~"

"아니… 이 자식이… 왜 이리 뻗대고 이래? 별것 아니라니까……!"

"꾸엑꾸엑~ 꾸에에엑~ 꾸엑(너부터 해봐, 씨붕새야)~"

진진과 조련사의 실랑이는 오래 지속되지 않았다. 바짝 약이 오른 조련사가 무시무시한 가죽 채찍을 휘둘렀기 때문이다. 진진은 살갗 깊숙이 파고드는 고통에 못 이겨 조련사에게 끌려가기 시작했다. 조련사는 진진을 대포 속에 억지로 구겨 넣고는 시커먼 이빨을 드러내며 웃었다.

"폭발할 때 혀 깨물지 않도록 어금니 꽉 물어라."

진진은 눈물을 찔끔거렸으나 어쩔 도리가 없었다. 옥황상제와 태상노군, 북두성군, 산신령에게 기도 드리는 순간 엄청난 굉음과 충격이 하체에 전해졌다.

"꾸에에에에에엑~"

눈물을 뿌리며 수십여 미터를 날아간 팬더는 커다란 그물 위에 철썩하고 떨어졌다. 관객들이 모두 일어나 와아 하고 함성을 질렀다. 어촌 마을에서 자란 그들에게 팬더 대포알은 난생처음 보는 장관이었다. 머리가 어질어질한 팬더는 몸을 가누지 못하고 그물 위에서 비틀거렸다.

아내와 꼬옥 손을 잡고 서커스를 관람하던 봉근은 갑자기 감정이 격앙돼 자리에서 일어섰다. 팬더를 매질하고, 팬더를 대포 안에 구겨 넣고 발사해서 날려 보내는 과정을 지켜보는 동안 진진의 추억이 되살아나면서 그를 분노케 했던 것이다.

"이런 천인공노할 동물 학대가 있나! 아우우우우~ 열받아!"

그의 두터운 팔뚝이 소리없이 전율하고 있었다. 얼굴색은 점차 대추빛을 띠어가고 코에서는 뜨거운 김이 뿜어져 나왔다. 이빨은 부득부득

갈리고 주먹은 바위처럼 단단해졌다. 제인은 겁이 나서 남편의 팔을 살며시 잡아당겼다.

"여보, 왜 그래요? 무슨 기분 나쁜 일이라도 있어요?"

"저, 저런 무도한 놈들! 팬더는 인간의 친구요, 기특한 영물(靈物)이란 말이야! 그런 팬더를 개, 돼지처럼 취급하다니……. 도저히 참을 수 없다! 아우우우우우~ 열받아!"

봉근은 어느새 아내의 손을 뿌리치고 조련사를 향해 달려가고 있었다. 조련사는 관객들의 반응이 좋자 팬더 대포알을 다시 한 번 보여줄 생각으로 진진을 끌고 가는 중이었다. 팬더는 끌려가지 않으려고 필사적으로 저항했다. 네 다리에 힘을 주고 발톱을 세워 지면을 붙들었다. 조련사는 한참 동안 낑낑대다 약이 바짝 올랐다.

"이 자식이… 오냐오냐 하니까 나를 우습게 아는구나! 좋다! 정말로 뜨거운 맛을 보여주지!"

조련사는 허리춤에 매달았던 채찍을 풀어 쥐더니 채찍에 알 수 없는 가루를 발랐다.

"흐흐흐… 이건 상처에 닿으면 살을 파고들어 고통을 가중시키는 맹독이다. 아직까지 이 채찍을 맞고 고분고분해지지 않은 동물이 없었다. 각오해라, 고집 센 팬더 새끼!"

조련사의 채찍이 뱀처럼 일어나 진진을 향해 달려드는 순간이었다. 채찍이 팽팽하게 당겨지고 있음을 느낀 조련사는 조용히 뒤를 돌아보았다. 우악스럽게 생긴 남자 한 명이 팔뚝에 채찍을 감고 서 있는데 그 자세가 제법 당당했다.

"엥? 당신, 뭐야? 이거 안 놔?"

"못 놔, 동물을 학대하는 나쁜 놈아!"

"어쭈~ 내가 누군지 알고 이러는 거야? 이 자식이… 으……."

주둥아리를 놀리던 조련사는 얼굴을 감싸 쥐고 뒤로 물러섰다. 바위처럼 단단한 주먹이 그의 얼굴을 강타한 것이다. 앞 이빨이 부러지고 쌍코피가 줄줄 흘렀다.

"크윽… 이 머리통 큰 놈이 감히 내가 누군지 알고… 우헉……."

조련사는 배를 움켜쥐고 주저앉았다. 코끼리 다리처럼 굵은 다리가 그를 아랫배를 걷어찬 것이다. 창자가 뒤틀리는 듯이 아팠다.

"흐윽… 이놈이 어디서 세상 모르고 날뛰는 거야? 나로 말할 것 같으면… 우왁!"

봉근의 박치기가 작렬하자 조련사는 더 이상 주둥이를 나불대지 못하고 큰대 자로 뻗어버렸다. 이마에는 달걀만한 혹이 솟아올랐다.

"봉근아!"

봉근은 누군가 자신의 이름을 부르는 소리에 깜짝 놀라 주위를 두리번거렸다. '볼컨' 이라 부르지 않고 정확히 발음해 준 이가 누구일까? 그는 한참 만에 앞에 있는 팬더가 자신을 불렀음을 알게 됐다.

"봉근아, 나야!"

"지, 진진?"

봉근은 눈을 부비고 다시 한 번 살펴보았다. 인간으로 둔갑한 모습에 익숙해 있는 봉근으로선 팬더의 생김새만 보고 진진을 알아볼 수는 없었다. 하지만 자신을 봉근이라고 부를 수 있는 팬더는 흔치 않았다.

"웅~ 나 진진이야~"

팬더는 어느새 까만 눈자위가 눈물로 번들거렸다.

"진진아! 아이구, 네가 웬일이냐! 우하하하하!"

봉근은 앙천대소(仰天大笑)하더니 팬더를 번쩍 들어 올려 빙빙 돌렸다.

"짜샤! 내가 그동안 네 녀석이 얼마나 보고 싶었는지 아냐, 이놈아!"

"웅~ 나도 보고 싶었어, 봉근. 웅……."

진진은 오랜 무인도 생활의 외로움과 서커스단에서 받은 수모 등이 한꺼번에 떠올라 왈칵 눈물이 쏟아졌다. 봉근은 자신의 뺨 위로 차가운 물방울이 떨어지자 팬더를 내려놓았다.

"잉? 진진이, 너 우냐?"

"웅… 우와아아앙~"

궁둥이를 깔고 앉아 아이처럼 울어버리는 팬더. 천 년 묵은 영물답지 못한 천진한 모습이었다. 봉근은 진진의 등을 토닥거려 주다가 홱 하고 고개를 돌렸다. 뒤에서 강한 살기를 느꼈기 때문이다. 아니나 다를까, 눈매가 날카롭고 온몸이 근육질인 거구의 남자가 봉근을 노려보고 있었다. 봉근은 콧방귀를 뀌어주며 상대에게 물었다.

"킁! 넌 또 뭐냐?"

"내가 묻고 싶은 말이다. 어디서 굴러먹던 개뼉다귀냐? 왜 남의 영업을 방해하는 거지? 이 서커스가 얼마짜리 장사인지 알고나 이러는 거냐? 단장님이 널 죽지 않을 만큼 패주라고 했다. 각오해라, 못생기고 머리 큰 놈아."

"아우~ 열받아! 덤벼!"

봉근은 가슴을 탕탕 치며 호기롭게 외쳤다. 하지만 다음 순간 무언가 눈앞에서 번쩍하는가 싶었는데 그만 뒤로 벌렁 넘어지고 말았다. 머리가 지끈거리고 속이 울렁거렸다. 남자는 다리를 쭉 뻗은 자세로 서 있었다. 봉근은 그제야 자신이 상대방의 번개 같은 발차기에 머리를 맞고 쓰러졌음을 깨달았다. 남자는 싱긋 웃으며 다리를 천천히 내렸다.

"그럼 이제 내 소개를 하지. 난 아부달 서커스단의 수석 차력사 지르마재논이다. 다들 나를 차력하는 음유 시인 지르마재논이라고 부르지."

차력사 지르마재논은 봉근이 쓰러져 있는 동안 뒷짐을 지고 조용히 시 한 수를 읊었다.

스물세 해 동안 나를 키운 건 팔 할이 폭력이다.
깡패는 조져도 조져도 많기만 하드라.
어떤 놈은 나한테서 칼침을 맞아가고,
어떤 년은 나한테서 육침을 맞아가니,
별이 다섯 개라도 나는 뉘우치지 않을란다.

그는 자신의 과거가 고스란히 담겨 있는 시를 곱씹으며 음울한 얼굴을 했다. 일찍이 조직 폭력배로 입신하여 수많은 건달들을 두려움에 떨게 했던 지르마재논. 그러나 예술의 경지에 이른 싸움 실력을 뒷받침해 주지 못하는 그의 성품과 철학이 문제였다. 보신과 이익을 위해서라면 변절과 배신을 밥 먹듯이 하는 바람에 모든 조직에서 왕따를 당하게 됐다. 소신없고 의리없는 떠돌이 싸움꾼으로 낙인찍힌 그는 화려했던 과거를 뒤로하고 서커스단의 차력사로서 살아가고 있는 것이다.

차력사의 발차기를 맞고 뻗어 있던 봉근은 가까스로 몸을 추스려 일어섰다. 싸움이라면 그 누구에게도 자신있는 봉근이었다. 머리가 아직도 얼얼했지만 잠시 방심했던 탓이라고 생각했다.

"아우~ 열받아! 감히 날 때려눕혀? 너, 주우우거어어써어어어! 아뷰우우우우!"

봉근은 주먹을 꽉 쥔 채로 양팔을 풍차처럼 돌리며 차력사에게 달려들었다. 팔이 붕붕 회전하면서 내뿜는 바람이 자못 위협적이었다. 아무리 맷집 좋은 자라도 봉근의 풍차돌리기에 걸려들어 견뎌낸 자는 없었다. 그러나 지르마재논은 봉근의 허술한 공격에 걸려들 만큼 만만한 싸움꾼이 아니었다. 그는 봉근의 풍차돌리기를 살짝 피하며 몸을 낮추더니 로우킥으로 정강이를 걷어찼다. 봉근은 그 충격으로 앞으로 균형을 잃고 쓰러지며 코를 땅에 박았다. 봉근이 거꾸러진 순간 지르마재논은 하늘로 솟아올랐다. 사냥감을 공격하는 매처럼 날카로운 기세로 자신의 무릎을 봉근의 척추에 내리꽂는 지르마재논.

"우아악!"

봉근은 몸 전체에 퍼지는 찌르르한 고통에 사지를 떨었다. 지르마재논은 봉근의 목 둘레로 팔을 두르더니 엄청난 힘으로 숨통을 조였다.

"캑……."

봉근은 정신이 아득해 옴을 느꼈다. 산전수전 다 겪은 봉근이었지만 이토록 강한 상대를 만나게 되리라고는 생각지 못했다. 점점 의식이 흐릿해져 가는데 지르마재논의 단단한 팔이 스르르 풀렸다.

"우앗! 이게 뭐야! 우아앗!"

지르마재논은 봉근을 공격하다 말고 펄쩍펄쩍 뛰면서 소리를 질렀다. 그에게는 엄지손가락보다 작은 수백 마리의 팬더들이 잔뜩 달라붙어 있었다. 작은 팬더들은 그를 깨물고, 할퀴고, 물어뜯고, 때렸다. 봉근은 지르마재논이 작은 팬더들에게 시달림당하는 동안 정신을 차리고 일어섰다. 숨을 크게 한번 들이쉬고 온몸을 풀어주자 다시 힘이 돌아왔다. 그는 지르마재논을 향해 대갈일성하며 달려들었다.

"팬더를 학대하는 자는 이 추봉근이가 용서하지 않는다! 아우우우우우—"

지르마재논은 얼굴에 붙은 팬더를 뜯어내다 자신을 향해 육박해 오는 봉근의 커다란 머리를 보았다. 피할 새도 없이 봉근의 박치기가 안면에 들어왔다. 우지끈 하는 소리와 함께 보기 좋게 나가떨어지는 지르마재논. 그는 땅바닥에 누워 얼굴을 만져 보았다. 코뼈가 내려앉고 온통 끈적한 피가 얼굴을 덮었다. 머리 속은 아득하고 자신이 패배했다는 사실만 깊이 각인되었다. 그는 모든 걸 체념하고 누운 채로 시 한 수를 읊었다.

눈이 존나게 부시게 맑은 날은
칼 맞은 형님을 그리워하자.

저기저기 저 형님이 칼침 먹은 자리
짭새들이 버리는 꽁초만 쌓여가는데

눈이 내리면 어이하리야.
봄이 또 오면 어이하리야.

내가 죽고서 네가 산다면! 배신.
네가 죽고서 내가 산다면? 성공.

눈이 존나게 부신 맑은 날은

칼 맞은 형님을 그리워하자.

지르마재논을 박치기로 때려눕힌 봉근은 이마에 묻은 피를 닦아내며 씩씩거렸다. 아직 분이 풀리지 않았으나 상대방이 완전히 누워버렸으니 어쩔 도리가 없었다. 진진이 뒤뚱거리며 뛰어와 봉근에게 말했다.

"웅~ 봉근아, 나 마법의 힘이 돌아왔어! 웅~ 신난다!"

"마법이 돌아왔다구? 그럼 그동안 마법을 못 썼단 말이야?"

"웅~ 자세한 이야기는 나중에 해줄게. 일단 여기서 빠져나가자."

진진이 봉근의 옷깃을 잡아끌었다. 주위를 둘러보니 이미 서커스 단원들이 험상궂은 얼굴로 그들을 둘러싸고 있었다. 손에는 모두 몽둥이나 채찍, 단검 같은 무기들이 들려 있었다. 배불뚝이 서커스 단장이 입술을 깨물며 봉근을 노려보고 있었다.

"네놈이 우리 서커스를 망쳐 놨어. 절대로 용서 못한다. 오늘 여기서 살아 나갈 생각 마라."

진진은 사태가 불리함을 깨닫고 급히 소환술을 펼쳤다.

"중얼중얼… 웅얼웅얼… 나와라, 주작!"

진진과 봉근을 덮치려던 서커스 단원들은 급작스럽게 일어나는 강풍에 밀려 뒤로 밀려났다. 그들은 자신들을 밀어내고 있는 강한 바람이 거대한 새의 날갯짓에서 나오는 것임을 깨닫고 대경실색했다. 용의 비늘과 거북의 등, 제비의 턱과 닭의 부리를 가진 괴조의 이름이 주작임을 이들은 알지 못했다. 그저 두려움에 질려 무기를 버리고 엎드린 채 벌벌 떨고만 있었다. 진진과 봉근은 얼른 주작의 다리를 붙잡았다.

"웅~ 날아라, 주작!"

주작은 날카로운 부리로 천막을 찢고 벼락같이 날아올랐다. 금세 수백 미터 상공으로 날아올라 서커스 천막은 보이지도 않았다. 봉근은 그제야 번쩍 정신이 들어 진진에게 외쳤다.

"진진, 나 내려줘!"

"웅~ 내려달라구? 일단 너희 집으로 가자."

"안 돼! 우리 집사람이 천막 안에 있었단 말이야! 어서 내려줘!"

봉근은 내려주지 않으면 금세 뛰어내리기라도 할 기세였다. 진진은 흥분한 봉근을 진정시키며 타일렀다.

"웅~ 참아. 아까 주작이 나타났을 때 관객들은 놀라서 다 도망쳤어. 이미 집으로 가 있을 테니 걱정 마."

"음… 그랬을까? 그럼 어서 집으로 가자! 우리 집은 동쪽에 있어!"

"웅~ 그래."

진진은 봉근이 재혼했다는 사실에 적이 놀랐으나 그동안 많은 시간이 흘렀고 봉근이 새로운 세계에서 외로웠을 거라고 생각하니 당연하다는 느낌이 들었다. 주작은 봉근이 사는 마을을 향해 하강하기 시작했다.

집으로 냅다 뛰어온 제인은 초조한 마음으로 봉근을 기다리고 있었다. 용감하고 강인한 남편이니 별 탈 없이 돌아올 거라는 믿음은 있었지만 혹시나 하는 걱정이 화덕 속의 빵처럼 부풀어 올랐다. 제인으로부터 자초지종을 전해 들은 토마스 씨도 사위의 안위가 걱정되어 발을 동동 굴렀다.

"제인! 장인어른! 저 다녀왔습니다!"

두 사람은 우렁차게 들려오는 봉근의 목소리에 모든 걱정과 근심이 연기처럼 날아가 버렸다.

"어서 오……."

제인은 반가운 마음에 문을 활짝 열었다가 낯선 흑발의 남자를 보고 주춤했다. 토마스 씨도 봉근이 데려온 신원 미상의 남자에 대해 경계심을 풀지 않았다. 하지만 봉근은 활짝 웃으며 아내를 꼭 껴안고는 손님을 소개했다.

"자, 이쪽은 내 친구인 진진이야. 앞으로 우리 집에서 지낼 테니까 잘해줘야 돼."

"우리 집에서 지낸다고요?"

제인은 눈을 크게 뜨면서 봉근을 밀쳐 냈다. 생판 모르는 남자를 데려와서는 좁은 집에서 같이 지낸다니, 어이가 없었다. 토마스 씨 역시 봉근의 처사가 마음에 들지 않아 꽁해 있었다. 봉근은 두 사람의 떨떠름한 표정에 아랑곳하지 않고 진진을 가족처럼 저녁 식탁에 앉게 했다.

"당신이 좀 불편하겠지만 참아줘. 진진은 나의 오랜 벗이고 몇 번씩이나 내 생명을 구해준 은인이야."

봉근의 설명에 제인과 토마스 씨는 어느 정도 마음이 놓였다. 봉근의 목숨을 구해주고 오랫동안 사귀어온 벗이라면 믿을 수 있는 사람이었다. 게다가 청년의 얼굴이 둥글둥글하고 선하게 생긴 것이 제인의 가족들에게 해를 끼칠 것처럼 보이지는 않았다. 청년은 두 사람에게 넙죽 절을 올렸다.

"웅~ 안녕하세요. 진진이라고 합니다. 방금 봉근에게서 이곳 말을 배웠어요. 폐 끼치게 돼서 죄송합니다~"

제인은 청년의 순진한 행동과 얼굴에 절로 미소가 흘러나왔다. 토마스 씨도 고개를 끄덕이며 새로운 식구를 환영한다는 무언의 인사를 보냈다. 봉근은 힘든 여정을 겪어온 진진에게 맛있는 저녁을 대접할 것을 아내에게 부탁했고, 제인과 토마스 씨는 기쁜 마음으로 요리를 준비했다. 진진은 정중하게 대나무 요리를 먹을 수 있겠느냐고 물었지만 아쉽게도 이 지방에서는 대나무가 자라지 않았다. 그날 저녁 봉근과 진진은 신선하고 맛있는 해산물과 야채를 배 터지도록 먹으면서 그동안 각자 지내왔던 이야기를 밤새도록 나누었다. 진진은 힘든 순간들을 떠올리며 눈물을 찔끔거렸고 봉근은 자신의 무용담을 호탕하게 늘어놓았다. 제인은 행복한 얼굴로 두 사람의 이야기를 경청하며 가끔 폭소를 터뜨렸다. 한적한 해안 마을의 밤은 점차 깊어만 가고 있었다.

제6장 호녀유혼(狐女幽魂)

반 평도 안 되는 작은 쪽방에서 초라한 세간살이를 정리하고 있는 청년이 있었다. 그의 이름은 장영국. 9년째 고시촌에서 기거하고 있는 만년 고시생으로 거듭되는 낙방에 몸과 마음이 지쳐 있는 상태였다. 나이가 너무 들어 취업도 불가능하고 엎친 데 덮친 격으로 부친마저 재정적인 지원을 중단했다. 그는 밀린 월세를 내지 못해 지금 고시원에서 쫓겨나는 것이다. 장영국이 짐 싸는 모습을 지켜보던 옆방 친구가 안타까운 목소리로 물었다.

"어디로 가려고?"

"응, 사찰에 가서 공부하려고."

"절간으로 들어간단 말이야? 야야, 관둬라. 요즘 고시는 정보전이야. 산속에 틀어박혀 공부가 되겠냐."

"그럼 어쩌냐. 고시촌 생활비를 대줄 사람이 없는데."

친구는 더 이상 간섭하지 않고 한숨을 푹 내쉬며 자기 방으로 돌아갔다. 장영국의 일이 남의 일로만 볼 수는 없었기 때문이다. 장영국은 우선 필요한 책들만 등산용 배낭에 챙겨서 일어섰다. 나머지 참고서들은 옆방 친구에게 맡겼다가 기거할 곳이 정해지면 받으러 올 생각이었다. 그는 고시촌 주인이 적어준 '청운선사' 라는 곳의 약도를 들여다보았다. 지리산 깊은 곳에 위치한 이름없는 절로 조용하고 공부하기 좋다는 것이 주인의 말이었다. 그는 약도를 주머니에 구겨 넣고 터덜터덜 걷고 있었다. 그의 나이 벌써 서른여섯. 다른 친구들은 이미 사회에서 자리 잡고 단란한 가정을 이루며 살고 있었지만 그는 고시라는 늪에 빠져 허우적대며 나이만 먹고 있었다. 명절 때마다 쏟아지는 따가운 눈총이 싫어 친인척들과도 교류를 끊어버린 그였다. 이제 고시촌에서도 밀려나 외딴 산속으로 쫓겨나는 자신의 처지가 너무나도 처량하고 슬퍼 눈물이 쏟아지려 했다. 그는 어느새 고속버스 안 좌석에 앉아 있었다. 멍하니 차창 밖을 보고 있으니 벌써 남원이었다. 고시 생활을 오래하다 보면 시간의 흐름에 무감각해진다. 버스에서 내린 그는 터덜터덜 걸으며 산속으로 향했다. 청운선사는 그다지 깊은 산중에 위치한 곳은 아니었다. 절 바로 앞까지 도로가 뚫려 있어 차가 있는 사람은 시내에서 몇십 분 만에 올 수 있는 거리였다. 그는 고시촌 주인이 일러준 대로 청운선사 주지를 찾아갔다.

"고시생이라고? 나원 참! 여기가 무슨 산중 고시원인 줄 알아? 너도 나도 재워달라고 전국 각지에서 몰려드니 원! 방 없네! 한번 둘러보드라고! 자네 같은 식충들이 얼마나 많은지!"

주지의 무례함에 기분이 상했으나 굴욕적인 감정에 익숙해져 있는 영국은 고개를 끄덕이고 사찰 주변을 둘러보았다. 후줄근하게 차려입은 젊은이들이 퀭한 눈으로 왔다 갔다 하는 것이 자주 눈에 띄었다. 과연 주지의 말대로 방마다 앉은뱅이 책상이 놓여 있고 고시 서적들이 가득 차 있어 헌 책방을 방불케 했다. 그는 주지를 찾아가 자신의 처지를 설명하고 통사정을 했다. 주지는 탐탁지 않은 얼굴로 입을 열었다.

"정 그렇다면 난약사를 찾아가게."

"난… 약… 사요?"

"여기보다 훨씬 깊은 산중에 있는 절이야. 거기는 이런 식충들이 없을 테니 혼자서 마음껏 공부하게나."

"그런가요? 고맙습니다, 스님!"

영국은 넙죽 절을 하고 주지가 일러준 대로 계곡을 따라 올라가기 시작했다. 오랜 고시 공부로 체력이 약해져 있는 영국은 무거운 배낭을 짊어지고 산을 오르는 일이 쉽지 않았다. 쉬엄쉬엄 쉬면서 오르다 보니 어느새 사위가 어둑어둑해지고 멀리서 늑대 울음소리가 들렸다.

"잉? 웬 늑대 울음소리지? 설마… 요즘도 산속에 늑대가 있는감?"

그는 갑자기 오금이 저려 발걸음을 빨리했다. 늑대의 울음소리는 점점 가까워오고 있었다. 영국은 바위에 걸리고 돌부리에 채이고 하면서 계속 달렸다. 뒤를 돌아보니 커다란 늑대가 눈에 시퍼런 인광을 띠고 자신에게 육박하고 있었다.

"으와아아아— 늑대다!"

그는 정신없이 달리며 쥴리엣의 노래를 불렀다.

"기다려, 늑대~ 아오아오~ 기다려, 허니~ 아오아오~"

하지만 늑대는 기다려 주지 않고 장영국의 뒤를 바짝 따라붙었다. 한참을 달리다보니 다 쓰러져 가는 절의 입구가 나타났다. 입구에는 난약사(蘭若寺)라는 절 이름이 희미하게 새겨져 있었다.

"여기가 바로 난약사로군! 계세요! 아무도 안 계세요!"

늑대는 절 안까지 따라 들어왔다. 난약사는 인적을 찾아볼 수 없는 폐허에 가까웠다. 장영국은 겁이 나서 불당 안으로 뛰어 들어갔다. 놀랍게도 허물어져 가는 불당 안에 두 사람이 앉아 있었다. 한 명은 머리를 파르라니 깎고 개량 한복 차림이었고, 한 명은 캡 모자를 쓰고 찢어진 청바지를 입고 있었다. 두 사람 앞에는 컴퓨터가 한 대씩 놓여 있었는데 각자 마우스를 손에 쥐고 무언가에 열중해 있었다. 장영국은 조심스럽게 개량 한복 차림의 남자 뒤로 돌아가 섰다. 나이는 삼십 대 초반으로 보였는데 마우스를 쥔 손이 번개처럼 빨리 움직였다.

"아니, 이건……."

장영국은 탄성을 터뜨렸다.

"스타 크래프트가 아닌가!"

놀라운 일이었다. 깊은 산속 버려진 절에서 전략 시뮬레이션 게임을 즐기는 두 남자라니. 고시촌 PC방 단골이었던 장영국으로서는 반가운 일이었다. 개량 한복의 남자는 테란을 쓰고 있었는데 전략과 손놀림이 탁월했다. 그는 상대방의 마음을 미리 궤뚫어 보고 옴짝달싹 못하게 하는 전법을 구사했다. 결국 테란의 마지막 러시를 막아내지 못한 저그는 항복을 선언했다.

"젠장!"

캡 모자를 쓴 청년은 신경질적으로 일어나더니 마우스를 걷어찼다. 개량 한복의 남자는 빙그레 웃으며 그를 달랬다.

"넌 아직 멀었구나. 좀 더 수련한 뒤에 찾아오는 게 좋겠어."

"흥! 임오완! 언젠간 너를 꺾고 말겠다!"

그는 휙 돌아서더니 불당 문을 발로 뻥 차고 나가 버렸다. 장영국은 조심스럽게 개량 한복의 남자에게 말을 걸었다.

"저… 방을 좀 얻어 썼으면 하는데요……."

"흠, 길 잃은 등산객이신가요?"

"아닙니다. 부끄럽습니다만… 전 고시생입니다."

"고시생이라구요? 안됐지만 여긴 당신 같은 사람이 있을 곳이 아닙니다. 오늘은 이미 밤이 깊었으니 여기서 지내시고 날이 밝으면 떠나세요."

"하지만……."

장영국은 고생 끝에 찾아온 사람을 내치는 매정함에 질려 말문이 막혔다.

"으헥!"

그는 놀라서 소리를 질렀다. 불당 문을 열고 늑대가 뛰어 들어왔기 때문이다. 장영국은 배낭을 멘 채로 벌렁 넘어졌다. 이제 죽었구나 하고 생각하는데 늑대가 개량 한복의 남자에게 안겨들어 꼬리를 흔들었다.

"후후… 놀라셨지요? 제가 키우는 개입니다."

자세히 살펴보니 과연 늑대가 아니라 흔히 볼 수 있는 누런 잡종 견이었다.

"이, 이 개가 아까 늑대 울음소리를 냈던가요?"

"아, 네. 욘석은 똥개 주제에 늑대 행세를 해서 등산객들을 많이 놀래키죠. 하하하하!"

장영국은 이마에 흐르는 식은땀을 닦아냈다. 개량 한복의 남자는 다시 컴퓨터 앞에 앉으며 그에게 일렀다.

"그럼 옆에 있는 행랑채에 가서 쉬세요. 이 근처는 위험하니까 돌아다니지 마세요. 그리고 내일 날이 밝는 대로 떠나셔야 합니다."

"네……."

그는 배낭을 들고 불당을 나서면서 속으로 생각했다.

'일단 짐을 풀고 눌러앉으면 저 사람도 내치지는 않을 거야. 보아하니 여기 중 같지도 않은데.'

처음에는 약간 으스스한 느낌이 들었는데 익숙해지니까 호젓하고 공부하기 좋은 곳이었다. 그는 짐을 풀면서 개량 한복의 남자에 대해 생각했다. 이 깊은 산속에서 홀로 지내며 스타 크래프트를 하는 남자. 과연 뭐 하는 자일까?

박일도는 얼음처럼 차가운 계곡 물에 오른손을 깊이 담갔다. 마우스를 과도하게 조작하느라 손목이 시큰거렸기 때문이다.

'크윽… 차가워라.'

그는 고통에 얼굴을 찡그렸다. 손목의 통증이 어느 정도 가시자 패배의 굴욕감이 밀려왔다. 전국 게임 대회 3회 우승에 빛나는 실력자였지만 그는 네티즌들과 게이머들로부터 진정한 일인자로 인정받지 못하고 있었다. 전세계 랭킹 1위였던 임오완이 '상업주의와 맵해킹에 찌든 혼탁한 게임계를 떠나겠다'며 홀연 사라져 버린 때문이었다. 게이머들은 박일도를 임오완이 없어진 무주공산에서 큰소리치는 운 좋은 놈으로 취급했다. 자존심이 상한 박일도는 강호에서 은퇴한 임오완을 찾아 방방곡곡을 뒤졌고, 결국 지리산 난약사에 은거하고 있는 그를 찾아냈다. 그는 임오완을 꺾고 진정한 일인자가 되기 위해 이렇게 주기적으로 찾아와 도전하는 것이다. 박일도는 차가운 계곡 물에 세수를 했다. 정신이 번쩍 들었다. 그는 목과 얼굴을 번갈아 씻다가 손에 잡히는 뭉

글뭉글하고 기분 나쁜 덩어리에 얼굴을 찡그렸다.

'뭐지, 이 더러운 빛깔의 덩어리는……?'

그는 상류 쪽을 살펴보다가 발을 헛디딜 뻔했다. 웬 여인이 웃통을 벗어젖히고 이태리 타올로 때를 밀고 있었다. 가락국수 같은 때가 계곡 물에 둥둥 떠내려 왔다. 박일도는 불쾌함이 치밀어 올라 소리를 지르며 위로 올라갔다.

"어이, 아줌마! 더럽게 뭐 하는 짓이야! 그만두지 못해!"

박일도가 여인네의 등 뒤로 다가서자 여인이 긴 머리를 휘날리며 홱 뒤돌아섰다. 잔뜩 화가 치밀었던 박일도는 금세 홍조 띤 얼굴이 되었다.

"어라, 젊은 아가씨네?"

때를 밀던 여인은 뜻밖에도 젊고 아름다운 아가씨였다. 장미 꽃잎 같은 피부와 요염한 눈매, 초생달 같은 눈썹과 석류처럼 붉은 입술……. 박일도는 단숨에 반해 버리고 말았다. 그는 여인의 이태리 타올을 확 빼앗으며 말했다.

"제가 등 밀어드릴게요."

여인은 사르르 등을 돌리며 속삭였다.

"빡빡 밀어주세요……."

"네……."

박일도는 혹시라도 여인의 연약한 피부가 상할까 봐 조심조심 유리잔 닦듯이 문질렀다. 여인은 요염한 목소리로 쥐어짜듯이 간청했다.

"아잉, 빡빡 밀어달라니까……."

"아, 네! 빡빡……."

그는 약간 힘 주어 때를 밀기 시작했다. 하얗고 투명한 피부건만 때는 국수처럼 밀려 나왔다. 여인은 더욱 간드러지는 목소리로 부탁했다.

"좀 더 빡빡~ 세게 밀어줘요~"

"그러죠. 으으~"

"아아… 시원해라……. 좀 더 빡빡~ 빡빡 밀어요~"

"밀고 있습니다! 더 빡빡……."

박일도의 이마에서 구슬땀이 흘렀다. 그는 상기된 얼굴로 때를 밀다가 돌연 손짓을 멈추었다. 그의 얼굴에 난처함이 떠올랐다.

"아… 왜 그만두시는 거죠? 계속 밀어주세요."

"아가씨… 등에서 피나요."

여인은 긴 머리를 휘날리며 획 돌아서더니 무서운 표정으로 돌변했다.

"너, 감히 내 등껍질을 벗겨놔? 죽어볼래?"

그녀는 날카로운 손톱으로 그의 목줄기를 눌렀다. 마치 칼처럼 뾰족한 손톱이었다. 박일도는 생명의 위협을 느꼈다.

"왜… 왜 이러세요? 등 밀어달래서 밀어줬잖아요."

"흥! 죽고 싶지 않으면 이 호스를 입에 물어."

그녀는 연초록색 플라스틱 호스를 박일도의 입에 디밀었다.

"이, 이건 왜 물라는 거죠?"

"잔말 말고 어서 물어!"

그는 얼른 호스를 입에 물었다. 그 순간 호스가 엄청난 흡입력으로 박일도의 내장을 끌어당겼다.

"우욱… 욱… 으윽……."

박일도는 호스 속으로 자신의 체액과 양기가 빨려 나가는 것을 눈으로 볼 수 있었다. 그는 손으로 호스를 잡아 뽑으려 했으나 꿈쩍도 하지 않았다. 게다가 양기가 빠져나가면서 점점 힘이 없어지고 의식이 몽롱해졌다. 박일도는 호스를 입에 문 채 옆으로 픽 쓰러졌다. 그를 유혹하던 여인은 이태리 타올을 머리 위로 휘두르며 깔깔대고 웃고 있었다. 박일도는 자신의 손을 쳐다보았다. 체액이 빠져나가면서 점차 노인의 그것처럼 앙상하게 변해갔다. 그는 이 끔찍한 현상이 꿈인지 생시인지 구분이 가지 않았다.

은퇴한 프로게이머 임오완은 박일도가 물러간 뒤 혼자서 바둑 게임을 즐기며 밤 시간을 보내고 있었다. 그때 법당 문이 벌컥 열리며 기괴한 모습의 남자가 안으로 들어왔다. 팔다리는 나뭇가지처럼 앙상하고 얼굴에는 주름이 가득했으며 입에서는 끄윽끄윽대는 괴상한 소리가 흘러나왔다. 임오완은 남자가 입고 있는 의복을 보고서는 그가 박일도임을 알아차렸다.

"이보게, 일도! 자네 요괴의 꼬임에 넘어가 양기를 모두 빼앗겼군!"

"끄윽끄윽… 살려… 줘……."

박일도는 가쁜 숨을 몰아쉬며 임오완의 무릎가에 몸을 뉘었다. 임오완은 박일도의 앙상한 팔목을 들어 맥을 짚어보았다.

"쯧쯧… 서른 살도 안 된 친구가 육십 대 노인처럼 맥이 약해졌으니……."

그는 조그만 메모지에 무언가를 적어서 박일도의 손에 쥐어주었다.

"일도, 내일 아침 날이 밝는 대로 이곳을 찾아가 보게. 다시 예전처럼 혈기왕성하게 되지는 않겠지만 목숨은 건질 수 있을 게야."

박일도는 말없이 고개를 끄덕였다. 바싹 마른 입술을 달싹거리며 무언가를 말하려 했지만 기운이 없어 그만두었다. 그는 임오완이 쥐어준 메모지를 가만히 들여다보았다.

■양기 보강 한의원■
허약 체질, 정력 감퇴, 지리산 요괴에게 양기를 빼앗긴 분, 보약 전문.
XXX-XXXX 원장:오맹달.

장영국은 백열 전구 아래 헌법 참고서를 펼쳐 놓고 꾸벅꾸벅 졸고 있었다. 꿈속에서 고시에 합격하여 펄쩍펄쩍 뛰면서 기뻐하고 있었는데 어디선가 들려오는 기타 소리에 잠을 깨고 말았다.

"에이, 좋았는데……."

그는 눈을 비비며 조용히 귀를 기울였다. 섬세하고 아름다운 기타 선율이 달빛을 타고 흐르고 있었다. 그는 자기도 모르게 자리에서 일어나 문을 열고 나왔다. 기타 소리는 계곡 건너편의 바위 뒤에서 들려오고 있었다. 장영국은 바지가 젖는 줄도 모르고 계곡을 첨벙거리며 건너갔다. 기타 소리가 점점 선명해지자 그는 왠지 가슴이 뛰었다. 바위 뒤로 돌아서자 청바지를 입은 늘씬한 처녀가 기타를 무릎 위에 올려놓고 하얀 옥수로 줄을 튕기고 있었다. 그녀는 장영국을 보자 연주를 멈추고 그윽한 눈길로 그를 쳐다보았다. 장영국은 마치 꿈을 꾸는 듯한 기분이었다.

"아름다운… 곡입니다……."

그는 박수를 짝짝 치다가 머쓱해져서 그만두었다. 그녀는 살포시 미소를 띠며 말했다.

"이병우의 연주곡이에요. 제가 좋아하는 거예요."

"그래요……?"

장영국은 살며시 그녀 옆에 가 앉았다. 그녀는 기타를 들어 올리며 장영국에게 물었다.

"신청곡 받을게요. 좋아하시는 노래나 연주곡이 있으면 말씀해 보세요."

"음……."

그는 한참 동안 고심하다가 싱긋 웃으며 말했다.

"패티 김의 못 잊어."

"윽……."

그녀는 기타 줄을 쥐어뜯으며 다시 한 번 물었다.

"그런 거 말고 좀 최신곡으로 신청해 봐요."

"최신곡이요?"

장영국은 턱을 괴고 오랫동안 생각에 잠기더니 밝은 얼굴로 씩씩하게 말했다.

"아주 최근에 나온 노래인데… 괜찮겠어요?"

"그럼요. 뭔데요?"

"김완선의 오늘 밤."

"크엑……."

여인은 이빨로 기타 줄을 물어뜯으며 장영국에 물었다.

"도대체 뭐 하시는 분이죠? 여긴 등산하러 오셨나요?"

"아, 네……. 전 고시생입니다."

"고시생이라……. 참 답답한 일을 하고 계시네요."

"그렇죠. 답답하죠."

장영국은 고개를 푹 숙이고 시무룩해져서는 말이 없었다. 그녀는 그런 그가 귀엽기도 하고 어이없기도 해서 피식 웃으며 지켜보았다. 장영국이 슬며시 말을 걸어왔다.

"저기요……."

"말씀해 보세요."

"저기… 호스가……."

"네?"

"호스가 춤을 추네요."

"뭐라구요?"

그녀는 장영국의 말에 놀라 홱 뒤를 돌아보았다. 플라스틱 호스가 뱀처럼 머리를 들고 쉭쉭대고 있었다. 그녀는 장영국의 등을 확 떠밀었다.

"고시생 아저씨, 여기 계시면 위험해요! 어서 가세요!"

"네? 하지만……."

"어서 가시라니까요! 저 호스는 냄새를 잘 맡아요!"

장영국은 영문을 몰라 멍하니 서 있다가 맹렬히 떠미는 여인에게 밀려 계곡 아래로 내려왔다. 올려다보니 그녀는 호스를 붙잡고 산등성이를 올라가고 있었다. 장영국은 그녀의 이름이라도 알고 싶어 뒤를 쫓고자 했으나 그녀는 금세 자취를 감추어 버렸다. 그는 참 이상한 일도 다 있다며 머리를 갸우뚱거리며 사찰로 돌아왔다. 자신의 방으로 돌아온 장영국은 아까 보던 헌법 참고서를 펼치고 공부를 시작했으나 머리 속이 어지러워 내용이 정리되지 않았다. 그는 법전을 머리에 베고 누워 잠을 청했다. 하지만 눈앞에 계속 아른거리는 기타 치던 여인 때문에 잠을 이룰 수 없었다. 그는 벌떡 일어나 바람을 쐬러 밖으로 나왔다. 쇄아 하고 나뭇잎을 스치는 산바람 소리가 스산스러운 느낌을 주었다. 그는 어디선가 휙휙 하는 날카로운 소리에 귀를 기울였다. 훗훗 하는 이상한 기합 소리도 들려왔다. 발걸음은 어느새 법당 앞마당으로 향하고 있었다. 장영국은 눈앞에 나타난 기괴한 광경을 보고 입을 딱 벌렸다. 개량 한복의 남자가 마우스를 붕붕 돌리며 펄쩍펄쩍 춤을 추고 있었기 때문이다. 남자는 마우스를 마치 수족처럼 능수능란하게 다뤘다. 장영국은 남자가 마우스를 던졌다, 당겼다, 조였다, 풀었다 하는 광경을 넋을 놓고 바라보았다. 그는 더 이상 궁금증을 참을 수 없어 큰 소리로 물었다.

"대관절 지금 뭐 하시는 겁니까?"

남자는 장영국의 목소리에 흠칫 놀라 춤을 멈추더니 마우스를 휙 잡아당겼다. 마우스는 그의 오른손에 착 달라붙고 줄은 뱀처럼 팔뚝에 휘리릭 감겼다. 그는 가쁜 숨을 고르며 대답했다.

"마우스를 단련하는 겁니다."

"마우스를 단련해요? 무슨 소리죠?"

"후후… 전략 시뮬레이션 게임은 마우스를 혹사하는 프로그램이죠. 프로게이머들이 쓰는 마우스에는 모두 혼이 깃들어 있어요. 주인이 혼신의 힘을 다해 플레이를 하기 때문에 자연스럽게 살아 있는 생물처럼 변하는 거죠. 그렇기 때문에 더 더욱 단련을 시켜줘야 합니다. 자칫 방심하면 볼이 빠지거나 감도가 둔해지죠."

"그렇군요. 정말 대단하십니다."

장영국은 감탄사를 내뱉었지만 속으로는 그를 경멸했다.

'별 미친놈 다 보겠네…….'

개량 한복의 남자는 장영국을 향해 손을 내밀며 악수를 청했다.

"그나저나 인사가 늦었군요. 난 임오완이라고 합니다."

"장영국입니다."

장영국은 임오완의 손을 잡으면서 적이 놀랐다. 여자처럼 가녀리고 하얀 손이었지만 손아귀 힘이 대단했기 때문이다. 그는 슬며시 손을 빼면서 임오완에게 물었다.

"근데 제가 내일 꼭 여길 떠나야 하나요?"

"여긴 임자 없는 버려진 절입니다. 제가 당신에게 이래라저래라 할 처지는 못 되지만 여기 오래 머무르시지 않는 게 좋습니다."

"그건 왜죠? 전 여기서 공부를 했으면 합니다만……."

"후후… 고시생이시군요. 출세도 좋고 공부도 좋지만 이곳은 당신이 있을 자리가 아닙니다."

장영국은 임오완의 충고를 산중 생활이 힘드니 이겨내지 못할 것이라는 뜻으로 받아들였다. 그는 일부러 강인한 척하며 절에 머물고자 했다.

"임 선생, 내가 이래 봬도 강단이 있는 사람입니다. 학창 시절에는 자전거를 타고 전국일주도 한 사람이에요. 깊은 산속 버려진 절이라 해도 이 장영국한테는 안락한 콘도처럼 보이는걸요?"

임오완은 갑자기 차가운 눈초리로 그를 노려보더니 매몰차게 말했다.

"이건 그런 문제가 아니에요. 여긴 요괴가 나온다구요! 목숨을 잃고 싶지 않으면 내일 당장 짐 싸서 떠나세요!"

그는 홱 하고 돌아서더니 뒤도 돌아보지 않고 법당 안으로 들어가 버렸다. 법당 앞마당에 우두커니 남겨진 장영국은 고개를 갸웃거렸다.

"요괴가 나온다구? 갑자기 뚱딴지 같은 소리 하고 있네."

그는 고개를 절레절레 흔들며 자신의 방으로 돌아가고 있었다. 그는 수수께끼 같은 인물인 임오완의 실체가 점차 뚜렷해지는 것을 느끼며 속으로 되뇌었다. 미쳐도 단단히 미친놈일세.

파란 호스는 코브라처럼 대가리를 바짝 들고 쉭쉭 소리를 내었다. 긴 머리 여인은 그 앞에 꿇어 앉아 말없이 고개를 숙였다. 남자인지 여자인지 모를 괴상한 목소리가 호스 끝에서 흘러나왔다.

"네 이년! 뭐 때문에 그 어리버리한 고시생을 놓아준 거냐! 앙!"

"그건……."

여인이 우물쭈물하며 대답을 못하자 호스가 휘리릭 하고 그녀의 목에 감겼다.

"캑……."

그녀는 숨이 막혀 혀를 빼고 손톱으로 땅을 긁었다. 호스는 더욱 세게 그녀의 숨통을 죄었다. 여인의 창백한 낯빛이 더욱 하얗게 변했다. 호스는 한참 만에 풀어주며 표독스러운 목소리로 말했다.

"내일 밤에는 반드시 그 남자를 붙잡아두어라! 양기를 보충해야겠다."

파란 호스는 바닥으로 스며들듯이 사라졌다. 여인은 땅바닥에 주저앉은 채로 가만히 눈물을 흘렸다. 그녀의 입에서 뜻밖의 이름이 흘러나왔다.

"흑흑… 봉근 오빠……."

그녀는 갑자기 두 무릎 사이에 얼굴을 묻고 엉엉 울기 시작했다. 차가운 보름달이 서럽게 우는 그녀를 무정하게 바라보고 있었다.

다음날 해가 중천에 뜰 때까지 잠에 빠져 있던 장영국은 임오완이 세차게 몸을 흔드는 바람에 눈을 떴다.

"제발 일어나세요, 장 선생! 산을 내려가려면 서둘러야 합니다. 여기는 금방 해가 진다구요!"

장영국은 늘어지게 하품을 한 뒤에 눈곱도 떼지 않은 눈으로 임오완을 바라보았다.

"그래요? 그럼 하룻밤 더 자고 내일 가죠 뭐……."

"어허! 어서 가래두! 여긴 위험하단 말씀이요! 내가 짐을 챙겨 드릴테니 어서 세수하고 옷 입으세요!"

임오완은 장영국의 등을 떠밀어 밖으로 내몰고 자신은 고시 서적들을 배낭에 챙겼다. 결국 장영국은 쫓겨나듯이 난약사에서 빠져나와 산을 내려가고 있었다. 그는 터덜터덜 산길을 걸으면서도 난약사 쪽을 연신 뒤돌아보았다. 아무래도 이렇게 쉽게 절을 떠나는 것이 아니었다. 이제 어디로 갈 것인가? 벼룩도 낯짝이 있다고 부모님이 계시는 집으로는 도저히 들어갈 수 없었다. 그렇다고 밀린 월세까지 탕감해 주면서 내보낸 고시원으로 돌아갈 수는 더 더욱 없었다. 하지만 산중턱까지 내려온 그가 발길을 돌리게 된 결정적인 이유는 밤중에 기타를 치던 긴 머리 여인이었다. 그는 어제 새벽까지 그녀의 얼굴을 떠올리며 잠을 설쳤다. 산을 내려오는 도중에도 언뜻언뜻 떠오르는 그녀의 신비한 이미지는 결국 장영국의 발길을 잡았다.

'그래, 이름이라도 물어보자. 이름이라도…….'

그는 내려온 산길을 다시 허위허위 걸어서 올라가고 있었다. 난약사에서 늦게 출발한데다 산속이라는 특성 때문에 사위는 벌써 어둑어둑해지고 있었다. 장영국은 주위가 어두워지는데도 별로 신경 쓰지 않았다. 그의 머리 속에는 오로지 이름 모를 긴 머리 여인 생각뿐이었다.

"아아아아아아~ 아아아아아~"

정신없이 걷던 장영국은 우뚝 멈춰 섰다. 노래인지 탄식인지 모를 신비한 여인의 목소리가 산속에 울려 퍼지고 있었다.

"이 소리는?"

그는 두리번거리며 소리가 들려오는 방향을 잡았다.

"역시… 난약사 쪽이로군."

장영국의 발걸음이 빨라졌다. 그의 심장 박동도 빨라지고 있었다. 주위에서 그를 추적해 오는 검은 그림자가 있었지만 그는 눈치 채지 못했다. 어느새 그는 허름한 암자 앞에 서 있었다. 암자에는 불이 켜 있고 안에서 여인의 목소리가 흘러나오고 있었다.

"아아아아아아~ 아아아아아아~"

장영국은 설레는 마음으로 천천히 미닫이 문을 열었다. 그의 눈앞에 나타난 것은 두 손을 모아 쥐고 소프라노처럼 입을 벌리고 있는 긴 머리 여인이었다. 여인은 그를 보더니 살포시 미소를 지었다. 장영국은 반가운 표정으로 그녀에게 말했다.

"당신의 노랫소리에 이끌려 이곳까지 오게 되었습니다. 난약사 근처에 이런 절간이 또 있는 줄은 몰랐는데요."

"후후… 이곳은 난약사에 달려 있는 암자예요. 겨울에 스님들이 안거하며 수도하던 장소랍니다."

그녀는 배시시 웃으며 장영국의 손을 살며시 잡아끌었다. 여인은 지난번과는 달리 날개 달린 선녀 옷을 입고 머리를 쪽 지어 튼 고전적인 의상을 하고 있었다. 화장까지 곱게 한 여인은 나이 먹은 고시생의 마음을 단번에 사로잡았다. 놀랍게도 방바닥에는 화려하게 수놓은 비단 이불이 깔려 있었다. 장영국은 자리에 눕기 전에 그녀에게 물었다.

“당신의 이름을 알고 싶어요. 난 장영국이라고 합니다.”

“제 이름은… 밍밍…….”

“밍밍? 중국 이름 같은데요?”

그가 무슨 말을 더 하기도 전에 여인의 입술이 그의 입술을 덮었다. 방 안의 호롱불은 저절로 꺼지고 그날 밤 장영국은 긴 머리의 여인 밍밍과 운우지정(雲雨之情)을 나누었다.

다음날 시끄러운 새 울음소리에 잠이 깬 장영국은 사위를 둘러보고는 소스라치게 놀랐다. 어젯밤 사랑을 나누었던 밍밍이라는 여인은 온데간데없고 그들이 덮었던 비단 이불도 다 떨어진 거적으로 변해 있었다. 호롱불이 밝혀지고 깨끗하게 정리되어 있었던 방 안은 다 쓰러져 가고 곰팡내나는 암자였으며 호롱불 따위는 찾아볼 수도 없었다. 그는 참 이상한 일도 다 있다며 옷을 툭툭 털고 밖으로 나왔다. 암자에서 약간 떨어진 곳에 난약사가 보였다. 그는 임오완에게 찾아가 긴 머리 여인 밍밍에 대해 물어보기로 했다. 그는 이제 그녀와 헤어질 수 없는 깊은 인연의 끈을 잡았다고 생각했다.

“밍밍이라고요?”

난약사로 돌아온 장영국을 보고 깜짝 놀랐던 임오완은 여인의 이름을 듣고 다시 한 번 놀라는 표정을 지었다. 그는 얼굴을 찌푸리며 고개를 가로저었다.

“당신… 그 여자의 꼬임에 넘어갔군.”

“꼬임이라뇨? 말조심하십시오.”

장영국은 여인과 자신의 관계를 비하하는 임오완의 발언에 불쾌한 감정이 일었다.

"장 선생, 그 여자의 정체를 알고 나면 그런 말 못하실 게요. 그런데 참 이상하군. 그 요물의 꼬임에 넘어가 양기를 빼앗기지 않았다니……."

"지금 뭐라고 했습니까! 자꾸 밍밍을 모욕하면 나도 참지 않겠어요!"

장영국은 요물이라는 말에 발끈했다. 하지만 임오완은 태연한 얼굴이었다.

"장 선생, 밍밍은 환생하지 못하고 이승을 떠도는 죽은 여우의 혼백입니다. 지금까지 밍밍이 해친 남자들의 숫자만 해도 헤아릴 수가 없지요. 이 난약사가 왜 폐허가 된 줄 아십니까? 불도에 정진해야 할 행자들이 요망한 여우에게 홀려 모두 파계해 버렸기 때문이에요. 그들 중 상당수는 요괴들에게 양기를 빼앗겨 목숨을 잃거나 반 송장이 되었답니다."

장영국은 임오완의 설명을 믿을 수가 없다는 표정이었다.

"말도 안 돼……. 밍밍이 그럼 귀신이란 말입니까?"

"그것도 사람이 아닌 여우 귀신이랍니다. 밍밍은 원래 인간과 혼인한 여우로 나라에 큰 공을 세운 여걸이었는데 불의의 사고로 목숨을 잃었지요. 그런데 어찌 된 일인지 죽은 뒤 성불하지 못하고 이승을 떠돌며 사람들을 해치고 있으니… 안타까운 일이지요."

"아니요. 난 당신의 말을 믿을 수가 없습니다."

장영국은 몸서리치며 임오완의 말을 부인했다. 직접 두 눈으로 확인하기 전에는 믿을 수 없다는 태도였다.

"좋습니다. 직접 보여 드리지요. 따라오세요."

임오완은 개량 한복을 펄럭이며 앞장섰다. 그의 뒤를 따르는 장영국은 불길한 예감이 들었으나 이를 애써 무시하려 했다.

그들은 잠시 후 커다란 고목 밑에 세워진 돌 비석과 자그마한 봉분을 보게 되었다. 무덤가에는 잡초가 아무렇게나 자라 돌 비석을 가리고 있었다. 임오완은 잡초를 손으로 걷어내며 비석에 새겨진 문구를 장영국에게 보여주었다.

불여우 엑스의 조종사 밍밍, 나라를 구하고 여기에 잠들다.

—XXXX년 XX월 XX일 광천 기지 연구원 및 부대원 일동.

장영국은 비문을 보는 순간 머리를 망치로 얻어맞는 듯한 충격을 받았다. 그는 다리에 힘이 풀리면서 비석을 붙들고 주저앉았다.

"이럴 수가… 내가 망자(亡者)에게 사랑을 느꼈단 말인가……."

임오완은 아연실색한 장영국의 어깨에 손을 얹으며 위로했다.

"너무 자책하지 마세요. 보통 인간의 의지로 여우의 유혹을 이겨내기란 쉽지 않은 일이에요. 게다가 밍밍은 살아서도 천하절색으로 수많은 남자들을 홀렸답니다."

시원한 산바람이 불어오면서 장영국의 더벅머리가 휻날렸다. 밍밍의 비석을 가렸던 잡초들도 망자를 추모하듯 바람에 흔들거렸다. 장영국은 답답했던 마음이 어느 정도 풀리는 것을 느끼면서 구성진 노래 한가락을 뽑아냈다.

"바람 불어와~ 내 몸이 날려도~ 당신 때문에~ 외로운~ 내 마음~"

임오완은 난데없이 노래를 부르는 장영국의 돌발 행동에 적이 놀랐다.

'21세기에 저런 노래를 부르다니! 저자는 도대체…….'

장영국은 2절까지 다 부른 뒤에도 멈추지 않고 추억의 유행가를 줄줄이 불러댔다. 그는 노래를 부르다가 슬픈 표정으로 한숨을 쉬기도 하고 눈물을 글썽이기도 했다. 보다 못한 임오완이 손을 내밀어 장영국의 입을 틀어막았다.

"제발 궁상 그만 떨어요! 도저히 봐줄 수가 없군! 내 말 잘 들어요, 장 선생. 난 오늘 밤 그 요물을 잡을 생각입니다. 너무나 위험하기에 나 혼자 하려던 일이었지만 당신이 제 발로 난약사에 돌아왔으니 어쩔 수가 없군요. 내가 하는 일을 도와주세요. 더 이상의 희생자를 막기 위해 우리가 해야 하는 일입니다."

"어떻게 하자는 말인가요, 밍밍을?"

"잡아야지요! 그 요물에게 양기를 빼앗기고 폐인이 된 자가 한둘이 아닙니다. 지금도 희생자는 계속 생겨나고 있어요. 당신은 운이 좋아 당하지 않았던 겁니다."

장영국은 내키지 않았으나 그의 말을 반박할 수 없어 말없이 주억거렸다. 법당으로 돌아온 임오완은 컴퓨터 앞에 앉아 이미지 파일들을 모니터에 잔뜩 띄웠다. 어깨 너머로 살펴보던 장영국이 호기심에 물었다.

"이게 다 뭐지요?"

"부적 파일이에요. 요괴를 퇴치하고 사악한 기운의 침입을 막는 주문이 들어 있지요."

임오완이 엔터키를 연속으로 때리자 엡손 잉크젯 프린터가 부적을 죽죽 뽑아냈다. 장영국이 의심쩍은 얼굴로 임오완에게 물었다.

"그런데 이런 프린터로 뽑은 부적이 효험이 있을까요?"

"물론이지요! 여기 들어 있는 용지들은 모두 괴황지(槐黃紙)이고 이 붉은 잉크는 모두 경면주사(鏡面朱砂)로 만든 겁니다. 악귀를 쫓는 데 아무런 문제가 없어요."

부적이 다 만들어지자 그는 USB 마우스를 뽑아서 손에 감아쥐었다. 장영국이 고개를 갸웃거렸다.

"마우스는 왜 가져가세요?"

"마우스는 잘만 사용하면 훌륭한 무기가 될 수 있습니다."

그는 공 CD 수십 장을 케이스에 넣어 허리에 둘렀다.

"그리고 이 공 CD도 평화시에는 저장 매체에 불과하지만 전시에는 투사 병기로 변신합니다."

장영국은 입을 딱 벌리며 속으로 생각했다.

'세상에, 이런 또라이를 봤나…….'

그는 홱 돌아서서 법당을 나왔다. 임오완이 또라이 짓을 하든 말든 상관하지 않기로 한 것이다. 그의 마음속에는 밍밍을 다시 보고픈 바람이 가득했다. 그녀가 요물이든 귀신이든 간에 만나면 물어보고 싶었다. 당신이 정말 그렇게 수많은 사람을 해쳤느냐고. 당신처럼 아름답고 청초한 여자가 흉한 악귀가 맞느냐고 말이다. 절 주변을 산책하며 복잡한 머리 속을 정리하던 장영국은 벌써 땅거미가 지고 있음을 알았다. 이상하게도 난약사에서의 낮은 김병지 꽁지머리처럼 짧았고 밤은 안정환 파마머리처럼 길었다.

"아아아아아아~ 아아아아아아아~"

어디선가 들려오는 신비한 목소리에 장영국은 귀가 쫑긋해졌다. 그리고는 미소를 지었다.

"역시… 암자 쪽이로군……."

그의 발걸음은 자연스레 암자로 향했다. 지난 밤처럼 호롱불이 노랗게 밝혀진 가운데 여인의 그림자가 창호지 바른 문에 그림같이 걸려 있었다. 그는 바람난 각시처럼 콩닥이는 가슴을 안고 미닫이 문을 열었다. 변함없이 아름다운 모습의 밍밍이 날개 옷을 입고 서 있었다.

"밍밍 낭자, 물어보고 싶은 말이 있소."

"물어보세요."

"낭자가 죽은 여우라던데, 정말이오?"

"누가 그런 낭설을 퍼뜨리는 건지… 억울한 소녀는 죽고 싶은 마음입니다……."

"그렇다면 낭자가 산 사람이란 말이오?"

"당연하지요. 여우가 어찌 사람의 모습을 할 것이며 죽은 자가 어찌 산 자와 만나겠나이까."

"그렇다면 증명을 해보시오."

"어떻게요?"

장영국의 얼굴이 순간 냉소적으로 변했다.

"민증 까봐."

밍밍의 눈꼬리가 매섭게 치켜 올라갔다.

"너 짭새냐?"

"어허… 까라면 까."

"못 까."

"까."

"못 까."

"까."

"됐어. 너랑 안 놀아."

밍밍은 토라진 얼굴로 장영국을 홱 밀쳐 내며 암자에서 나가려 했다. 당황한 장영국은 그녀의 팔목을 잡으며 애원조로 말했다.

"밍밍 낭자! 내 잘못했소. 주민등록증을 보여달라는 것은 당신이 죽은 여우라고 모함하는 작자가 있어 진위를 확인코저 했던 일이니 아무 심려치 마시오. 과인을 용서하시구려, 밍밍 낭자."

"아이 씨… 오바이트 쏠려. 왜 궁중 언어를 쓰고 그래. 네가 왕이냐? 백수 주제에."

장영국은 밍밍의 모욕적인 언사에 그만 감정이 폭발하고 말았다.

"뭐야? 네가 지금 나를 능멸하려 드는 게냐! 천한 요괴 주제에!"

그는 밍밍의 머리채를 확 잡아당겼다. 머리가 뒤로 당겨진 밍밍은 고통스러운 비명을 지르며 한쪽 다리를 들어 올렸다. 날개 옷을 헤치고 나온 늘씬하고 하얀 다리는 너무나 매혹적이고 관능적이었다. 그녀의 다리 끝에는 은빛 방울이 달려 있었는데 밍밍이 다리를 파르르 떨 때마다 물방울이 잔잔한 수면에 떨어지는 듯한 아름다운 소리가 났다. 장영국이 머리채를 무식하게 잡아당기자 그녀는 방울을 있는 힘껏 흔들었다. 딸랑딸랑 방울 소리가 점차 강하고 요사스럽게 변했다. 방울 소리에 맞춰 번개같이 나타난 남자가 있었으니, 단정한 감색 제복을 입고 있는 호텔 벨보이였다.

"부르셨습니까, 손님?"

밍밍은 짜증나는 목소리로 말했다.

"아이 씨… 너 말고 나무요괴 나오라 그래."

"네, 손님."

장영국은 눈앞에 나타난 호스를 보고 놀라서 밍밍의 머리채를 놓았다. 호스는 벼락같이 달려들어 장영국의 목을 죄었다.

"크엑……."

그는 눈을 희번덕거리며 다리를 버둥거렸다. 손은 필사적으로 목에 감긴 호스를 풀고자 했으나 호스는 끄트머리를 뱀 대가리처럼 살랑거리며 그의 입을 노렸다. 장영국의 입이 헤 벌어지며 게거품이 흘러나오자 호스는 그 틈을 놓치지 않고 장영국의 입속으로 들어갔다.

"윽……."

장영국은 무언가 식도를 타고 자신의 내장을 향해 내려가고 있음을 느꼈다. 그러더니 엄청난 통증과 함께 오장육부가 뒤집어지는 느낌을 받았다. 호스는 장영국의 양기를 단숨에 빨아들이려는 기세였다. 그러나 일순간 호스의 흡입력이 약해지면서 맥없이 툭 땅에 떨어졌다. 장영국이 거슴츠레한 눈으로 앞을 바라보니 임오완이 공 CD 한 장을 손에 들고 이상한 포즈로 서 있었다.

"거기까지다, 나무요괴! 그리고 죽은 여우!"

밍밍이 놀라서 달아나려 하자 임오완은 부적 한 장을 제비처럼 날렸다.

"끄아아아악—"

부적이 마치 자석처럼 밍밍의 몸에 붙어버리자 밍밍은 고통스러운 비명을 지르며 몸을 배배 꼬았다. 임오완이 음탕한 웃음을 흘리며 웃었다.

"고년, 몸 좀 꼬네?"

그가 방심하는 사이 호스가 대가리를 쳐들고 목줄기를 향해 짓쳐왔다. 임오완은 뒤로 살짝 물러나며 공 CD 두 장을 연속해서 날렸다. 공 CD는 비행접시처럼 날아가 호스를 뎅겅뎅겅 잘라놓았다. 잘라진 호스는 바닥에 떨어져 꿈틀대더니 앙상한 나무뿌리로 변했다. 겁먹은 호스는 뱀이 수풀 사이로 숨듯이 암자의 문틈 사이로 빠져나갔다. 임오완은 미단이 문을 걷어차며 도망치는 호스를 쫓았다.

"거기 서라, 나무요괴!"

임오완은 나는 듯이 달려 호스가 사라진 숲 속으로 들어갔다. 잠시 후 그의 눈앞에 나타난 것은 거대한 고목 앞에 서 있는 괴상한 노인이었다. 그는 흑색의 망토를 두르고 얼굴에는 기괴한 분칠을 하고 있었으며 입에서는 임오완이 쫓아온 초록빛 호스가 날름거리고 있었다. 임오완은 고개를 끄덕이며 피식 웃었다.

"역시 예상했던 대로 요괴의 정체는 사악한 나무의 정령이었군. 네놈이 여우를 시켜 남자들을 홀린 뒤 양기를 빼앗았지!"

"흥! 임오완! 속세를 등졌으면 조용히 은둔할 것이지 왜 남의 일에 참견이야!"

"닥쳐라! 네놈의 악행은 오늘로 끝이다!"

임오완의 손에서 허연 물체가 벼락같이 튀어나오더니 요괴의 머리를 강타하고 다시 제자리로 돌아갔다. 나무요괴는 눈알이 튀어나올 정도로 아프고 골이 띵했다.

"크윽… 뭐냐……. 더럽게 아프네……."

"로지텍 USB 마우스다!"

"요상한 물건을 쓰는구나. 죽어라, 임오완!"

요괴의 입에서 호스가 튀어나오더니 임오완의 발목을 감았다. 호스가 팽팽히 당겨지자 임오완은 균형을 잡지 못하고 쓰러졌다. 속수무책으로 요괴에게 주루룩 끌려가는 임오완. 그는 공 CD 한 장을 꺼내 호스를 잘랐다. 본체로부터 분리된 호스는 평범한 나무 덩굴로 변해 버렸다. 임오완은 벌떡 일어나 마우스를 날렸다. 이번에는 요괴의 발목에 마우스 줄이 칭칭 감겨 버렸다. 임오완이 줄을 홱 잡아당기자 요괴는 벌렁 넘어져 질질 끌려왔다. 그는 요괴가 가까이 끌려오자 소매에서 부적 여러 장을 꺼내 한꺼번에 확 뿌렸다. 부적은 요괴에 몸에 달라붙더니 이상한 빛을 뿜었다. 임오완은 검지와 중지를 세우더니 염불을 외웠다.

"반야바라밀, 반야바라밀, 반야바라밀, 반야바라밀……."

요괴는 몸을 꽈배기처럼 비틀며 고통스러운 신음 소리를 내뱉었다.

"끄아아악… 제발 부적 좀 떼어줘. 난 부적 알레르기가 있단 말이야!"

임오완의 염불 소리는 점점 커져만 갔다.

밍밍은 부적 때문에 괴로워하며 장영국에게 도와달라고 하소연했다.

"영국씨… 부적 좀 떼어줘요. 너무 괴로워……."

"밍밍, 난 당신 때문에 나무요괴에게 죽을 뻔했는데 어찌 당신을 믿고 풀어줄 수가 있겠어요? 임오완 선생의 말대로 당신과 나무요괴는 이번 기회에 아예 소멸시켜 버리는 게 좋겠어요."

소멸시키겠다는 말에 밍밍은 갑자기 녹두알 같은 눈물 방울을 뚝뚝 떨어뜨리며 울었다.

"흑흑… 당신은 정말 매정한 사람이군요. 전 사실 생전에 추봉근이라는 인간 남자의 아내로 행복한 결혼 생활을 했답니다. 그런데 어느 날 불의의 사고를 당해 목숨을 잃고 운 나쁘게 사악한 정령이 깃든 고목 밑에 묻히게 된 거예요. 전 나무요괴에게 붙잡혀 환생하지도 못하고 이렇게 괴로운 나날들을 보내고 있어요. 그래요. 당신 말대로 차라리 소멸해 버리는 게 좋을지도 몰라요. 사람들에게 해악만 끼치면서 이승을 떠도느니 차라리…….”

밍밍은 목이 메어 더 이상 말을 잇지 못했다. 장영국은 밍밍의 말에 가슴이 저려왔다. 원래 독하지 못한 성품이라 밍밍을 퇴치하겠다는 마음은 수그러들고 그녀에 대한 한없는 연민이 솟아올랐다. 그는 밍밍의 가슴에 붙어 있는 부적을 가만히 떼어주며 말했다.

“갑시다. 당신이 환생할 수 있도록 묘를 이장해 줄게요.”

어느새 두 남녀는 다정스럽게 손을 잡은 채 걷고 있었다. 서로를 바라보는 다정한 눈빛에는 그 어떤 적의도, 생과 사의 차가운 경계도 없었다. 그들이 밍밍의 무덤 앞에 도착했을 때는 임오완이 나무요괴를 부적과 염불로 한창 고문하고 있을 때였다. 임오완은 장영국이 밍밍의 손을 잡고 온 것을 보자 버럭 성질을 냈다.

“장 선생! 지금 여우 요괴를 풀어준 거요!”

“임 선생님, 제 말씀 좀 들어보세요. 밍밍은 나쁜 귀신이 아닙니다. 나무요괴에게 붙잡혀 환생하지도 못하고 시키는 대로 악행을 저지르는 불쌍한 여자에요. 제발 밍밍을 나무요괴에게서 해방시켜 주세요. 그녀의 소원은 인간으로 환생하여 전 남편과 재회하는 거예요.”

“그래서 어쩌자는 말이오? 이것들이 계속 산 사람들을 해치도록 놔두자는 거요?”

“나무요괴는 임 선생님 마음대로 하세요. 하지만 불쌍한 밍밍은 묘를 옮겨 환생할 수 있도록 해주세요.”

임오완은 밍밍과 장영국을 번갈아 쳐다보더니 괴로운 듯 한숨을 푹푹 내쉬었다. 그러더니 눈물을 줄줄 흘리며 장영국의 어깨를 짚었다.

“장영국, 당신 왜 이렇게 착한 거야! 어흐흐흐… 어흐흐흐… 당신들의 사랑에 난 감복했소! 어흐흐흐흐…….”

임오완이 흐르는 눈물을 주체 못하자 장영국은 센치한 표정으로 자신의 더벅머리를 쓸어 넘겼다. 그리고는 목청을 가다듬어 남궁옥분의 노래를 불러주었다.

"사랑 사랑 누가 말했나~ 향기로운 꽃보다 진하다고~"

장영국이 노래를 부르는 동안 밍밍은 닭살이 돋아 팔뚝을 긁었고 임오완은 귀를 틀어막았다. 부적의 힘에 눌려 움직이지 못하는 나무요괴는 요동을 치며 절규했다.

"크에엑— 차라리 염불을 외워줘, 염불을!"

흘러간 유행가를 메들리로 불러보려던 장영국의 계획은 밍밍이 그의 입을 틀어막는 바람에 무산되었다. 임오완은 안도의 한숨을 내쉬며 공 CD 한 장을 꺼냈다.

"이놈의 나무요괴를 죽여 버리면 이장할 필요도 없소."

임오완의 중국제 벌크 공 CD가 달빛을 받아 비수처럼 번뜩였다. 겁에 질린 나무요괴는 갑자기 비굴한 목소리로 목숨을 구걸했다.

"우리 강산 푸르게 푸르게~ 나무를 사랑합시다, 여러분~"

"놀구 있네. 넌 오늘 죽었어, 짜샤."

나무요괴는 대번 안색이 변하며 표독스러운 목소리로 말했다.

"흥! 날 죽여도 밍밍은 환생할 수 없을 것이다! 내가 이미 지옥의 흑산대왕에게 시집보내기로 약조를 했거든! 그녀의 혼처가 지옥으로 정해진 이상 인간이 되는 일은 없을 것이다!"

그 순간 밍밍의 날카로운 비명 소리가 들렸다.

"꺄아아아악—"

밍밍의 발 아래 땅이 움푹 꺼지더니 그녀의 몸이 땅속으로 빨려 들어가기 시작했다. 장영국은 깜짝 놀라 그녀의 손목을 잡으려 했으나 밍밍은 순식간에 자취를 감추고 말았다. 나무요괴는 통쾌하다는 듯이 깔깔대고 웃었다.

"켈켈켈켈! 이미 늦었어. 지옥의 흑산대왕이 신부를 데리러 온 것이야!"

장영국은 비통한 심정으로 그녀의 이름을 목 놓아 불렀다.

"밍밍— 밍밍— 으흐흐흐… 밍밍—"

임오완은 콧등이 시려왔다. 그는 공 CD를 요괴의 목에 겨누며 협박했다.

"어이, 나무요괴, 내가 시키는 대로 하지 않으면 죽이겠다. 지금 부적을 떼어줄 테니 흑산대왕에게 우리를 안내해라. 알겠나?"

나무요괴는 갑자기 부드러운 목소리로 말했다.

"당신은 정말 나무를 사랑하시는 분이군요. 그렇게 해야지요. 암요. 살려주시면 제가 식목일 날 한턱낼게요."

임오완은 나무요괴의 부적을 하나씩 떼어주었다. 자유로워진 나무요괴는 펄쩍 뛰어 뒤로 물러나더니 앙천대소(仰天大笑)했다.

"으케케케케케케! 어리석긴! 밍밍은 지옥에 있으니 찾을 수 있으면 찾아봐라!"

나무요괴는 두 사람을 비웃으며 땅속으로 쑤욱 들어가 버렸다. 임오완은 입술을 깨물었다.

"젠장… 속았다. 할 수 없지! 우리가 직접 밍밍을 찾으러 갈 수밖에."

그는 공 CD를 들어 올리더니 번개같이 허공을 베었다. 놀랍게도 허공 사이에서 검푸른 빛이 새어 나왔다.

"장 선생, 어서 갑시다!"

그는 장영국의 소매를 잡고 허공의 틈 사이로 뛰어들었다.

장영국은 주위를 둘러보았다. 아무것도 없는 허허벌판인데 사방에 어둠이 깔려 있고 지면에는 허연 안개가 자욱이 깔려 있었다. 왠지 으스스한 기분이 드는 곳이었다.

"여기가 어디죠?"

"어디긴 어디, 지옥이지."

임오완은 마우스를 단단히 그러쥐며 어둠 속의 한 지점을 응시했다. 그리고 작은 목소리로 짧게 말했다.

"온다!"

"뭐가요?"

"신부의 가마……."

나팔 부는 소리와 함께 음산한 노래가 울려 퍼지더니 저쪽에서 사람들의 행렬이 다가오고 있었다. 예닐곱 명이 커다란 가마를 짊어지고 있었는데 놀랍게도 그 안에는 밍밍이 타고 있었다. 장영국이 그녀를 발견하고는 크게 소리를 질렀다.

"밍밍!"

하지만 밍밍은 듣지 못했는지 눈길조차 주지 않았다. 장영국은 가마의 행렬을 막아섰으나 그들은 그의 육신을 그대로 통과해서 지나쳐 버렸다. 임오완이 달려오더니 그의 어깨를 두드렸다.

"저들은 아직 우리를 볼 수도, 들을 수도 없어요. 자, 이걸 삼켜요."

임오완은 부적 한 장을 꺼내 불을 붙이더니 그걸 그대로 장영국의 입속에 넣었다. 두 사람이 불붙은 부적을 삼키자 어디선가 챙챙거리고 병장기 부딪치는 소리가 났다.

"이게 무슨 소리죠?"

"지옥의 군사들이오. 우리를 발견한 게 틀림없어요."

말하기가 무섭게 사방에서 수백 개의 검은 그림자들이 육박해 왔다. 그들은 모두 키가 9척이 넘는 장신들에다 손에 든 병기들도 무시무시한 것들 뿐이었다. 얼굴은 검은 그림자에 가려 보이지 않고 갑옷은 탱크처럼 튼튼해 보였다. 장영국은 잔뜩 겁을 집어먹고 임오완의 등 뒤에 바싹 붙었다. 임오완은 로지텍 마우스를 단단히 감아쥐며 장영국에게 일렀다.

"장 선생, 위험하니 멀찍이 떨어져 계시오! 이놈들은 내가 상대하리다!"

임오완은 기합을 내지르며 군사들을 향해 달려갔다. 그의 팔뚝에서 마우스 줄이 휘리릭 풀리나 싶더니 지옥의 병사 하나가 괴성을 지르며 쓰러졌다. 그의 투구는 마우스에 얻어맞아 두 쪽이 나 있었고 이마에서는 피인지 먹물인지 알 수 없는 시커먼 액체가 쏟아져 나왔다. 임오완은 동에 번쩍 서에 번쩍 하면서 마우스를 휘두르는데 어찌나 빠른지 병사들의 도검과 창은 그의 터럭조차 건드리지 못했다. 로지텍 마우스를 마치 철퇴처럼 휘두르는 임오완 앞에 지옥의 군사는 추풍낙엽이었다. 그는 경기공을 써서 새처럼 날아다녔고, 벼락같이 날아드는 마우스는 병사들의 투구와 두개골을 여지없이 부숴 버렸다. 임오완의 고강한 무예에 감탄한 장영국은 탄성을 내질렀다.

"우와… 뭔 놈의 마우스가 저리 튼튼해."

임오완은 지옥의 군사들보다 분명 한 수 위였으나 절대적인 수적 열세였다. 적병을 오십여 명도 넘게 뭉개 버렸으나 끝없이 밀려드는 지옥의 대군 앞에 힘이 부치고 있었다. 급기야 열받은 마우스마저 탈을 일으켰다. 마지막 병사의 머리를 가격하는 순간 마우스에서 무언가 묵직한 것이 핑 하고 떨어져 나왔다. 마우스 줄을 잡아당겨 무슨 일인지 확인한 임오완은 얼굴이 하얗게 질렸다.

"큰일 났다! 볼 빠졌다!"

적병은 그 틈을 놓치지 않고 창을 찔러왔다. 임오완은 적의 공격을 피하면서 마우스를 날렸다. 그러나 볼이 빠진 마우스는 무게중심을 잃어버려 적의 투구에 맞고 튕겨져 나왔다. 임오완은 마우스를 포기하고 허리춤에서 공 CD 다섯 장을 꺼내 한꺼번에 날렸다. 휘리리릭 하는 날카로운 소리가 나더니 적병의 머리 다섯 개가 바닥에 굴러다니고 시체 다섯 구가 불어났다. 임오완은 이제 계속 쫓기는 형국이었다. 간간이 공 CD를 날려 적의 머리를 베었으나 그나마 다 떨어져 가고 있었다. 그는 홱 뒤돌아서더니 비장한 얼굴로 적병들을 노려봤다.

"임오완의 절대 비급 '천지무극 건곤차법'을 쓸 때로구나! 크아악!"

그는 검지손가락을 깨물어 피를 냈다. 시뻘건 선혈이 그의 손가락을 타고 흘렀다. 그는 왼손을 쫙 펴더니 피가 맺힌 오른손 검지로 무언가 글씨를 새겼다. 피 묻은 왼손을 적병들을 향해 쫘악 펼치는 임오완. 지옥이 무너져라 대갈일성(大喝一聲)했다.

"천지무극 건곤차법!"

지옥의 군사들은 갑자기 주춤했다. 그들은 두려운 듯 슬슬 뒷걸음질치기 시작했다. 임오완은 왼손 바닥에 온 힘을 주며 앞으로 내달렸다. 지옥의 군사들이 퇴각하기 시작했다. 앞 다투어 도망치다가 넘어지기도 했다. 병장기를 내버리고 달아나는 놈들도 있었다. 임오완은 더 이상 쫓지 않았다. 적병이 퇴각하고 사위가 쥐새끼 한 마리 없이 고요해지자 멀리서 구경하던 장영국이 슬금슬금 다가왔다.

"임 선생, 도대체 손바닥에 뭐라고 쓴 거요?"

장영국은 임오완의 왼쪽 손바닥을 뒤집어보았다. 그가 피로 쓴 글귀가 눈에 들어왔다.

밑 닦은 손.

임오완은 손바닥을 바지에 쓱쓱 문지르며 웃었다.

"지옥의 군사들은 무척 청결한 놈들이지요. 이승의 더러움을 견딜 수 없었을 겁니다."

"그렇군요. 그나저나 정말 대단하십니다. 그 많은 대군을 혼자 물리치시다니오."

"아직 끝난 게 아닙니다. 밍밍을 구해야지요."

"그렇구나! 밍밍!"

장영국은 정신이 번쩍 들었다. 두 사람은 가마가 사라진 방향으로 냅다 뛰기 시작했다. 지옥은 끝없이 어둠과 안개가 계속되는 곳이었다. 한참을 달리자 지평선 저 멀리 하얀 점이 보였다. 장영국은 그것이 날개 옷 입은 밍밍임을 한눈에 알아보았다.

"미이잉~미이잉~"

장영국은 절규하다시피 그녀의 이름을 불렀다. 밍밍의 얼굴을 알아볼 수 있을 정도로 가까이 온 두 사람은 그 자리에서 우뚝 멈춰 섰다. 밍밍은 양손과 발이 쇠사슬에 채여져 기둥에 묶여 있었고 바로 앞에는 돌로 쌓은 무덤 같은 곳에 괴상한 해골이 서 있었다. 해골은 검은 옷을 입고 있었는데 눈에서는 시퍼런 인광을 뿜어내고 있었다. 임오완은 장영국의 다리를 쿡 찌르며 말해 줬다.

"저놈이 흑산대왕인 듯싶소."

장영국은 얼굴이 벌게져서 해골에게 소리쳤다.

"야, 이 색골 놈아! 뼈다귀밖에 안 남은 주제에 무슨 장가를 들겠다는 거냐!"

흑산대왕이 기괴한 웃음소리를 내며 대답했다.

"크겔겔겔… 뼈다귀밖에 없으니 색골(色骨)이지. 그래서 장가를 들겠다는 건데 뭐 불만있나, 더벅머리?"

"불만있다! 밍밍을 너 따위 뼈다귀에게 줄 수 없다!"

임오완은 장영국이 시간을 끄는 동안 밍밍을 묶은 쇠사슬을 공 CD로 잘라 버렸다. 밍밍은 피멍이 맺힌 발목과 손목을 만지며 임오완에게 고맙다고 말했다. 흑산대왕은 밍밍이 풀려난 것을 보자 진노했다.

"이놈들! 감히 내 신부에게 손을 대! 장영국과 임오완, 모두 죽여 버리겠다! 흐으으으으읍—"

장영국은 갑자기 엄청난 강풍이 등 뒤에서 불어오는 것을 느꼈다. 그는 데굴데굴 굴러가면서 임오완에게 말했다.

"으아아아— 지옥에도 태풍이 부나 봐요!"

"태풍이 아니오! 이건 흑산대왕의 들이쉬는 숨결! 빨려 들어가면 끝장이야!"

임오완은 재빨리 마우스 줄을 풀어 나무 기둥을 향해 던졌다. 기둥에 로지텍 마우스가 휘리릭 감기자 임오완은 더 이상 흑산대왕에게로 끌려가지 않았다. 데굴데굴 굴러가던 장영국은 임오완이 발목을 붙들어 간신히 목숨을 구했다. 바람에 날아가던 밍밍은 장영국의 손을 잡아 멈췄다. 하지만 흑산대왕의 숨결은 점점 강해지고 세 명은 일 자로 늘어서 깃발처럼 펄럭였다. 마우스 줄이 끊어질 듯이 팽팽해지고 기둥이 흔들거렸다. 장영국이 소리를 질렀다.

"으아아아— 저놈, 계속 들이쉬기만 하네! 폐활량이 엄청난가 봐!"

임오완은 정신을 집중하며 염불을 외우기 시작했다.

"반야바라밀, 반야바라밀, 반야바라밀, 반야바라밀……."

"임 선생, 지금 뭐 하시는 거예요!"

"금강경의 구절이요! 흑산대왕의 힘을 약화시킬지 모르니 당신도 어서 외워요! 반야바라밀, 반야바라밀, 반야바라밀……."

"알았어요!"

장영국도 열심히 염불을 외웠다.

"바나냐베지밀, 바나냐베지밀, 바나냐베지밀……."

흑산대왕의 숨결에 임오완의 개량 한복은 갈기갈기 찢겨져 걸레처럼 너덜거렸다. 그의 품속에서 커다란 종이가 펼쳐져 나오면서 흑산대왕에게로 날아갔다. 임오완이 아쉬운 마음에 소리를 질렀다.

"이런, 내 신문!"

그것은 임오안이 뒷간에서 즐겨 읽는 스포츠 연예 일간지였다. 신문지는 펄럭이며 날아가 흑산대왕의 얼굴을 뒤덮었다. 흑산대왕은 갑자기 눈앞을 가린 종이 쪽지에 놀라 소리를 질렀다.

"뭐야, 이건! 아니, 스포츠 신문이잖아! 으아아악! 어서 이걸 떼어줘!"

흑산대왕은 갑자기 몸을 부르르 떨면서 어쩔 줄 몰라했다.

"아아악— 얼굴이 타는 듯이 뜨거워! 제발 이걸 떼어줘어—"

장영국과 임오완은 흑산대왕의 숨결이 점차 약해지고 있음을 느꼈다. 흑산대왕은 괴성을 지르며 날뛰고 있었지만 두 사람은 어찌 된 영문인지를 몰라 멍하니 보고만 있었다.

"크와아아아아—"

펑 하는 폭음과 함께 엄청난 빛과 바람이 쏟아져 나왔다. 놀라운 일이었다. 흑산대왕이 단말마의 비명과 함께 머리가 터져 죽어버린 것이다. 흑산대왕의 검은 뇌수가 돌산을 흘러내리고 있었다. 장영국과 밍밍은 손을 꼭 잡고 조심스레 돌산을 향해 다가섰다. 다행스럽게도 흑산대왕은 이미 죽어버린 듯했다. 임오완이 모든 것을 알았다는 듯이 고개를 끄덕이며 말했다.

"흑산대왕은 스포츠 신문의 '낯 뜨거운 기사' 들을 견딜 수 없었던 겁니다. 계속 얼굴에 열이 받으면서 뇌수가 부글부글 끓고 견디지 못한 두개골이 폭발한 거죠. 금강경보다 더 무서운 게 스포츠 신문이랍니다."

불에 타고 찢어진 신문 조각이 공중에서 팔락거리며 내려오고 있었다. 밍밍은 손을 뻗어 신문 조각을 펼쳐 보았다. 공교롭게도 그날의 톱기사가 있는 부분이었다. 세 사람은 톱 기사의 헤드라인을 들여다보았다.

김몽은 지금 공효진과 열애 중.

밍밍이 콧방귀를 뀌며 웃었다.

"이런 말도 안 되는 기사를 믿는 사람이 어딨어요?"

장영국이 고개를 갸우뚱했다.

"글쎄요, 뭐, 사실일지도 모르죠. 아니 땐 굴뚝에 연기 나겠어요?"

임오완은 마지막 남은 공 CD를 들어 허공을 베었다.

"자, 갑시다! 지옥에 오래 있으면 정말 죽어버려요!"

그들은 차례대로 지옥에서 빠져나와 이승으로 돌아왔다. 지옥의 격전장은 온데간데없고 스산한 난약사의 정경이 눈앞에 펼쳐져 있었다. 동쪽 하늘이 벌써 부옇게 밝아오고 있었다.

"이런, 아침이 오고 있어! 장 선생, 어서 밍밍을 법당 안으로! 빛에 닿으면 혼백이 증발해 버립니다!"

장영국은 쇠약해진 밍밍을 법당 안으로 부축해 들어가고 임오완은 밍밍의 유골 단지를 찾으러 사라졌다. 법당 안에 단둘이 남겨진 두 남녀는 석별의 정을 못 이겨 눈물만 하염없이 흘렸다.

"영국씨, 당신은 좋은 분이에요. 이 은혜를 어찌 갚아야 할지……. 흑……."

"밍밍, 다음 생에는 착한 사람으로 환생하길 바래요. 그리고 생전의 남편과도 꼭 재회하시길 빕니다."

장영국은 감정이 고조되자 자신이 좋아하는 박남정의 노래를 불렀다.

"마지막 인사 없이~ 보내긴 싫어~ 웃음을 보였지만~ 보내긴 싫어~"

밍밍도 눈물을 훔쳐 내고 밝게 웃으면서 후렴구를 이어 불렀다.

"조각조각 부서진~ 작은 꿈들이~ 하늘 멀리 저 멀리~ 흩어져 가고~ 젖은 눈물 감추며~ 뒤돌아서는 사랑의~ 불시착~"

난약사에서는 사람과 귀신이 사이좋게 부르는 댄스 곡으로 잠시 동안 흥겨운 분위기가 되었다. 장영국이 2절까지 다 마치고 뒤를 돌아보았을 때 밍밍의 아름다운 모습은 이미 없었다. 그는 눈물을 뚝뚝 흘리며 이지연의 '그 이유가 내겐 아픔이었네'를 열창했다.

밍밍의 유골 단지를 양지 바른 곳에 묻어주고 나서 임오완은 장영국에게 앞으로의 계획에 대해 물었다.

"물론… 난약사에 계속 머물면서 고시 공부를 할 생각입니다."

"흠… 언제까지 할 생각이지요?"

"고시에 합격하는 그날까지……."

"당신이 합격하기 전에 고시 제도가 폐지되면 어쩌지요?"

장영국은 순간 당황하는 표정을 짓더니 잠시 고민했다. 그리고 다시 결연한 의지가 담긴 목소리로 말했다.

"이 땅의 고시 제도가 없어지는 그날까지 고시 공부를 하겠어요."

임오완은 빙그레 웃으며 자신의 팔뚝에 감긴 로지텍 마우스를 풀었다.

"그러지 말고 나에게 게임을 배워보는 게 어떻겠습니까?"

"게임… 이요?"

"그래요. 프로게이머도 유망한 직업 군에 속합니다. 당신 정도의 끈기와 노력이라면 걸출한 게이머가 될 수 있을 거예요. 당신이 원하기만 한다면 내가 아는 모든 전략과 테크닉을 전수해 줄게요."

장영국은 잠시 고민하는 눈치더니 이내 활짝 웃으며 그의 손을 잡았다.

"좋습니다. 많이 가르쳐 주세요."

"후후… 잘해봅시다."

임오완은 자신의 로지텍 마우스를 장영국의 손에 쥐어주었다. 장영국은 그제야 마우스 몸체가 특수 합금으로 되어 있다는 사실을 알았다. 그는 인생의 새로운 전기를 맞이했다는 뿌듯한 느낌으로 충만했다. 그의 입에서 민해경의 '내 인생은 나의 것' 이라는 노래가 흘러나왔다.

"내 인생은 나의 것~ 내 인생은 나의 것~ 그냥 나에게 맡겨주세요~"

임오완은 가벼운 한숨을 쉬며 게임 말고도 가르쳐야 할 것이 또 하나 있다고 생각했다.

제7장 이웃집 진진이

봉근과 제인은 아침부터 짐을 꾸리느라 부산했다. 제인은 속옷부터 시작해서 치마, 블라우스, 외투, 챙 넓은 모자까지 집에 있는 모든 의류를 여행 가방에 쓸어 담다시피 했고 봉근 역시 냄비, 칼, 도끼, 램프 등 일견 불필요해 보이는 물건들까지 깡그리 마차에 실었다. 봉근의 장인 토마스 씨는 짐의 무게와 여행의 즐거움은 반비례한다며 간소하게 꾸릴 것을 몇 번이고 충고했으나 부부는 귀담아듣지 않았다. 진진은 이들이 부산 떠는 모습을 묵묵히 바라보며 대나무 가지를 씹고 있었다. 모든 준비가 갖추어지자 봉근과 제인, 토마스 씨는 마차에 올랐고 진진은 그들을 배웅하기 위해 판잣집 마당으로 나왔다. 봉근이 활짝 웃으며 진진에게 손을 흔들었다.

"그동안 집 잘 봐라, 진진. 근데 정말 같이 안 갈 거야?"

"응~ 귀찮아서. 그동안 고생한 생각 하면 이제 좀 쉬고 싶어."

"그래, 그럼 집에서 편히 쉬고 맛난 거 많이 먹구 있어. 대나무 맛있니? 드디어 재배에 성공했구나."

"웅~ 여기도 대나무가 자라지 못하는 기후는 아니었어. 집 가까운 곳에 대숲을 조성할 거야. 웅~ 여행 잘 다녀와."

"한동안 이별이구나. 그럼 안녕! 이랴!"

봉근은 고삐를 단단히 쥐고 채찍을 휘둘렀다. 마차가 덜컹거리며 지평선 너머로 사라지자 진진은 조용히 집 안으로 돌아왔다. 봉근 부부가 결혼 일주년을 맞아 장거리 여행을 떠나기로 한 것은 불과 며칠 전이었다. 토마스 씨와 제인은 이것저것 준비할 것이 많다며 충분한 계획을 세우자고 했지만 봉근은 '쇠뿔도 단김에 빼야 한다'는 두 사람이 알아듣지 못하는 경구를 내세우며 일단 떠나자고 했다. 결혼 기념 여행이었지만 효심이 극심한 제인이 부친을 모시고 가자고 했고 심신의 휴식이 필요한 진진은 집에 남기로 했다. 진진은 주인들이 빠져나간 집을 천천히 둘러보았다. 세간살이를 모두 가져가다시피 해서 집 안이 무척 휑하고 쓸쓸했다. 그는 긴장을 풀고 스르르 둔갑을 풀었다. 남의 눈을 의식할 필요가 없을 때는 팬더의 모습으로 지내는 게 편하다. 작심하고 떠난 여행이기에 봉근네 가족은 최소한 몇 달간은 집에 돌아오지 않을 터였다. 진진은 외로움과 편안함이 뒤섞인 묘한 감정에 휩싸였다.

고향 마을에서 이름난 건달이자 바람둥이인 쿠사가베는 말썽꾸러기 두 딸을 이끌고 이름 모를 해안 마을에 당도했다. 그는 지금 싸구려 여인숙을 전전하다 돈이 떨어져 빈집을 찾고 있는 중이었다. 앞서 걷던 작은 딸 메이가 큰 소리로 외쳤다.

"아빠! 저기 집있쩌!"

"어디어디?"

쿠사가베는 반가운 마음에 눈을 크게 떴다. 딸의 말대로 해안가에 홀로 서 있는 판잣집이 눈에 들어왔다. 바람에 문짝이 덜렁거리는 것이 빈집이 확실했다. 피로와 배고픔에 지쳐 있던 세 부녀는 반가움에 판잣집까지 한달음에 뛰어갔다.

"에이 씨… 졸라 낡았네."

불량기가 넘치는 큰딸 제이는 삐걱거리는 문짝을 걷어찼다.

"집이 아니라 변소 같애, 변소."

작은딸 메이는 엉덩이를 까고 집안에다 똥을 누려다 아빠한테 걷어차였다.

"쓰펄… 뭐 하는 거야? 오늘부터 여기가 우리 집이다."

메이는 흙바닥에 뽀뽀를 했지만 장하게도 울지 않았다. 아빠의 구타에 익숙해져 있는 탓이다. 큰딸 제이는 못마땅한 얼굴로 아빠에게 물었다.

"어이, 꼰대, 엄마한테는 안 돌아갈 거야?"

제이는 아빠를 아빠라고 부르지 않았다.

"내가 왜 그년한테 돌아가냐? 쳇, 두고 보라지. 지 없이도 애들 키우면서 잘살 테니."

그는 마을에서 여인숙을 운영하는 아내와 대판 싸우고 집을 나온 상태였다. 성질이 불 같은 그의 아내는 남편의 무위도식과 방탕함을 견디다 못해 하루가 멀다 하고 욕을 퍼부었는데 그녀의 히스테리에 질린 남편과 아이들이 집에서 뛰쳐나온 것이다.

"자, 얘들아! 어서 청소부터 해라! 제이, 넌 이따가 저녁 준비도

해야 돼!"

쿠사가베는 아이들에게 집안일을 시키고는 자신은 침대에 벌렁 드러누워 담배를 물었다. 제이는 못마땅한 얼굴로 비질을 하면서 아빠에게 말했다.

"꼰대, 엄마 몰래 바람피면 내 손에 죽어."

"걱정 마라. 네년한테는 안 들킨다."

그의 입에서 도너츠 모양의 연기가 뿜어져 나왔다.

메이는 마당에 쭈그려 앉자 똥을 누고 있었다. 구수한 냄새에 취해 눈을 거슴츠레하게 뜨고 졸고 있는데 무언가 눈앞을 후닥닥 지나가는 바람에 뒤로 엉덩방아를 찧었다. 덕분에 똥 위에 주저앉아 버린 메이. 그녀는 얼른 일어났지만 이미 손과 엉덩이에 똥이 잔뜩 묻었다. 그녀의 작은 미간에 세로로 주름이 갔다.

"잡히면 죽었쩌."

네 살짜리 여자 아이의 다짐치고는 무척 살벌했다. 메이는 자신을 엿먹인 생물을 찾기 위해 눈에 불을 켜고 두리번거렸다. 토끼라면 삶아먹을 테고 다람쥐라면 꼬리를 잡아 패대기칠 테다. 그때 발 아래 까맣고 하얀 조그만 동물이 살금살금 지나가는 것이 보였다.

"어?"

메이는 눈을 비비고 다시 쳐다보았다. 몸이 반쯤 투명하고 조그만 동물이 살살 걷고 있었다.

"어? 팬져다, 팬져."

그녀는 한 번도 눈으로 직접 팬더를 본 적은 없지만 그림책을 통해 그 모양새를 숙지하고 있었다. 하지만 팬더치고는 너무나 작았고 몸뚱어리가 투명인간이나 유령처럼 훤하게 비치는 것이 이상했다. 메이는 호기심이 바짝 올라 꼬마 팬더의 뒤를 밟았다. 꼬마 팬더는 자신의 모습이 여자 아이에게 발각되었다는 사실을 알아차리자 뽈뽈거리며 달아났다.

"거기 서, 팬져! 꼼짝 마, 팬져!"

메이는 바락바락 소리를 지르며 따라왔다. 그녀는 넘어지고, 엎어지고, 구르면서도 용케 꼬마 팬더를 놓치지 않고 추적했다. 얼마나 뛰어왔을까. 그녀는 자신의 눈앞에 거대한 대나무가 서 있는 것을 발견했다. 둘레가 언니의 한아름보다 몇 배나 크고 높이가 아빠 키의 열 배는 넘을 만큼 큰 대나무였다. 겁먹은 꼬마 팬더는 대나무 둥치에 난 작은 구멍으로 들어가 버렸다.

"아… 팬져 집이다."

메이는 씨익 웃으며 대나무 둥치의 구멍으로 몸을 밀어 넣어 보았다. 하지만 메이의 머리통이 들어가기에는 구멍이 너무 작았다. 고집 센 메이는 포기하지 않았다. 비명 같은 소리를 지르며 머리를 구멍에 밀어 넣었다. 어찌 된 일인지 구멍이 고무처럼 쑤욱 늘어나면서 메이는 안으로 굴러 떨어졌다.

"아야… 아파……."

그녀는 아픈 머리통을 문지르다가 신기한 걸 발견했다. 아주아주 커다랗고 뚱뚱한 팬더가 배를 불룩거리며 나무 가운데서 자고 있었다. 메이는 팬더의 배 위로 기어올라 갔다. 털이 많아 북슬북슬하고 푹신한 게 기분이 좋았다.

"야아~ 신난다! 큰 팬져다, 큰 팬져!"

그녀는 팬더의 배 위에서 방방 뛰었다.

"꾸에엑~"

놀란 팬더가 잠에서 깨어 벌떡 일어났다. 그 덕에 메이는 데굴데굴 굴러 떨어졌다. 땅바닥에 쓸려 무릎이 까지고 피가 났지만 메이는 울지 않았다. 다시 씩씩하게 팬더의 털을 잡고 가슴께까지 기어올라 갔다. 팬더는 눈을 거슴츠레하게 뜨며 늘어지게 하품을 했다. 그리고는 메이를 끌어들인 꼬마 팬더에게 눈총을 주자 꼬마 팬더는 어쩔 줄 모르며 당황하는 몸짓을 보이다가 펑 하며 사라졌다. 한 올의 터럭이 살랑거리며 공중에서 떨어지고 있었다. 메이는 팬더에게 얼굴을 바짝 들이대고 물었다.

"넌 누구야? 뚱뚱이 팬져야?"

"웅… 진… 진……."

팬더는 귀찮다는 듯이 느릿느릿 대답했다.

"진진? 진진이야? 네가 진진이야? 진진! 진진!"

꼬마는 신이 나서 또 펄쩍펄쩍 뛰었다.

"꾸에엑~"

팬더는 배가 아파서 또 벌떡 일어섰다. 메이는 데굴데굴 굴러서 땅에 머리를 부딪쳤다. 그리고 정신을 잃었다. 팬더는 하품을 하며 엎드려 누웠다. 그리고 다시 긴 잠에 빠져들었다.

쿠사가베는 학교에서 막 돌아온 제이에게 이것저것 시키며 잔소리를 해댔다. 제이는 툴툴거리면서도 아빠가 시키는 대로 설거지하고, 빨래하고, 청소하고, 저녁 준비를 했다. 아빠는 말을 듣지 않으면 가죽혁대로 목을 조르거나 입고 있던 빤스를 머리에 뒤집어씌우기 때문이었다.

"참! 이년아, 메이 좀 찾아봐라! 어제 저녁부터 안 보이더라!"

"알았어, 꼰대."

제이는 벽난로에 수프 냄비를 걸어두고 동생을 찾아나섰다. 혈기왕성한 동생은 조금만 한눈 팔아도 사라지기 일쑤였다. 그녀는 무언가 발에 물컹 하고 밟히는 것을 느꼈다. 밑을 쳐다본 제이는 얼굴을 찡그렸다.

"염병할 년… 또 아무 데나 싸질러놓구 다니네."

똥 밟은 신발을 풀밭에 문질러 닦은 뒤 메이의 이름을 불러보았다. 대답이 없었다. 열 발자국쯤 떨어진 곳에 메이의 슬리퍼가 떨어져 있었다.

"이쪽으로 갔구나."

제이는 숲 쪽으로 내달렸다. 동생에게 무슨 일이 생기면 아빠는 지린내나는 빤스를 뒤집어씌울 것이다.

"에? 이게 뭐야?"

그녀는 눈앞에 나타난 거대한 대나무를 보고 놀라 우뚝 섰다. 나무 둥치에 난 작은 구멍을 보자 그리로 메이가 들어갔으리라는 생각이 들었다. 호기심 많고 고집 많은 메이는 구멍만 보면 머리를 집어넣어 보는 습관이 있었다.

"메이? 앗… 메이!"

작은 구멍 사이로 메이의 분홍색 치마가 보였다.

"어서 나와! 거긴 또 어떻게 들어갔어!"

소리쳤지만 동생은 꿈쩍도 하지 않았다. 제이는 손을 뻗어 동생의 다리를 잡으려 했다. 하지만 구멍과 너무 멀리 떨어져 있는 동생은 손에 잡히지 않았다. 더 힘껏 몸을 밀착시키고 팔을 뻗어보았다.

"우왓!"

갑자기 구멍이 쑤욱 늘어나더니 그녀는 공처럼 굴러서 안으로 떨어졌다. 대나무 안쪽은 생각 외로 넓었는데 약간 휑한 느낌마저 주는 그곳에서 메이는 세상 모르고 자고 있었다. 제이는 메이의 어깨를 잡고 흔들었다.

"일어나! 이런 데서 자고 있으면 어떡해!"

"우웅… 진진이는?"

메이는 졸린 눈을 비비며 일어났다.

"진진? 그게 뭔데?"

"팬져, 아쥬 큰 팬져."

"팬더? 바보같이……. 요즘 그런 게 있을 리 없잖아. 나가자. 아빠가 찾는다."

"시져. 진진이랑 놀 거야, 진진이……."

"꿈꿨니? 어서 가자. 언니가 도룡뇽 눈알사탕 사왔다."

제이는 주머니에서 종이 봉투를 꺼내 흔들었다.

"어! 도옹뇽! 도옹뇽!"

도룡뇽의 눈알을 기름에 튀긴 뒤 설탕 범벅을 해서 파는 이 기묘한 간식은 아이들에게 선풍적인 인기였다.

"얼른 나와. 그럼 눈알사탕 줄게."

언니는 어느새 대나무 구멍으로 빠져나가고 있었다. 메이는 뒤뚱거리며 언니의 뒤를 따랐다. 나무 밖으로 빠져나오자 사탕 봉지는 메이의 차지가 되었다. 팬더의 일을 까맣게 잊기라도 한 듯 사탕에 열중하고 있는 메이.

"언니, 도옹뇽 맛있쪄. 도옹뇽 맛있쪄."

"맛있니? 그래, 불량식품 많이 먹고 빨리 디져 버려. 이 풍진 세상 오래 살아서 뭐 하겠니."

"응? 풍진 세상이 모야?"

"우리 꼰대 같은 인간들이 득시글거리는 세상이라 이거지."

"아항~ 졸라 재슈엄는 세상이라 이거지?"

"어쭈… 요게 많이 컸네."

두 자매는 정답게 이야기를 나누며 집을 향해 걸어갔다. 자상한 아빠가 저 멀리서 꽁초를 튕기고 있었다.

허름한 판잣집에서 이틀을 보낸 쿠사가베는 삼 일째 되는 날부터 읍내로 외출을 나가기 시작했다. 두 딸들에게는 일자리를 구하러 다닌다고 말했지만 실은 얼굴 반반한 마을 처녀들을 유혹하기 위한 나들이였다. 제이가 진진을 처음 만나던 날 아빠는 읍내에 작업 나가고 제이는 학교를 땡땡이 치고 집에서 빈둥대고 있었다. 메이는 지렁이 한 마리를 잡아 즐겁게 고문하는 중이었다. 갑자기 한쪽 하늘에서 먹구름이 일더니 이내 빗방울이 후두두 떨어졌다.

"아! 비가 온다!"

제이는 벌떡 일어나 걱정스러운 얼굴로 하늘을 올려다보았다. 메이가 지렁이 토막 살해를 끝내고 비를 피해 달려왔다. 제이는 우산 두 개를 들고서 동생에게 말했다.

"메이, 아빠가 우산 안 가져갔거든. 마차 정류장에 마중 나가자."

"잉, 시져."

"왜 싫어?"

"구차너(귀찮아)."

"누구 핏줄 아니랄까 봐……. 너 비 맞은 아빠한테 주걱으로 맞고 싶니?"

메이는 고개를 도리도리 저었다. 두 자매는 사이좋게 손을 잡고 아빠의 마중을 나갔다. 마차 정류장은 판잣집에서 삼십 분 이상을 걸어야 할 정도로 멀리 떨어져 있었다. 그곳에서 마차를 타고 또 반 시간을 가야 사람들이 몰려 사는 읍내가 나온다. 그 정도로 세 사람은 외딴 곳에 새살림을 차린 것이다.

"아이 씨, 이놈의 꼰대, 왜 이렇게 늦어. 또 어디서 술 처먹고 헤롱대는 거 아냐."

"재슈엄는 새이(새끼)."

제이는 두 눈을 동그랗게 뜨고 메이의 엉덩이를 때렸다.

"너 그런 말투 어디서 배웠어!"

"언니한테……."

"아빠한테 그런 말 쓰는 거 아냐!"

"응… 잘못했쩌……."

제이는 안도의 한숨을 내쉬며 중얼거렸다.

"근데 이 꼰대 왜 이리 안 와. 아이 쓰펄……."

메이는 졸린 듯 눈을 비볐다.

"졸리니? 언니한테 업혀서 잠이나 때려."

"응… 졸라 잠와……."

제이는 동생을 업은 채로 비 내리는 어둠 속을 응시했다. 마차가 오는 기색은 없었다. 온몸이 노곤한 것이 자신도 쓰러져 잠들고 싶었다. 그녀는 기척없이 다가오는 무언가에 놀라 옆을 쳐다보았다. 우산 밑으로 보이는 커다란 발톱, 그리고 까만 털. 겁이 나기보다는 호기심이 동했다. 우산을 살며시 치웠더니 커다란 팬더가 뚱한 얼굴로 서 있었다.

"어, 진진이다……."

어느새 메이가 눈을 뜨고 귓가에 속삭였다.

"이놈이 진진이니?"

"응."

두 자매는 말없이 서 있는 동물을 한참 동안 쳐다봤다. 팬더는 까만색 베르사체 우산을 들고 있었는데 꽤 비싸 보였다. 제이는 자신이 들고 있는 우산을 올려다봤다. 구멍난 싸구려 비닐 우산이었다. 아빠에게 줄 우산은 그래도 값이 나가는 것이었지만 브랜드가 마음에 들지 않았다.

협립양산.

제이는 슬며시 팬더에게 물었다.

"얘, 나랑 우산 바꿔 쓸래?"

"꾸엑?"

팬더는 눈알을 굴려 제이를 쳐다보더니 고개를 설레설레 저었다.

"그러지 말고 바꿔 써보자. 팬더 주제에 인간보다 좋은 우산을 쓰고 있네."

"꾸엑……."

여전히 고개를 가로젓는 팬더. 하지만 두 자매는 집요했다.

"잠깐 바꿔 써보자니깐 왜 자꾸 튕겨! 너, 맞아볼래?"

제이는 비닐 우산을 접어서 팬더의 허벅지를 쿡쿡 찔렀다. 메이는 언니의 등에 업힌 채로 손을 뻗어 팬더의 수염을 잡아당겼다.

"꾸에엑~"

고통에 못 이긴 팬더는 울면서 베르사체 우산을 내밀었다.

"진작에 그럴 것이지."

제이는 싱긋 웃으며 비닐 우산을 내밀었다.

"아! 마차다!"

멀리서 비치는 불빛을 보고 메이가 소리쳤다.

"꼰대가 오나?"

제이는 미간을 찡그리며 빗속을 응시했다.

"뭐야, 이게!"

그녀는 눈앞에 나타난 기괴한 생물을 보고 질겁했다. 온몸이 하얗고 호랑이처럼 생긴 동물이었는데 온몸에 창문 같은 구멍이 나 있고 이마에는 행선지가 표시되어 있었다. 팬더는 비닐 우산을 접으며 제이에게 말했다.

"백호(白虎) 버스야."

"백호 버스? 슬램덩크에 나오는 그 멋진 킹카 거니?"

"강백호 말고……."

팬더는 호랑이의 몸 안으로 들어가더니 의자에 앉았다. 머리 위의 행선지에는 '북창동 룸살롱' 이라고 적혀 있었다. 호랑이는 팬더를 태우자마자 휘익 하고 달려나갔다. 꼬리를 꼿꼿이 세우고 바람처럼 달리는 모습은 너무나 멋지고 날렵했다. 두 자매는 할 말을 잃은 채 멍하니 같은 곳을 바라보고 있었다. 어느새 호랑이 버스의 모습은 보이지 않았다.

잠시 후 아빠를 태운 왕복 마차가 도착했다. 고주망태가 된 아빠는 역겨운 술 냄새를 풀풀 풍기며 마치 샀을 마중 나온 딸들에게 치르도록 했다. 제이는 꼰대의 이런 싸가지없는 행동들을 모두 용서하며 다정한 목소리로 아빠를 맞이했다.

"아빠, 이거 봐라! 팬더한테 우산 뺏었다."

"딸꾹… 우산을 뺏어? 잘했다. 역시 우리 딸이다. 딸꾹!"

"아우~ 뭔 술을 이리 많이 처먹었어! 엄마 있었으면 아빠는 벌써 맞아디졌어!"

"이년아, 기분 잡치게 니 엄마 얘기는 왜 해? 술이 확 깨네."

진진이 덕분에 세 사람은 모처럼 부녀 간의 정을 담뿍 느꼈다. 아빠는 집까지 걸어가면서 계속 비틀거렸고, 메이는 등에 업힌 채로 끊임없이 칭얼댔지만 제이는 괜히 뿌듯한 행복감을 느꼈다. 괜찮은 우산을 공짜로 손에 넣었기 때문이다. 그녀는 그 뚱뚱이 팬더가 행운을 가져다 주는 게 틀림없다며 다시 만나게 되기를 간절히 바랬다.

아빠는 숙취에서 깨어나지 못해 계속 자리에 누워 있었다. 제이는 역겨운 술 냄새를 풍기는 아빠의 곁에 가지 않으려고 멀찍이 떨어진 공터에서 혼자 휘파람을 불고 있었다. 혼자 놀던 메이가 뒤뚱거리며 다가왔다.

"언니야, 또 학교 땡땡이 쳤쩌?"

"응, 선생들이 하도 잔소리를 해서. 근데 너, 손에 든 거 뭐니?"

제이는 동생이 들고 있는 희한한 물건을 유심히 살펴보았다. 나뭇잎으로 동그랗게 싼 뒤에 새끼줄로 엮은 귀여운 모양이었다.

"재밌게 생겼네. 네가 만들었니?"

"아니, 이거 팬져 도시락."

"팬더 도시락? 진진이가 줬니?"

메이는 고개를 도리도리 저었다.

"어젯밤에 뺏아쪄."

"잉? 어제 언니가 우산 뺏을 때 넌 진진이 도시락 뺏었니?"

"응."

"꺄호호호! 너, 정말 보통이 아니구나! 누구 동생 아니랄까 봐. 줘봐!"

"잉~ 시져!"

"이리 줘봐. 도시락이면 까 먹는 거야."

제이는 메이의 손에서 도시락을 획 낚아챈 뒤에 나뭇잎을 풀어보았다. 삼각형 모양의 갈색 식물이 뿌리째 나왔다.

"애개, 이거 죽순이잖아?"

"죽순? 그게 모야?"

"응, 대나무 아기. 팬더가 좋아하는 거라고 그림책에 나와 있어."

"대냐뮤 아기?"

"그래, 이거 땅에 심어보자."

자매는 집 앞 화단에 쭈그리고 앉아 모종삽으로 조심조심 땅을 파헤쳤다. 죽순을 집어넣고 살살 흙을 뿌리는 제이. 메이는 잘 자라라고 흙에다 침을 뱉어주었다. 제이는 한술 더 떠 비료 대신 주자며 카악 가래침을 게워 올렸다. 죽순이 왠지 기분 나빠 보였다.

제이와 메이는 자상하게도 아침마다 침을 뱉어주었지만 죽순은 좀처럼 자라지 않았다. 죽순이 자라지 않자 제이는 어디선가 물뿌리개까지 얻어와 정성스럽게 물을 주기 시작했다. 하지만 죽순은 손톱만큼도 올라오지 않았다.

보름달이 휘영청 밝은 어느 날이었다. 제이가 달빛 아래 누워 빈둥대고 있었다. 아빠는 오늘도 외박이었고 메이는 잠들어 있었다. 마당 쪽을 멍하니 바라보고 있는데 커다란 그림자가 죽순 근처에 쭈그리고 앉는 것이 보였다. 팬더 진진이었다. 진진은 죽순을 내려다보며 미간을 찡그렸다.

"웅… 먹는 거에다 침 뱉구 난리야. 못된 녀석들……."

제이는 발딱 일어나 마당으로 달려나갔다.

"진진! 너 잘 만났다!"

진진은 깜짝 놀라 주춤 일어서려다 도로 주저앉았다. 제이는 어느새 죽순 바로 앞까지 달려와 섰다. 진진은 제이의 기세에 눌려 눈만 껌뻑였다. 제이는 진진의 가슴 털을 움켜쥐며 닦달했다.

"네가 준 죽순이 죽었나 봐! 어떻게 좀 해봐!"

"웅… 죽은 게 아냐. 니들이 침 뱉어서 기분이 상한 대나무의 정(精)이 생장을 멈춘 거야."

"힝… 좀 자라게 해봐. 팬더들은 신비한 힘이 있다던데."

제이는 입이 좀 험하긴 했지만 동화책에 나온 말들을 그대로 믿을 정도로 동심을 잃지 않은 소녀였다. 진진은 뒤통수를 긁더니 꿈지럭꿈지럭 무언가를 꺼냈다. 작은 절구와 공이, 그리고 파란 알약과 하얀 가루였다. 진진은 알약과 가루를 섞어 절구에 곱게 갈았다. 그리고 제이가 가져온 물뿌리개에 넣고 물에 잘 녹인 뒤 죽순에 살살 뿌려주었다. 어느새 잠에서 깬 메이도 언니 다리를 붙잡고 호기심 어린 얼굴로 지켜보고 있었다. 제이가 진진에게 물었다.

"근데 이게 뭐야? 비료야?"

"응~ 비아그라하고 시밀락하고 섞은 거야."

"시밀락은 아기들 먹는 분유잖아. 근데 비아그라는 뭐지?"

진진이 우물거리며 말을 못하자 뜻밖에도 메이가 손을 바짝 들고 외쳤다.

"언니야, 나 알어! 비아그라는 꼬추 서는 약이야!"

"잉? 누가 그러디?"

"아빠가."

"죽일 놈의 꼰대……. 애한테 못하는 소리가 없어."

특수 제조한 생장 촉진제를 다 뿌리고 나자 진진이가 이상한 동작을 하기 시작했다. 엉덩이를 들었다 놓았다, 두 발을 번갈아 들었다가, 허리를 돌리기도 하고……. 이상하게 생각한 제이가 진진에게 물었다.

"너 치질 걸렸니? 왜 그렇게 궁둥이는 들썩거려?"

"응~ 죽순의 막힌 기운을 풀어주는 춤이야. 니들도 춰봐."

어느새 메이가 조그만 엉덩이를 씰룩거리며 진진의 춤을 따라하고 있었다. 제이도 나이트클럽 죽돌이들과 어울리던 생각을 떠올리며 몸을 들썩거렸다. 진진은 제이가 강제로 떠안긴 비닐 우산을 쫙 펴서 하늘로 들어 올렸다. 놀라운 일이었다. 죽순이 꿈틀대며 줄기를 밀어 올렸다. 진진은 힘이 드는지 얼굴에서 식은땀을 삐질삐질 흘렸다. 우산으로 하늘을 찌를 때마다 대나무가 쑥쑥 자랐다. 순식간에 제이의 키를 넘은 대나무는 미사일처럼 하늘로 솟구치기 시작했다. 걷잡을 수 없이 자라난 대나무는 판잣집 마당을 가득 메우고 하늘을 가렸다.

"우와! 졸라 크다!"

"대나뮤, 대나뮤 크다."

제이와 메이는 손을 맞잡고 덩실덩실 춤을 추었다. 진진은 이마의 땀을 닦으며 제이에게 말했다.

"웅~ 아이구 힘들어라. 난 바람 좀 쐬러 가야겠다. 밤이 늦었으니 꼬마들은 그만 자라. 나와라, 주작!"

엄청난 바람이 일더니 대나무 잎들이 팔랑거리며 떨어졌다. 주위가 어두워지자 이상하게 여긴 제이는 하늘을 올려다보았다. 거대한 날개가 하늘을 뒤덮고 있었다.

"우와아! 졸라 큰 새다!"

"씨방새다."

주작을 본 두 자매가 거의 동시에 소리쳤다. 진진은 비닐 우산을 접고는 주작의 발톱 위에 올라섰다. 제이는 그 틈을 놓치지 않고 달려가 점프했다. 진진의 가슴패기에 점프해서 안긴 제이는 털을 꼭 붙들었다. 메이도 언니를 따라 폴짝 뛰어 진진의 가슴 털을 붙들었다. 진진은 눈물을 찔끔거렸다.

"웅… 아파라. 털 뽑히겠네……."

"엄살 부리지 말고 빨리 날아봐! 아, 졸라 흥분된다!"

"웅… 날자, 주작……."

주작이 날개를 몇 번 펄럭이자 단숨에 수백 미터를 솟구쳐 올랐다. 판잣집이 손톱보다 작아지고 해안선이 한눈에 들어왔다.

"야호오~ 신난다~"

"이야~ 이야~"

제이와 메이가 있는 대로 소리를 질러 진진이는 귀가 따가웠다. 제이는 기분 최고였다. 발 아래 펼쳐진 넓은 바다와 귓가를 스치는 바람이 신산하기만 했던 11년 인생의 스트레스를 단번에 날려 버렸다. 주작이 보다 낮게 활공하기 시작했다. 바다 위에 점점이 떠 있는 고깃배들의 옆을 스치듯이 지나갔지만 어부들의 눈에는 주작이 보이지 않는지 묵묵히 일을 계속했다. 그들에게는 다만 모자를 날려 버리는 강한 바람이 느껴질 뿐이었다. 제이는 가슴이 탁 트이는 느낌이었다. 수평선을 향해 있는 힘껏 소리를 내질렀다.

"우린 바람났어—"

메이도 재밌는지 언니를 따라했다.

"바람나쪄—"

갑판 위에서 그물을 끌어 올리던 한 어부가 고개를 갸웃거리며 동료에게 물었다.

"자네 지금 무슨 소리 못 들었는가?"

"무신 소리?"

"누가 우리 마누라보구선 바람났다고 하는디?"

"이 사람아, 자네 예편네 집 나간 지가 언제인디 아직도 미련을 갖고 그랴. 어여 일이나 혀."

"거참… 내가 잘못 들었는감……."

두 자매를 가슴패기에 매달고 다니는 진진은 아파서 죽을 지경이었다.

"웅~ 얘들아, 가슴 털 좀 그만 잡아당겨. 눈물난다."

제이와 메이는 진진의 하소연을 듣는 둥 마는 둥 하며 계속 소리를 지르고 있었다. 진진은 통증을 견딜 수 없어 주작에게 땅으로 내려갈 것을 명령했다. 주작이 서서히 날개를 접었다.

눈을 뜬 제이는 그것이 꿈이었나 싶었다. 팬더와 함께 큰 새에 올라탄 기억은 있는데 땅에 내린 기억은 없었다. 깨어보니 자신의 나무 침대 위였다. 메이는 새근새근 곤히 잠들어 있고 마당을 뒤덮었던 거대한 대나무도 사라졌다. 제이는 동생을 흔들어 깨웠다.

"메이, 일어나 봐! 어제 이상한 꿈 안 꿨어? 새 타고 날아다니는 꿈 안 꿨니?"

메이는 칭얼거리며 일어나 졸린 눈을 비볐다.

"응, 나도 꿨쩌. 씨방새 타는 꿈."

"그렇지? 너도 그랬지? 근데 대나무가 어디로 갔지? 우리가 진진이랑 크게 자라게 한 대나무."

"대냐뮤, 대냐뮤 엄쩌?"

자매는 마당으로 뽀르르 달려나왔다. 마당을 다 차지하고 가지로 지붕을 덮었던 대나무는 사라지고 없었다.

"역시 꿈이었나……?"

제이는 가래를 카악 게워내어 죽순에 뱉어주려다 다시 꿀꺽 삼켰다. 놀라운 일이었다. 죽순이 십여 센티가량 자라 있었던 것이다. 파릇파릇한 것이 생기가 돌아 보였다. 제이와 메이는 손을 맞잡고 밝게 웃었다.

"와아, 꿈이 아니었다. 꿈이 아니었어. 우리가 해낸 거야. 해냈어!"

"해냈쩌. 해냈쩌."

죽순이 밝게 웃고 있는 것처럼 보였다. 자매는 어젯밤 진진이가 가르쳐 준 춤을 추기 시작했다. 대나무가 더 빨리 자라도록 도와주고 싶었다. 엉덩이를 뒤로 빼고 덩실덩실 움직였다. 다리도 들썩들썩거렸다. 자매의 입가에는 미소가 가득했다. 마당에서 담배를 빨던 아빠는 딸들이 춤 추는 모습을 보고 얼굴이 험상궂게 변했다. 당장 몽둥이를 들고 쫓아와 제이와 메이에게 소리쳤다.

"니들 캬바레 춤 어디서 배웠어! 이년들이 벌써부터 발랑 까져 가지고……."

제이는 머쓱해져서 동생의 손을 잡고 집 안으로 들어가 버렸다. 아빠는 죽순 위에 담뱃재를 떨구며 한숨을 내쉬었다. 어젯밤 캬바레에서의 불쾌한 기억이 떠올랐기 때문이다.

"에이 씨, 요즘은 왜 이리 작업 들어가기가 힘들꼬. 조만간 한 마리 건져야 되는데……."

그는 자신이 뿜어내는 담배 연기 속에서 웃음을 흘리는 유한 마담들을 떠올렸다. 그는 전의를 가다듬고 머리에 침을 발랐다. 오늘은 꼭 한 년 후려야지.

아빠는 오늘 밤도 들어오지 않았다. 아마 내일 아침이면 부시시한 얼굴을 내밀며 도롱뇽 눈알 사탕이나 모기 샤베트 같은 불량식품을 메이에게 안겨줄 것이다. 그는 요즘 돈이 풍족해지고 입성이 깔끔해졌다. 누군가 돈을 대주고 주변을 챙겨주고 있는 것이다. 제이는 싸늘한 표정으로 중얼거렸다.

"꼰대, 또 바람난 게 틀림없어."

"응? 언니야, 아빠 또 바람나쩌?"

"그래, 니네 아빠 또 여자 생겼다."

"힝……."

메이는 울먹울먹하더니 급기야 와앙 하고 울음을 터뜨리고 말았다.

"우왕~ 아빠 미워~ 엄마한테 이를 거야~ 이를 거야~"

"시끄러! 뚝! 네가 엄마한테 이르면 아빠가 너 가만 놔둘 것 같애?"

"아아아앙~ 그래도 이를 거야~"

"바보! 그런다고 아빠가 돌아올 것 같니?"

"이를 거야."

"이 바보!"

제이는 동생을 내버려 두고 집을 나와 버렸다. 보채거나 떼를 쓸 때는 혼자 집에 놔두고 학교에 가버리면 그만이다. 돌아와 보면 동생은 풀어져서 혼자 놀고 있거나 잠자고 있곤 했다.

하지만 오늘은 왠지 기분이 좋지 않았다. 오랜만에 학교에 나가니 친구들이 모두 낯설었다. 그녀는 말없이 책상 앞에 앉았다. 잠시 후 반장이 들어오더니 손에 명단을 들고 한 사람씩 호명하기 시작했다. 지각하거나 땡땡이 쳤던 아이들은 모두 복도에 불려 나가 일렬로 섰다. 담임 선생님은 한 사람씩 괴상한 심문을 시작했다. 손에는 두터운 출석부가 들려 있다. 무식하게 애들 패기로 유명한 사람이다. 가장 먼저 걸린 아이는 문제아들 중 하나인 미유였다.

"니… 아부지 뭐 하시노?"

"고기 잡는데예."

"오… 어부라꼬?"

"예."

"니는 아부지 고기 잡아 번 돈으로 공부는 안 하고 햇짓하고 다니나!"

출석부가 사정없이 얼굴과 머리통에 날아들었다. 미유는 비틀거리며 바닥에 주저앉았다. 담임 선생님은 눈알을 들개처럼 굴리다가 제이를 발견하고는 뚜벅뚜벅 걸어왔다.

"니 오랜만이네. 내는 니가 전학 간 줄 알았데이."

"……."

“봐라, 가스나야, 니 아부지는 뭐 하시노?”

“제빕니다.”

“머라? 제비? 다시 한 번 말해 바라. 뭐 하신다꼬?”

“우리 아부진 제빕니다.”

“이 썩을 놈의 가시나가! 지금 장난하나!”

출석부가 제이의 머리를 강타했다. 어찌나 세게 내려쳤는지 목뼈가 시큰거렸다. 출석부는 다시 안면으로 날아들었다. 코에서 붉은 피가 주르르 흘렀다. 제이는 세 번째 날아오는 출석부를 손으로 막았다. 그리고는 담임 선생님을 밀쳐 냈다.

“우리 아빠 제비라는데 당신이 보태준 거 있어! 두고 봐! 우리 꼰대가 당신 마누라도 꼬여낼 테니까!”

제이는 바락 소리를 지르고 복도를 뛰어갔다. 담임 선생님은 멍하니 제이의 뛰어가는 뒷모습을 바라만 보았다. 맨 처음 얻어맞았던 미유가 빈정거리며 말했다.

“샌님요, 지금 큰 실수하셨심더.”

“실수? 내가 머?”

“저 가스나 아부지 제비 맞심더.”

“머라꼬? 증말이가?”

“그렇심더. 그리고 저 가스나가 우리 반 짱임더.”

“짱? 그걸 니가 우예 아는데?”

“제가 부짱임더.”

담임 선생님은 마른침을 삼켰다. 손에 든 출석부가 후들거렸다.

제이는 그 길로 집을 향해 내달렸다. 자꾸 동생 일이 걱정돼서 학교에 있을 수가 없었다. 감정이 불안할 때는 언제나 사고 치기 일쑤인 메이였다. 뛰면서 눈물이 눈가로 흩어졌다. 미운 꼰대… 불쌍한 엄마… 바보 같은 메이……. 읍내 마차 정류장까지 단숨에 뛰어온 메이는 마침 손님을 태우려는 마차의 마부에게 소리쳤다.

"해변 판잣집 따블!"

"오케이! 어서 타라!"

마부는 마차에 오르던 부인을 발로 뻥 차서 넘어뜨리고 제이에게 문을 열어주었다. 제이는 넘어진 부인의 등짝을 밟고 올라서서 마차 칸에 폴짝 올라탔다. 문을 탁 닫자 마차는 금세 달리기 시작했다. 마부의 가혹한 채찍질이 멈추지 않았다. 단숨에 판잣집에 다다른 제이는 동생의 이름을 부르며 집 안으로 들어갔다.

"메이! 어디 있니! 메이!"

불안한 예감은 언제나 적중하기 마련이다. 동생의 모습이 보이지 않았다. 집 안에도, 혼자서 놀곤 하던 앞마당에도, 가까운 텃밭이나 화단에도 없었다. 제이는 집 주변을 뛰어다니며 동생을 불렀지만 그 어떤 대답도 돌아오지 않았다.

"메이! 제발 대답 좀 해봐! 이 바보야! 바보야! 흑흑……."

제이는 주저앉아 흐느끼다가 문득 동생을 발견했던 장소가 생각났다. 숲 근처에는 커다란 대나무가 있었는데 그 안에서 메이는 잠들어 있었다. 동생이 진진을 처음 보았다는 장소다. 그녀의 발걸음이 빨라지고 있었다. 숨을 할딱거리며 달려온 제이 앞에 거대한 대나무는 모습을 드러냈다. 역시 이곳에 있었다. 마당에서 자라났던 거대한 대나무는 허깨비였지만 진진이가 자고 있었다는 대나무는 실재했다. 나무 둥치 안에 작은 구멍도 그대로 있었다. 제이는 구멍을 향해 몸을 던졌다. 구멍은 마치 제이를 기다리기라도 했다는 듯이 쑤욱 열리면서 그녀를 받아들여 주었다. 안으로 데굴데굴 구르며 떨어진 제이는 푹신한 쿠션을 느꼈다. 자신이 팬더의 배 위에 올라와 있다는 사실을 깨달은 제이는 진진의 얼굴을 들여다보았다. 진진은 세상 모르고 코를 골며 자고 있었다. 제이는 진진의 커다란 귀를 젖히고 소리를 질렀다.

"진진! 일어나 봐! 메이가 없어졌어!"

진진은 한쪽 눈을 뜨고 제이를 확인하더니 이내 다시 눈을 감았다. 드르릉거리는 숨소리는 멈추지 않았다. 엄청나게 게으른 놈이었다. 제이는 진진의 양쪽 눈꺼풀을 강제로 들어 올리며 바락바락 소리쳤다.

"이 뚱땡이 팬더야! 내 동생을 찾아줘! 메이가 행방불명이야!"

그제야 팬더는 느릿느릿한 목소리로 대답했다.

"웅… 이 진진님은 잠의 화신이야. 내가 잠들면 신선조차 깨우지 않는 법이야. 제발 시끄럽게 하지 말고 나가줘. 네 동생은 잘 있을 거야."

제이는 말로 해서 통할 일이 아니라는 걸 깨달았다. 주머니를 뒤적뒤적하더니 조그만 집게를 꺼냈다. 눈썹이나 다리의 털을 뽑는 미용 기구였다.

"꾸에에엑~"

진진은 엄청난 고통을 못 이겨 잠에서 깨어났다. 주둥이가 얼얼한 것이 침이라도 맞은 것 같았다. 눈앞에서는 제이가 집게를 벌렸다 오므리며 간특한 얼굴로 말했다.

"내 동생을 찾아주지 않으면 네 수염을 몽땅 뽑아버릴 거야."

"꾸에엑… 뭐 이런 극성맞은 계집아이가 다 있지. 알았다, 알았어. 찾아줄게."

진진은 궁둥이를 툭툭 털고 일어섰다. 팬더가 머리를 들이밀자 대나무 둥치의 구멍은 커다란 몸이 통과할 수 있을 만큼 한껏 벌어졌다. 밖으로 빠져나온 진진은 발톱을 세우고 대나무를 기어오르기 시작했다. 제이는 팬더의 등짝에 폴짝 올라타고 귀를 단단히 붙잡았다.

"웅~ 아프다~ 귀는 잡아당기지 말아줘~"

"그럼 어디를 잡으란 말이야!"

대나무 꼭대기까지 올라오자 꽤 높았다. 제이는 아찔해서 밑을 내려다보지 않으려 했다. 진진은 가슴 깊이 숨을 들이쉬더니 어마어마하게 큰 목소리로 무언가를 불렀다.

"꾸에에에에에에엑—"

엄청난 바람이 입에서 쏟아져 나왔다. 제이는 그 바람에 휩쓸려 가지 않도록 팬더의 귀를 꼬옥 붙잡았다. 저 멀리서 무언가 산등성이를 넘어서 맹렬하게 달려오고 있었다. 커다란 짐승이었다. 아니, 일전에 동생과 함께 목격했던 호랑이 버스였다. 버스는 포효하며 달려오고 있는 중이었다.

"야우우우우웅—"

날렵하게 대나무 가지에 정차한 호랑이 버스. 털은 여전히 하얗고 이뻤다. 제이는 탄성을 내질렀다.

"와아— 호랑이 차다!"

"웅… 백호 버스라니깐……."

"맞다. 슬램덩크의 그 멋쟁이 거!"

"강백호가 아니라니까. 어서 타."

백호의 몸에 네모난 구멍이 열리면서 손님을 기다렸다. 백호의 머리 위에 있는 행선지에는 '메이' 라는 글자가 들어왔다. 진진과 제이는 버스 안에 몸을 집어넣었다. 안에는 물렁물렁하고 털로 덮인 좌석이 있었다. 백호가 달리기 시작했다. 놀라운 속도였다. 단숨에 해안가에서 벗어나 산속 나무 위를 나는 듯이 달려갔다. 산속에 있는 조그만 사당 앞 나무 위에서 멈춘 백호는 아래를 쳐다봤다. 사당 앞에 서 있는 조그만 아이는 기괴한 동물을 보고 눈을 껌뻑였다. 창문 밖을 내다본 제이는 동생을 발견하고 소리를 질렀다.

"메이!"

언니를 알아본 메이도 울음을 터뜨렸다.

"언니야!"

"메이!"

"언니! 우와아아아앙~"

제이는 진진을 붙잡고 나무에서 내려온 뒤에 달려오는 동생을 끌어안았다. 메이는 언니의 품 안에서 마음껏 눈물을 뿌렸다. 제이도 눈물이 그렁그렁해서는 동생의 뺨을 소매로 닦아주었다.

"이 바보… 아빠 바람피운다고 엄마한테 이르려고 했지?"

"응, 아빠 미워."

"바보같이……. 근데 이 옥수수는 뭐지?"

메이의 손에는 껍질도 벗기지 않은 노란 옥수수가 들려 있었다. 제이는 빙그레 웃으며 동생에게 물었다.

"메이, 이거 엄마 주려고 땄니?"

"응."

메이는 고개를 끄덕였다. 제이는 백호 버스를 향해 외쳤다.

"호랑이 차야! 우릴 엄마에게 데려다 줘!"

"야우우우웅—"

백호 버스는 고양이 울음소리를 내며 머리 위의 행선지를 바꿨다. 행선지 표시기는 찰칵찰칵 돌아가더니 '메이 엄마'라는 표지를 달았다. 진진과 제이, 메이는 차례대로 백호 버스에 올랐다. 백호가 바람처럼 내달렸다. 산을 뛰어넘고 읍내를 지나 밀밭을 가로질렀다. 저녁 무렵이 되어 백호 버스는 메이의 엄마가 살고 있는 광산 마을에 다다를 수 있었다. 엄마가 운영하는 여인숙은 마을 광장에 위치하고 있었다. 제이는 동생을 버스에서 내려주며 당부했다.

"메이, 엄마가 우릴 보면 안 돼. 엄마가 잘 있는지 보고 그 옥수수만 전해주고 와야 돼. 알았지?"

"응."

메이는 고개를 끄덕이고는 여인숙을 향해 뽈뽈거리며 달려갔다.

백호 버스를 타고 다시 해변 판잣집으로 돌아온 두 자매는 무척이나 피곤해서 금세 잠이 들었다. 아빠도 없었고 밤은 쓸쓸했지만 서로 꼬옥 끌어안고 잠든 제이와 메이의 얼굴에는 행복한 미소가 떠올랐다. 엄마가 무사히 잘 계시는 모습을 보았기 때문이다.

"얘들아, 일어나라!"

자매는 문을 두드리는 익숙한 목소리에 눈을 번쩍 떴다.

"엄마 목소리다!"

"엄마닷!"

제이와 메이는 거의 동시에 출입문으로 달려갔다. 문을 열어젖히자 기골이 장대하고 풍만한 몸매를 가진 아낙네가 서 있었다.

"엄마!"

메이가 먼저 엄마 품에 달려들었다.

"오, 그래, 잘 있었니, 내 새끼……."

엄마는 눈시울이 붉어졌지만 작은딸을 안아줄 수가 없었다. 오른손으로는 무쇠로 만든 프라이팬을 들고 있었고 왼손으로는 그 프라이팬에 얻어맞아 만신창이가 된 아빠의 멱살을 쥐고 있었기 때문이다. 그녀는 딸들을 정겹게 바라보다가 남편을 향해 매서운 일침을 가했다.

"인간아! 또 한 번 집 나가서 바람피우면 그땐 아주 끝인 줄 알아!"

"끄엑……. 그래, 제발 이혼해 주라… 제발……."

"시끄러! 누구 좋으라고 이혼을 해줘? 절대 못 놔줘!"

"끄에엑, 뭐 이랬다 저랬다 하냐."

"끝이라고! 맞아 디질 줄 알라고!"

엄마는 한동안 무서운 얼굴로 욕을 퍼붓다가 제이와 메이를 보고는 부드러운 표정으로 돌아왔다.

"잘들 있었지? 많이 야위었네."

엄마는 딸들의 머리를 쓰다듬다가 뭔가 생각났는지 품에서 옥수수를 하나 꺼냈다.

"이거 메이가 보낸 거지? 메이 글씨 보고 알았다."

"응, 내가 보내쪄."

"후후… 고맙다, 메이."

그녀는 옥수수 껍질에 새겨진 글자를 보고 씨익 웃었다.

아빠 바람나쪄.

오랜만에 다시 합쳐진 네 가족은 행복한 스위트 홈을 향해서 출발했다. 엄마는 튼튼한 팔로 메이를 안아 올렸고, 한 손에는 남편을 새끼줄에 엮어서 끌고 갔다. 제이는 엄마의 치마를 바짝 끌어당기며 옆에 붙어서 걸었다. 제이는 말없이 걷다가 엄마의 얼굴을 올려다보며 속삭였다.

"엄마, 사랑해……."

"원 녀석두……."

두 모녀 간의 눈짓에는 서로에 대한 애정과 함께 다시는 아빠의 바람기를 용서하지 않겠다는 다짐이 들어 있었다. 한편 진진은 대나무 꼭대기 위에 서서 판잣집을 떠나는 제이네 가족들을 보고 안도의 한숨을 내쉬었다. 그동안 극성스러운 자매들에게 시달렸던 생각을 하니 등 뒤로 식은땀이 흘렀다.

"아… 정말 무서운 아이들이야……."

마음씨 좋고 재주 많은 팬더와 불행한 엽기 자매의 아름다운 만남은 이렇게 막을 내렸다.

제8장

방앗간 습격 사건

방앗간은 한적하고 그림 같은 풍경 속에 자리 잡고 있었다. 앞으로는 바닥이 훤히 들여다보이는 깨끗한 냇물이 흐르고 뒤로는 완만한 경사의 초록빛 풀밭 언덕이 펼쳐졌다. 인적 없이 벌레 우는 소리만 들리는 가운데 물레방아가 규칙적으로 쿵쿵 소리를 내며 곡식을 빻고 있었다. 그때 이 한적하고 평화로운 방앗간을 향해 각목을 들고 달려드는 세 명의 무법자들이 있었다.

"아우~ 열받아!"

"다 때려 부숴!"

"에라이~ 모르겠다!"

그들을 진두지휘하는 자는 커다란 머리에 짧은 목을 가지고 엄청난 괴력을 휘두르는 열혈청년 추봉근. 그리고 뒤를 따르며 앙칼지게 소리를 지르는 여성은 봉근의 아내 제인. 두 사람의 치기에 휩쓸려 엉겁결에 각목을 휘두르는 노인은 봉근의 장인이자 제인의 부친인 토마스 마치 씨다. 밀가루 포대를 나르던 방앗간 아르바이트생 건빵 군은 그들을 보고 놀라 주춤거렸다. 물레방아를 지켜보던 아르바이트생 샌님 군과 깔치 양도 겁에 질렸다. 봉근은 씨익 웃더니 목에 핏대를 세우며 외쳤다.

"다 때려 부숴!"

그의 말이 끝나기도 전에 제인이 방앗간 입간판을 발로 차 넘어뜨렸다. '영규네 물레방아' 라는 글자 위로 각목을 사정없이 내려쳤다. 토마스 씨는 물레방아 옆에 있는 사무용 책상을 파손했다. 봉근은 애꿎은 기둥에다 박치기를 해댔다. 기둥은 꿈쩍도 하지 않았지만 봉근이 머리를 박을 때마다 물레방앗간 전체가 진동하며 허연 먼지가 떨어졌다. 밀을 빻으러 왔던 농부 한 명이 겁에 질려 달아났다. 방앗간 주인 영규는 현금 인출기에서 지폐를 한 뭉텅이 집어서 추봉근에게 내밀었다.

"이, 이거 다 줄 테니 방앗간 부수지만 말어. 어?"

봉근은 현금을 받아 들더니 제인과 토마스 씨에게 말했다.

"그만 가자!"

난장판이 된 방앗간을 빠져나가는 세 사람.

세 사람이 시냇가 물레방앗간을 턴 지 일주일이 지났다. 그들은 모두 각목을 든 채 시냇물 건너편의 방앗간을 노려보고 있었다.

봉근: 준비됐지?

일동: 응.

봉근: 가자!

봉근과 제인, 토마스 씨는 머리 위로 각목을 휘두르며 달려갔다.

〈질문〉 그들은 왜 방앗간을 터는가?

진진을 집에 남겨두고 장거리 여행을 떠났던 봉근 가족. 처음에는 새롭고 신기한 풍경에 즐거워하던 그들이었지만 시간이 흐름에 따라 여독(旅毒)이 쌓이고 짜증을 내기 시작했다. 다혈질인 봉근과 그에 못지않게 개성이 강한 제인은 툭하면 드잡이를 해댔고 토마스 씨는 그들의 싸움을 말리기에 바빴다. 세밀한 계획없이 무작정 출발한 그들은 여기저기 떠돌던 끝에 여비가 떨어지고 말았다. 돈이 떨어지자 그들의 감정은 급기야 폭발하고 말았는데 그들을 다독거리던 토마스 씨도 어쩔 수 없는 지경에 이르렀다.

"그러게 내가 여행 계획을 좀 더 꼼꼼히 세워보자고 그랬잖아!"

"시끄러! 당신이 쓸데없는 기념품만 사들이지 않았어도 돈이 남아 있을 거라구!"

"왜 내 핑계를 대구 그래!"

"아우~ 열받아! 그럼 어쩌자는 거야!"

"몰라! 저기 방앗간이라도 털어서 돈을 마련해야 될 거 아냐!"

"방앗간?"

다투던 중 엉겁결에 튀어나온 말이었지만 세 사람의 얼굴에는 묘한 공감의 표정이 떠올랐다.

〈대답〉 여행하다 돈 떨어져서.

물레방앗간 사장 영규는 각목을 들고 방앗간에 들어오는 봉근을 보더니 경악했다.

"왔던 델 또 오다니……. 너, 간덩이가 부었구나."

"돈 어딨어!"

"이런 꼴통……. 너 같으면 한번 당하고 현금을 놔두겠냐? 우리 마누라가 읍내 금고에다 맡기려고 다 들고 나갔어."

"뻥끼 쓰면 죽어!"

영규는 봉근의 험악한 얼굴에 마른침을 삼켰다. 강도로 돌변한 세 여행자에게 장악당한 물레방앗간에는 팽팽한 긴장감이 흘렀다. 그 긴장된 정적을 깨는 목소리.

"어이, 아무도 없수?"

놀란 제인이 각목을 뒤로 숨기며 창문 밖으로 머리를 내밀었다. 벙거지 모자를 쓴 남자가 노새를 방앗간 앞에 매어두는 중이었다. 봉근이 제인의 옆으로 머리를 들이밀며 물었다.

"뭐야, 저거?"

"야, 설마 짭새는 아니겠지?"

"짭새는 저런 좆만한 말 안 타."

"저게 말이냐? 노새지."

벙거지 모자의 남자는 방앗간 밖으로 나오는 봉근을 보자 불쾌한 얼굴로 다시 소리쳤다.

"불렀는데 왜 이제야 기어나와? 노새 몰구 다닌다구 우습게 보는 거 아냐? 어?"

"무슨 일이슈?"

"뭐… 무슨 일? 허, 자식! 야, 방앗간에 곡식 빻으러 왔지 뭐 하러 왔겠어!"

남자는 노새 등에 실려 있는 밀 포대를 가리켰다. 봉근은 양 어깨에 밀 포대를 둘러메고 남자에게 말했다.

"여기서 기다려!"

"자식, 말끝마다 반말이네. 손님한테."

밀 포대를 메고 방앗간 안으로 돌아온 봉근은 무릎 꿇고 앉아 있는 아르바이트생 샌님 앞에 섰다.

"너, 어서 물레방아 돌려! 그리고 이거 빻아놔!"

"네……."

샌님은 두말 않고 봉근이 시키는 대로 움직였다. 봉근은 다시 각목을 집어 들고 사장과 아르바이트생들을 감시하다가 깔치에게 눈을 돌렸다. 예쁘장한 얼굴에 날씬한 몸매가 한때 유흥가에서 뛰었던 아가씨다웠다. 봉근은 커다란 입에서 침을 주르륵 흘리며 말했다.

"너… 되게 이쁘다. 이름이 뭐냐?"

봉근이 깔치에게 추파를 던지자 건빵이 놀라서 그녀의 앞을 가로막았다.

"얘는 안 돼요."

"왜 안 돼?"

"아저씨, 이런 날나리 따먹으면 병 걸려요."

"뭐야? 이 건방진……. 우악!"

봉근은 머리통을 부여잡고 쓰러졌다. 이마에서 붉은 피가 흘러내렸다. 제인은 피 묻은 각목을 든 채 씩씩대고 있었다.

"인간아! 지금 여기가 어디라고 껄떡대고 있어, 껄떡대긴!"

"아우~ 되게 아프네. 왜 때려!"

"더 맞아볼래?"

부부 간의 상잔이 벌어지려는 찰나 건빵이 이들을 떼어놓았다.

"아줌마 아저씨, 왜들 이러세요. 성경 말씀에 부부 싸움은 칼로 떡 베기라고 했어요. 두 분 다 참으세요."

"얌마! 성경에 그런 얘기가 어딨어! 어디서 구라 치고 있어!"

"암튼 참으세요. 석가모니께서 아내는 가장 소중한 사람이니 카드 빚 졌다고 내치지 말라고 했어요."

"뭔 헛소리를 하고 자빠졌냐! 너 죽어볼래!"

"두 분이 화해하시라는 말씀이에요. 김구 선생께서 내 소원은 첫째도 이혼이요, 둘째도 이혼이요, 셋째도 이혼이라고 했어요."

"야, 알바생, 넌 빠져!"

"제발 참으세요. 예수께서 결혼한 자가 부자가 되기는 낙타가 바늘 귀에 들어가는 것보다 어렵다고 하셨어요. 시인 유하는 결혼은 미친 짓이라고 말했대요. 엄정화는 옥탑 방에 애인을 숨겨놨대요."

봉근은 각목으로 얻어맞은 머리통이 욱신거려 뒤로 물러나고 제인은 횡설수설하는 건빵의 턱을 들어 올리며 시선을 맞췄다. 제인의 얼굴에 야릇한 미소가 떠올랐다.

"너… 몇 살이니? 제법 귀여운데……."

앉아서 울고 있던 깔치가 발딱 일어나더니 건빵의 앞을 가로막았다.

"언니, 얘 맘에 들어? 그럼 가져. 진짜 별 볼일 없는 놈이야."

깔치의 말에 충격받은 건빵은 비틀거리며 중얼거렸다.

"믿지 못할 자여, 그대 이름은 날라리니라……."

이래저래 심기가 불편한 봉근은 각목으로 탁자를 내려치며 대갈일성했다.

"아우~ 열받아! 모두 대가리 박아!"

놀란 샌님이 가장 먼저 머리를 땅에 박았다. 봉근은 각목을 머리 위로 붕붕 휘두르며 건빵과 깔치를 향해 외쳤다.

"니들은 왜 안 박아! 어서 대가리 박아!"

아르바이트생들이 원산폭격을 받는 동안 사장 영규는 똥 씹은 표정으로 중얼거렸다.

"에이 씨, 읍내 가면 금고도 있고 전당포도 있는데 왜 방앗간을 털구 지랄이야."

딱 하는 소리와 함께 영규는 뒤통수를 붙잡고 앞으로 고꾸라졌다. 사장의 뒤통수를 강타한 각목이 부들부들 떨리고 있었다.

"넌 왜 안 박아?"

"크윽, 난 사장이잖아."

"사장은 대가리 없어? 빨리 박아!"

"나이가 몇인데 내가 대가릴 박구 그래?"

"대가리 박긴 남녀노소가 모두 할 수 있는 운동이야. 어서 박아!"

"저기… 박기 싫은데……."

봉근은 각목으로 자신의 이마를 쾅쾅 때린 뒤에 제인에게 소리쳤다.

"여보! 삽 가져와!"

영규는 강도들이 자신을 파묻으려는 줄 알고 얼굴이 파랗게 질렸다. 봉근은 삽을 영규의 앞에 던지며 명령했다.

"넌 구덩이 파고 거기다 대가리 박아!"

"뭐, 뭐야? 내가 무슨 요가 수행자냐? 머리를 땅에 파묻게!"

"시끄러워! 어서 땅 파고 대가리 박아!"

잠시 후 영규는 땅속에 머리를 파묻고 궁둥이를 치켜든 우스꽝스러운 모습이 되었다. 아르바이트생들이 즐거운 얼굴로 잡담을 나눴다.

"아이, 꼬숩다. 그동안 우릴 그렇게 갈구더니."

"그러게 말야. 돈두 얼마 안 주면서……."

영규는 땅속에서 절규하듯 봉근에게 사정했다.

"야, 제발 좀 봐주라. 나 숨이 막혀. 숨을 못 쉬겠어. 그냥 땅 위에다 대가리 박으면 안 될까?"

"시끄러! 넌 항문으로 숨 쉬어!"

"뭐, 뭐야? 이 무식한 놈아, 내가 진짜 무슨 요가하는 사람인 줄 알아!"

"시끄러! 여기로 숨 쉬어!"

딱 하고 영규의 궁둥이를 각목으로 패는 봉근. 건빵과 깔치는 배를 잡고 웃었다. 밀가루가 다 빻아지자 봉근은 샌님을 일으켜 돈을 받아오게 했다. 벙거지의 남자는 밀가루 포대를 노새 잔등에 싣더니 서비스가 개판이라고 투덜거리며 사라졌다. 봉근은 손바닥 위에서 짤랑거리는 은전을 바라보며 기분 좋게 웃었다.

"할 수 없다! 여행 경비가 마련될 때까지 여기서 죽친다!"

놀란 영규가 흙 묻은 얼굴로 벌떡 일어섰다.

"아이, 그러지 말고 집에 가라. 응? 저기 읍내 가면 돈 쌓아둔 가게가 한둘이 아냐. 왜 하필 물레방앗간에 와서 이 난리야. 신고 안 할 테니 그만 가. 배도 안 고프니?"

봉근은 한쪽 손으로 배를 쓰다듬었다.

"그러고 보니 출출한데? 야, 사장! 먹을 거 내놔!"

"거참, 꼴통이네. 방앗간에 먹을 게 어디 있어. 다 시켜 먹는 거지."

"그럼 배달시켜!"

영규는 입을 삐죽거리며 방앗간 한쪽 벽에 매달린 새집으로 다가갔다. 나무로 만든 새집에는 전령사 비둘기가 들어 있었다. 주문 전표를 매달아 비둘기를 날려보내는 영규.

"먹을 거 시켰으니 좀 기다려."

"그건 그렇고, 너 왜 대가리 안 박아!"

영규는 궁시렁거리며 머리를 구덩이 속에 집어넣었다. 토마스 씨는 방앗간 내부를 둘러보다가 무언가를 발견했는지 냉큼 딸에게 달려왔다.

"얘야, 저기 짚더미 속에 뭔가 살아 있는 게 있구나."

"짚더미? 혹시 개나 고양이 아니에요?"

"글쎄, 사람 같은데? 소근거리는 소리가 들려."

"엥? 설마요?"

제인은 부친이 가리키는 장소로 걸어갔다. 그의 말대로 짚더미가 들썩거리는 게 무언가 숨어 있는 게 분명했다. 그녀는 각목을 짚더미 속에 찔러넣었다.

"누구냐! 어서 나와!"

짚더미 속에서 나온 자들은 한 쌍의 젊은 남녀였다. 얼굴에 지푸라기를 묻히고 있는 남자와 여자는 서로를 끌어안고 겁먹은 표정을 짓고 있었다. 여자는 가슴께가 풀어헤쳐져 있고 남자는 흘러내리는 바지를 끌어 올렸다. 제인이 각목을 집고 물었다.

"니들은 또 뭐야!"

"저희들은… 요… 아랫마을에 사는 처녀 총각인데요."

"여기서 뭐 하는 거야! 니들 무슨 사이야!"

"애, 애인인데요."

"애인?"

제인은 봉근에게 소리쳤다.

"여보,이리 와서 이 년놈들 하는 소리 좀 들어봐요!"

자초지종을 듣고 난 봉근은 화가 머리끝까지 나서 각목을 붕붕 휘둘렀다.

"아우~ 씨~ 여기가 방앗간이야, 여관이야! 니들도 대가리 박아!"

달콤한 밀애를 나누려다 졸지에 원산폭격을 받게 된 청춘남녀. 봉근은 얼굴이 벌겋게 달아올라 방앗간이 떠나가라 소리쳤다.

"아우~ 열받아! 여기 숨어 있는 년놈들 있으면 모두 나와서 대가리 박아! 숨어 있다 들키면 각목으로 엉덩이 백 대씩 맞을 줄 알아!"

봉근의 불호령이 떨어지자 놀랍게도 방앗간 곳곳에서 커플들이 슬금슬금 기어나왔다. 어둠침침한 탁자 밑에서, 쿵덕거리는 방아 뒤에서, 푹신한 짚 무더기 속에서 그들은 숨죽이고 사태를 지켜봤던 것이다. 부끄러움에 얼굴이 달아오른 커플들은 고개를 숙이고 봉근의 처분을 기다렸다. 봉근은 각목을 짚은 채 그들에게 명했다.

"대가리 안 박고 뭐 해! 전부 박아!"

그들이 모두 머리를 박은 채 궁둥이를 쳐들고 낑낑대자 봉근이 말했다.

"버티면 산다. 쓰러지면 죽는다!"

봉근은 눈을 부라리며 영규의 머리끄덩이를 잡았다.

"야, 방앗간 주인! 이게 어찌 된 거야! 여기가 방앗간이냐, 여관이냐? 설명해 봐!"

영규는 쩔쩔매면서 궁색한 변명을 늘어놓았다.

"저어… 물레방앗간은 예로부터 남녀상열지사(男女相悅之詞)의 주요 무대로 등장하고 지금도 허락받지 못한 사랑을 감행하는 청춘남녀들과 불륜을 저지르는 성인들의 밀애 장소로 애용되고 있거든요. 우리 영규네 물레방아도 토속 애정물의 전통을 이어받고 있을 뿐인데요……."

"시끄러워! 너두 다시 대가리 박아!"

"우씨……."

봉근이 방앗간 떨거지들에게 기합을 주는 동안 제인은 넋 놓고 창문 밖을 바라보고 있었다. 토마스 씨가 그런 딸의 어깨의 손을 얹으며 물었다.

"얘야, 뭘 그리 쳐다보고 있니?"

그녀는 꿈꾸는 듯한 목소리로 대답했다.

"아버지, 저기 보세요. 정말정말 멋진 남자가 백마를 타고 이쪽으로 달려오고 있어요."

그녀의 말대로 방앗간을 향해 달려오는 백마 탄 사내가 눈에 들어왔다. 어깨까지 오는 금발 머리는 파도처럼 흔들리고 봉근보다 두 배 이상 긴 다리는 우아하게 말 옆구리를 걷어찼다. 눈처럼 하얀 백마는 힘차게 대지를 박차며 질주하고 있었는데 주인을 닮아 아름답고 기품이 넘쳐흘렀다. 좀 더 가까이 오자 금발머리 사내의 얼굴이 드러났는데 짙은 눈썹에 에메랄드 빛 눈 색깔이 제인의 가슴을 설레게 했다. 그녀는 땅속에 머리를 파묻고 벌을 서고 있는 영규를 불러와 사내에 대해 물었다.

"도대체 저 멋진 남자는 누구지?"

백마에서 내린 금발의 남자는 오른손에 번쩍이는 은빛 상자를 들고 방앗간으로 다가오는 중이었다. 영규는 시큰둥한 얼굴로 대답했다.

"배고프다며? 읍내에서 온 소시지 배달부야."

금발의 남자는 방앗간 문 앞에서 은빛 상자를 두들기며 소리쳤다.

"사장님, 이거 너무하는 거 아닙니까? 아, 지금 시간이 몇 신데 배달을 시키시구 그러십니까!"

철가방을 든 소시지 배달부는 각목을 들고 걸어나오는 머리 큰 남자와 이쁘장한 아줌마를 보고 고개를 갸웃거렸다.

"어? 니들 언제 바뀌었냐? 건빵이랑 샌님 나가구 대갈통 큰 놈이 들어왔네?"

"야, 넌 그런 건 알 거 없구. 좀 빨리빨리 다녀. 자식이 느려 터져 가지구……."

봉근은 철가방 뚜껑을 열어젖히며 줄줄이 비엔나 소시지를 꺼냈다. 제인은 각목을 땅에다 문지르며 물었다.

"이거 다 얼마야?"

금발사내는 약간 화가 난 표정이었다.

"개나 소나 다 야자야. 니들, 나 철가방이라고 무시하는 거야! 앙!"

"얼마냐구, 이 허우대만 멀쩡한 놈아!"

제인이 성질을 내며 각목으로 철가방 사내의 머리통을 때렸다. 사내는 머리를 감싸며 비명을 질렀다.

"으악! 아파! 이게, 죽을래!"

"야! 외상 달아놓구 어서 꺼져!"

사내는 철가방을 내려놓더니 손가락 관절을 뚜둑 꺾었다.

"야, 니들, 전에 알바하던 애들이 인수인계를 제대로 안 한 모양인데… 애들이 내 성질에 대해 뭐라 안 하디? 아휴, 이걸 그냥 콱!"

사내가 주먹을 휘두르는 순간 제인은 사내의 발을 걸어 넘어뜨렸고 봉근은 줄줄이 비엔나 소시지로 목을 졸랐다. 토마스 씨는 철가방을 뺏어 사내의 머리통을 내려쳤다.

"으캑… 사… 살려줘……."

봉근은 사내의 목에 감긴 소시지를 풀어주고 엉덩이를 걷어찼다.

"백마 타고 어서 꺼져, 이놈아!"

사내는 우그러진 철가방을 들고 절뚝거리며 자신의 애마에게 달려갔다. 그는 말에 올라타고 떠나기 전에 입을 씰룩거리며 말했다.

"니들 여기 꼼짝 말구 있어! 오늘 아주 큰 실수한 거야!"

철가방은 도망치는 주제에 시건방진 으름장을 놓았지만 봉근과 제인은 눈길도 주지 않았다. 철가방이 사라진 뒤 봉근은 방앗간 앞 벤치에 앉아 조용히 회상에 잠겼다. 그의 괴로웠던 학창 시절이 눈앞에 스쳐 지나갔다. 꿈 많고 힘 좋던 시절, 그의 장래 희망은 유명한 축구 선수가 되는 것이었다. 황선홍이나 클린스만처럼 걸출한 스트라이커가 되고 싶었던 봉근. 그는 고교 축구팀에서 땀을 흘리며 열심히 뛰었지만 신체적 결함이 문제였다. 세트 플레이를 중시했던 감독은 코너에서 중앙으로 볼을 띄워 헤딩으로 결정짓는 방식을 좋아했다. 하지만 키가 작고 목이 짧았던 봉근은 번번히 공중에서 볼을 놓쳤다. 키 큰 수비수들에 파묻혀 보이지도 않는 스트라이커에 대한 감독의 불만은 점점 쌓여만 갔다. 게다가 다리가 짧아 볼 콘트롤이 제대로 되지 않았다. 결정적인 기회를 잡고도 짧은 다리로 버벅대다가 넘어지기 일쑤였다. 감독은 결단을 내렸다.

"야, 추봉근! 넌 숏다리에 짧은 목에 키도 작아서 스트라이커는 안 되겠다! 그냥 골키퍼나 해라!"

봉근은 그날로 대형 스트라이커의 꿈을 접었지만 축구 선수가 되고 싶은 열망은 버리지 않았다. 야신이나 사리체프 같은 위대한 수문장이 되는 것도 괜찮다 싶었다. 하지만 꿈은 항상 이루어지지 않았다. 어린 선수들의 등용문인 김몽 배 전국 고교 축구대회. 봉근은 이 중요한 대회의 예선 첫 경기에서 자그마치 아홉 골이나 내주는 만행을 저질렀다. 감독은 대량 실점한 봉근을 불러 그를 방출했다.

"새꺄, 넌 팔이 짧아서 골키퍼도 안 되겠다. 숏 팔에 점프력도 안 되지, 감각도 둔하지, 목도 짧고 잘 안 돌아가서 시야도 좁지, 대가리는 무거워서 꾸벅꾸벅 졸지… 넌 축구는 안 되겠다! 힘은 좋으니까 그냥 역도 선수나 해라!"

"으엑! 역도라구요! 전 역도부는 싫어요! 가뜩이나 짜부라진 몸매가 더 심해지라구요!"

"사람은 자기 적성에 맞는 운동을 해야 되는 거야."

"싫어요! 싫어요! 역도는 싫어요!"

봉근은 옛 기억을 털어버리려는 듯 괴로운 표정으로 머리를 흔들었다. 아쉬움과 원망이 섞인 한숨이 흘러나왔다. 그는 각목을 꽉 움켜쥐고 방앗간으로 돌아갔다. 벽에 걸린 뻐꾸기 시계가 뻐꾹거리며 시간을 알렸다.

"아우~ 열받아! 시끄럽게 왜 뻐꾹거려, 뻐꾹거리긴!"

봉근은 애매한 벽시계를 각목으로 두들겼다. 시계는 바닥에 떨어져 유리 뚜껑이 깨지고 나무 상자가 박살났다. 시계 바늘은 휘어지고 조그만 모형 뻐꾸기가 용수철을 달고 튀어나왔다. 사장 영규가 머리를 쳐들고 투덜댔다.

"아이 씨, 야, 왜 죄없는 벽시계는 두드려 부수고 난리야. 응? 제발 강도짓 그만두고 집에 가라. 엄마, 아빠 안 보고 싶니?"

"우리 부모님은 돌아가셨어! 그리고 너, 이 시계 고쳐 놔!"

"뭐야? 아니, 왜 멀쩡한 시계 박살 내놓고 나보고 고치래? 이걸 어떻게 고쳐? 내가 방앗간 사장이지 시계 수리공인 줄 아냐?"

봉근은 아우 하고 소리를 지르며 각목을 박치기해 부러뜨렸다. 그리고는 섬뜩한 얼굴로 영규를 협박했다.

"무조건 고쳐 놔. 안 그러면 죽어."

"헉, 알았어. 내가 원래 손재주가 많아."

겁이 난 영규는 드라이버를 집어 들고 박살난 뻐꾸기시계를 살펴보았다. 도저히 고칠 것 같지가 않았다. 그는 봉근에게 들리지 않을 정도로 작은 소리로 궁시렁댔다.

"장사 잘되는 가게들 놔두고 왜 하필 우리 방앗간 와서 이 지랄들이야. 에이, 재수없어……."

"투덜대지 말고 어서 고쳐."

"아야!"

딱 하고 영규의 머리를 각목으로 내려친 사람은 봉근의 아내 제인이었다. 그녀는 각목을 어깨에 메고 방앗간의 창가로 걸어갔다. 그녀 역시 봉근처럼 어두운 사춘기를 보낸 성인이었다. 제인의 어릴 적 꿈은 가수였다. 부친 토마스 씨는 제인이 열심히 공부해서 참한 색시가 되기를 바랬지만 그녀는 매일같이 친구들과 노래를 부르러 다녔다. 강렬한 비트의 록 음악을 좋아했던 그녀는 자신이 직접 결성한 밴드의 보컬이었다. '먹든 말든 빵가게' 앞에서 사람들을 모아놓고 노래를 부르던 그녀는 아버지의 출현으로 가수의 꿈을 접게 됐다. 그날도 빵가게 앞에는 그녀의 노래에 매료된 청중들이 구름처럼 모여들었고 빵가게 앞은 쿵쾅거리는 드럼 소리와 터질 듯한 제인의 목소리로 분위기가 최고조에 달해 있었다.

"난난난난~ 자유로워~ 난난난난 자유로워~"

한창 목청을 돋우던 그녀는 갑자기 노래를 멈추고 머쓱한 표정을 지었다. 밴드부원들도 연주를 멈추고 무슨 일인가 두리번거렸다. 웃으면서 뒤통수를 긁고 있는 제인은 청중들 틈에 섞여 있는 그녀의 아버지를 보고 있었다. 그녀가 빵가게 앞에서 노래를 할 줄은 꿈에도 몰랐던 부친이었다. 우연히 길을 가던 중 열창하던 제인을 발견하게 된 토마스 씨. 매우 놀랐지만 이해심 많은 아빠가 되기 위해 화를 꾹꾹 참으면서 딸을 빵가게 안으로 데려왔다.

"노래하느라 배고프지? 먹으면서 해야지."

토마스 씨는 딸에게 엄청나게 큰 햄버거를 사주었다.

"자, 먹어라. 여기서 가장 큰 '빅먹' 버거다."

"잘먹겠습니다~"

그녀는 허겁지겁 햄버거를 베어 물었다. 사실 돈이 없어 점심을 굶어가며 밴드 활동을 하던 그녀였다. 토마스 씨는 빙그레 웃으며 딸에게 물었다.

"그래, 음악이 그렇게 좋으냐?"

제인은 밝게 웃으며 선머슴처럼 씩씩하게 대답했다.

"네!"

하지만 토마스 씨는 그 당시만 해도 이해심이나 참을성이 그렇게 많지 않았다.

"음악이 그렇게 좋다는 녀석이 음악 점수는 왜 26점이냐? 도대체 공부를 하는 거야 마는 거야!"

그는 네모난 플라스틱 쟁반을 들어 제인의 머리통을 탕탕 때렸다. 그녀가 부르던 노래를 개사해 가면서.

"넌넌넌넌 머리 나빠~ 넌넌넌넌 머리 나빠~"

"으왕~ 아빠, 너무해~"

제인은 머리를 가로저으면서 회상에서 깨어났다. 눈앞에는 어린 시절 자신의 꿈을 무참히 짓밟았던 토마스 씨가 노인이 되어 서 있었다. 그는 지금 각목을 들고 머리를 박고 있는 방앗간 사람들을 감시하는 중이다. 그녀는 잠시 부친에 대한 미움이 울컥하고 올라왔으나 이내 마음을 가라앉혔다.

토마스 씨 역시 불행한 청년 시절을 겪었던 사람이다. 어린 나이에 억울한 누명을 쓰고 감옥살이를 해야 했던 토마스. 그녀는 부친이 몇 번이나 들려주었던 쓰라린 과거에 대해 누구보다도 잘 알고 있었다.

소년 토마스는 또래 아이들과는 달리 남다른 취미를 가지고 있었다. 섬세한 미적 감각에 야무진 바느질 솜씨를 가졌던 토마스는 일찌감치 자신의 장래를 결정해 놓은 상태였다. 하지만 그 역시 보수적인 집안 어른들의 반대에 부딪치게 된다.

"뭬야? 속옷 디자이너가 되겠다고? 그래, 사내놈이 고작 여자들 빤스나 만들겠다는 거냐?"

"할아버님, 팬티 디자이너는 안정된 직업이에요. 학교만 졸업하면 취업은 따놓은 당상이죠. '조는 사람들' 이나 'XYC' 같은 회사에 들어가면 먹고 살 걱정은 접어도 돼요."

"헹! 웃기지 마라! 빤스 만들어서 유명해진 예술가 봤냐? 집어치워라!"

얌전하지만 고집이 셌던 토마스는 조부의 반대를 무릅쓰고 속옷 디자인 공부를 계속했는데 뜻밖의 화를 당해 속옷 디자이너의 꿈이 산산히 부서졌다. 토마스는 항상 가방에다 샘플을 가득 담아가지고 다니면서 디자인 연구를 했는데 운 나쁘게도 치안 경비단의 불심검문에 걸리고 말았다. 치안 경비단원들은 토마스의 가방에서 나온 여자 속옷들을 보고 느끼하게 웃었다.

"잠깐 저희들과 같이 가주셔야겠습니다."

"네? 제가 뭘 잘못했다고……."

영문을 모르고 치안 경비소까지 끌려간 토마스는 밤새도록 심문을 받았다.

"흑흑… 전 억울해요. 도대체 제가 무슨 죄가 있다고……."

"넌 신문도 안 보니? 국왕 폐하께서 '변태와의 전쟁'을 선포하셨어. 지금은 속옷 수집광 집중 단속 기간이야. 넌 재수없게 단속 기간 첫날에 걸려든 거야."

"아니에요! 전 속옷 디자인을 공부하는 학생이에요! 전 깔끔해서 남들이 입던 팬티는 안 만져요!"

하지만 치안 경비단에서는 그의 말을 믿어주지 않았다. 그 당시만 해도 남자 속옷 디자이너는 상상도 할 수 없었던 게 사회 분위기였다. 결국 그는 범죄자들이 우글거리는 '삼차원 교육대'라는 곳에 끌려가 혹독한 정신 개조를 받고 일 년간 옥살이를 한 끝에 풀려났다. 그가 교도소에서 풀려 나오는 날 조부는 커다란 두부 한 모를 들고 기다리고 있었다.

"얘야, 이제 빤스는 포기하려무나."

"예, 할아버님."

그는 두부를 말없이 씹으며 눈물을 흘렸다. 토마스는 그 후로 이십여 년간을 노팬티로 지내왔다.

아픈 기억을 떠올리며 길게 담배 연기를 뿜어내던 토마스는 눈을 찡그리며 언덕 쪽을 노려봤다. 갈색 말을 타고 언덕을 내려오는 두 명의 사내가 있었다. 푸른 색 제복을 단정히 받쳐 입고 허리춤에는 큼직한 곤봉을 차고 있었으며 번쩍거리는 긴 가죽 장화를 신고 있었다. 순찰을 돌고 있는 치안 경비단이었다.

"이런, 짭새가 떴네."

토마스 씨는 방앗간으로 뛰어들어 오며 봉근에게 말했다.

"이보게, 사위! 짭새들이야!"

"짭새요?"

치안 경비단이 왔다는 말에 봉근 역시 얼굴이 금세 굳어졌다. 제인이 걱정스러운 표정으로 그에게 물었다.

"여보, 어쩌지요?"

"저 녀석이들이 방앗간에는 웬일이지. 설마 신고받고 온 건 아니겠지. 일단 어떻게 나오는지 두고 보자고."

봉근은 머리를 박고 있던 건빵을 일으켜 세우고는 말고삐를 묶고 있는 경비단에게 다가갔다.

"어쩐 일들이십니까?"

경비단 한 명이 봉근의 질문에 퉁명스럽게 대답했다.

"어쩐 일은 어쩐 일, 방앗간에 밀가루 빻으러 왔지 뭐 하러 왔겠냐?"

그는 말잔등에 실린 포대를 툭툭 치며 씩 웃었다. 봉근은 속으로 배알이 꼴렸지만 꾸욱 참았다. 치안 경비단은 곤봉을 휘두르며 도적 떼를 잡으러 다니는 자칭 '민중의 몽둥이' 들이었다. 하지만 실제로는 애매한 사람을 괴롭히거나 보호세 명목으로 농민들에게 삥을 뜯는 경우가 많았다. 말 잔등에 실려 있는 곡식 역시 불쌍한 농민이 울며 겨자 먹기로 바친 보호세가 틀림없었다. 봉근은 건빵에게 명령했다.

"야, 알바생, 어서 곱게 빻아드려라."

"예."

건빵은 무거운 밀 포대를 어깨에 짊어지고 비틀거리며 걸어갔다. 어찌나 힘들었던지 한 발짝 옮길 때마다 방귀를 뿡뿡 뀌어대니 경비단 한 명이 얼굴을 찡그렸다.

"야, 임마! 밀가루에 냄새 배면 죽을 줄 알아!"

"크히히히히……."

다른 한 명이 손뼉을 치며 킬킬거렸다. 봉근은 묵묵히 그들 앞에 서 있었고 제인과 토마스 씨는 방앗간 안에서 못마땅한 표정으로 경비단원들을 지켜보고 있었다. 건빵이 치안 경비단의 밀가루를 빻는 동안 영규는 드라이버를 잡고 봉근이 박살 냈던 뻐꾸기 시계와 씨름하고 있었다.

"휴… 거의 다 고쳤네. 어디 잘 되나 볼까?"

그는 뻐꾸기 모형을 집 안으로 밀어 넣은 뒤 시계 바늘을 돌렸다. 정각에 바늘이 오자 뚜껑이 달칵 열리면서 뻐꾸기가 튀어나왔다.

"꼬끼오~"

영규는 맥 빠진 얼굴로 시계를 집어 던졌다.

"우씨, 아주 망가졌네. 지가 닭인 줄 알아."

한편 짚더미 속에서 여자 친구와 못된 짓을 하다 들킨 곱슬머리 청년은 머리를 슬그머니 들고 일어나 비둘기 집 쪽으로 살금살금 다가갔다. 방앗간의 전령사 비둘기들은 모두 십여 마리였는데 각자 날아가는 방향에 따라 '식당', '빵가게', '마을 회관' 등의 팻말이 붙어 있는 집에 들어앉아 있었다. 그는 살며시 손을 뻗쳐 '경비단'이라고 쓰인 비둘기 집 속에 집어넣었다. 전령사 비둘기가 방앗간 창문을 빠져나와 마을 치안 경비소를 향해 날아갔지만 봉근과 제인은 경비단원들과 실랑이를 벌이느라 이를 눈치 채지 못했다.

“아니, 왜 돈을 안 내는 거예요! 돈 줘요! 밀가루를 빻았으면 돈을 내야지!”

제인은 경비단원들을 향해 앙칼지게 소리쳤다. 배가 불룩 나온 경비단원이 눈을 똥그랗게 뜨고 기가 막히다는 듯이 웃었다.

“너, 새로 왔냐? 왜 이렇게 몰라? 박 사장 어디 갔냐? 박 사장!”

“오늘 사장 안 나왔어! 어서 돈 내놔!”

머리가 벗겨진 경비단원이 봉근에게 말했다.

“어이, 박 사장한테 우리 왔다 갔다 그래.”

배 나온 경비단원이 맞장구를 쳤다.

“그래, 박 사장한테 말하면 알 거야. 근데 이 인간 이거 종업원들 교육도 안 시키나?”

“아저씨, 왜 밀가루 빻고 그냥 가려고 그래?”

제인은 막무가내였다. 봉근은 아내에게 눈짓을 하며 말 궁둥이를 철썩 내려쳤다.

“그냥 가십시오.”

경비단원들은 헛기침을 하더니 말을 출발시켰다. 제인이 사라져 가는 경비단원들을 보며 봉근에게 물었다.

“여보, 왜 쟤들 그냥 보내요? 돈도 안 받고…….”

“냅둬. 어차피 뒤에 실은 거 모래 포대야.”

“푸읍! 진짜예요? 아이, 시원해라~ 쌤통이다!”

방앗간에서 이런 일들이 벌어지는 동안 봉근과 제인에게 실컷 얻어맞고 망신당한 소시지 배달부는 철가방을 휘두르며 친구들에게 하소연을 하고 있었다. 그들은 금발 머리 배달부의 설명을 듣고 나자 모두 은빛 철가방을 휘두르며 분개했다. 그들은 모두 30여 명을 웃도는 숫자였는데 배달로 단련된 튼튼한 팔뚝을 가지고 있어 자못 위협적으로 보였다. 누군가 줄줄이 비엔나 소시지를 휘두르며 우렁차게 외쳤다.

"우리 모두 방앗간으로 달려가 수로의 원수를 갚자!"

"우와아~ 가서 조지자!"

"우와~ 소시지 시키신 분~"

영규네 물레방아에 다가오고 있는 위험은 성난 철가방들뿐이 아니었다. 곱슬머리가 날려 보낸 전령사 비둘기는 쏜살같이 치안 경비소를 향해 날아가 소장의 손에 안겨 있었다. 비둘기 다리에 매어진 쪽지를 확인한 소장은 대경실색하여 자리에서 벌떡 일어났다.

"이건… 우리 아들내미 글씨잖아! 아까 날라리 한 명 끼고 나갔는데 무슨 일이지?"

쪽지의 내용을 읽어본 소장은 수전증 환자처럼 손을 부들부들 떨었다.

아빠, 나 방앗간에서 대가리 박고 있어.

그는 끄응 하는 낮은 신음 소리를 삼키더니 눈에 살기를 띠며 부하들에게 명령했다.

"당장 전투 경비단 소집시켜! 영규네 물레방아로 쳐들어간다!"

"옙!"

"가뜩이나 머리 나쁜 애를 대가리 박기 시켜? 박영규, 넌 오늘 죽었어."

전투 경비단은 치안 경비단 내에서도 무식하고 잔인하기로 소문난 자들로 왕실에 항명하거나 반란을 일으킨 집단을 진압하는 임무를 띠고 있었다. 평범한 경비단원들이 몽둥이를 사용하는 데 비해 그들은 무기도 제각각이었다. 못 박힌 각목이나 돌도끼를 휘두르는 건 예사요, 때로는 새끼줄에 해골을 매달아 돌리거나 기저귀나 생리대에 불을 붙여 던지기도 했다. 지금 소장은 자신의 아들을 구하기 위해 무시무시한 그들을 호출한 것이다.

철가방을 두드리며 말을 달리던 소시지 배달부들은 방앗간에 다다르자 얼굴이 굳어졌다. 냇물을 건너오는 일단의 무리들은 분명 악명 높은 전투 경비단이었다.

"으, 어떻게 된 거야! 분명 세 놈이라고 했잖아!"

"모, 몰라! 쟤네들은 다 뭐야?"

"저 녀석들… 전투 경비단이잖아? 내 친구 놈 중에 왕궁 앞에서 시위하다가 저놈들한테 맞아 죽은 녀석이 있어!"

애초에 친구들을 몰고 온 금발의 배달부 수로 군은 목에 비엔나 소시지를 둘둘 두르며 비장한 얼굴로 말했다.

"오늘 우리 여기서 죽자! 철가방의 명예를 더럽힐 순 없어!"

"좋다! 소시지 배달 십삼 년에 후회는 없다!"

"가자! 우와아아~"

"소시지 시키신 분~"

배달부들이 철가방을 머리 위로 휘두르며 달려오자 치안 경비소장은 고개를 갸웃거렸다.

"뭐야, 쟤네들……. 소시지 배달부들이잖아?"

"영규 놈이 업종을 다각화했나 본데요. 방앗간 해서 돈 좀 벌었군."

"건방진 놈들……. 깔아뭉개!"

"옙! 전원 돌격!"

"우아아아아—"

"소시지 일루 가져와—"

영규는 창문 위로 머리만 내밀고 난데없이 벌어진 패싸움에 넋을 잃었다.

"그래… 다 부숴라, 다 부숴……. 아이고, 난 망했네. 쫄딱 망했네."

배달부들과 경비단원들이 치고, 때리고, 박고, 부수고, 물고, 뜯고, 엎치락뒤치락 개판 난리 부르스를 추는데 봉근과 제인, 토마스 씨는 마차를 타고 느긋하게 방앗간을 빠져나가는 중이었다. 제인이 봉근의 팔짱을 끼면서 다정하게 말했다.

"여보, 재네들 다구리 붙었어."

"그렇네. 깡다구 좋은 놈이 살아남겠지."

토마스 씨는 마차 짐칸에서 담배 연기를 뿜으면서 사위에게 말했다.

"볼컨, 어서 가자구. 집에서 진진이 혼자 심심하겠어."

"예, 장인어른. 이랴!"

어느새 해가 서쪽 하늘에서 뉘엿뉘엿하는데 물레방아 앞에서는 난투극이 계속되었다. 마차는 석양을 등지고 서둘러 봉근과 제인의 보금자리로 돌아가고 있었다.

봉근과 제인이 살고 있는 가이센 왕국의 북쪽에는 토끼 모양의 래빗 반도가 있고 그곳에 '구려' 라는 왕조가 있었다. 래빗 반도는 원래 삼국이 대립하여 천 년 동안 지리한 전쟁을 계속하였으나 '태조 왕젖' 이라는 위대한 지도자가 통일을 완성하였다. 그는 구린 내(川)라는 하천을 끼고 수도를 정하였으니 이곳이 바로 구려국 천 년의 고도 괴성이다. 김몽력(金蒙曆) 1375년, 구려국은 이해 무 농사가 대풍작이었다. 풍년이 들면 당연히 기뻐해야 하지만 구려의 농민들 심정은 그렇지 못했다. 수요에 비해 공급이 넘치자 무 값이 폭락해 농민들이 큰 손해를 보았기 때문이다. 전통적인 농산물 수출국이었지만 무로 김장을 담가 먹는 문화는 오직 구려에서만 존재해 외국의 수요가 미미했다. 구려의 왕은 고심 끝에 결단을 내렸다. 구려의 야채 장수 3천 명을 모아놓고 이들에게 무 재고 처분을 명했던 것이다. 왕은 이들에게 남아도는 무를 싣고 외국으로 나가 판매하도록 강요했다. 울며 겨자 먹기로 무 마차를 끌고 객지로 나가는 상인들을 향해 구려의 왕은 잔인한 한마디를 덧붙였다.

"다 팔기 전에는 구려 땅을 밟지 마라."

상인들은 고향 땅을 떠나면서 자신들의 주군을 원망했다.

"우리 임금님, 정말 구려……."

"에이 씨, 존나 구려……."

이리하여 성경에도 기록된 무 장수 엑소더스가 시작된 것이다. 그들 중 일부는 다시 구려 땅을 밟았지만 대부분은 돌아오지 못하고 객사했다.

가이센 왕국은 대부분 울창한 삼림지대로 이루어져 있지만 서북쪽에는 광활한 건조지대가 존재한다. 사람이 사는 촌락은 찾아보기 힘들고 간혹 여행자들을 위한 객잔이 있을 뿐이다.

지금 건조지대를 횡단하는 일단의 무리들이 있다. 짐마차 십여 대가 줄을 지어 덜컹거리고 마차 옆에서는 남루한 행색의 상인들이 터덜터덜 걷고 있다. 그들 중 하나가 사막의 열기를 이기지 못하고 모래흙 위로 뒹굴었다. 마차의 행렬이 멈추고 상인 한 명이 쓰러진 자를 부축하고자 했으나 그는 일어서지 못했다. 머리에 화려한 터번을 감고 있는 자가 물었다.

"무슨 일이냐?"

"대장, 이름없는 상인 하나가 갈증과 영양 부족으로 쓰러졌습니다. 아무래도 다시는 일어서지 못할 듯싶습니다."

"무를 깎아 먹여라."

"예."

명령조로 말하는 사내의 이름은 최정. 구려국에서 가장 큰 청과물 상인 '용호야채'의 사장이자 거상 최주영의 아들이다. 그는 부친이 사망하고 가게를 물려받은 지 얼마 안 되어 무 판매의 명을 받아 구려 땅을 떠났다. 용호야채 종업원과 영세 상인들로 구성된 무 원정 판매단을 이끌고 있다. 주머니칼로 무를 깎아서 쓰러진 자의 입에 넣어주는 자는 정가남. 용호야채의 부사장으로 최정 사장을 그림자처럼 보좌하고 있다.

"에퉤퉤, 매워. 먹기 싫어."

쓰러진 자는 정가남이 깎아준 무를 찡그리며 뱉아냈다. 정가남이 최정 사장에게 건의했다.

"너무 지쳐 있습니다. 잠시 쉬어야 합니다."

"해 지기 전에 뉴웩 시(市)에 당도해야 한다. 가서 고통을 덜어줘라."

정가남은 망설이는 표정이다. 장군의 차가운 눈빛과 마주치자 그는 어금니를 깨물고 허리춤에서 무 시래기를 풀었다. 가망이 없어 보이는 자의 목에 시래기를 둘둘 감는 정가남. 잠시 후 그가 힘껏 시래기를 당겼다.

"크엑……."

무 시래기에 목이 졸려 죽는 사내. 원정 판매단은 시체를 사막에 버려두고 행군을 계속했다.

가이센 최대의 상업도시 뉴웩. 가이센 재물의 절반이 넘실대고 인구 육백만이 버글거리는 이곳에서 구려의 무 장수들은 마지막 승부를 걸었다.

"무의 상태는 어쩐가?"

최사장은 심려스러운 얼굴로 정가남에게 물었다.

"사막을 건너오면서 10분지 일 정도가 무말랭이가 되어버렸습니다."

"흠… 그 정도 물량이면 괜찮아. 여기서 재고를 모두 떨어버리자."

그는 '뉴웩 시에 잘 오셨습니다. 우웩~' 이라는 환영 문구를 바라보며 비장한 결의를 다졌다.

"반드시 다 팔고 돌아간다."

그들이 짐마차를 세운 곳은 뉴웩 시에서도 첫째 가는 청과물시장 카라크마켓이었다. 즉석에서 좌판을 벌인 최정 사장은 늠름하고 위엄있는 목소리로 호객 행위를 시작했다.

"무 사! 무 사! 맛있고 신선한 무 사!"

하지만 군인처럼 무섭게 생긴 남자가 협박하듯 내지르는 소리에 끌려올 손님은 없었다. 최정의 공허한 외침이 한참 동안 계속되던 끝에 시장 바구니를 든 주부 하나가 그에게 다가왔다. 그녀는 최 사장의 눈을 똑바로 쳐다보며 말했다.

"안 사!"

"크윽……."

불의의 일격을 당한 최 사장이 무안한 얼굴로 울분을 삼키는데 허연 수염을 기른 상인 하나가 천천히 다가와 그의 등을 두드렸다.

"쯧쯧… 그렇게 무뚝뚝하게 반말을 내뱉으니 사고 싶은 마음이 생기겠는가. 자고로 장사를 할 때는 자신을 낮춰야 하는 법."

최정 사장에게 충고하는 노인은 영세 상인 이지헌. 그는 비록 큰돈은 벌지 못했으나 깨끗한 성품과 양심적인 거래로 구려에서는 '상도(商道)의 화신(化神)' 으로 불렸다.

"…날 따라해 보게. 무 사세요~ 무 사세요~ 신선한 무 사세요~"

이지헌이 나긋나긋한 목소리로 호객을 하자 가이센 주부 서너 명이 기웃거리며 무를 만져 보았다.

"어머, 순무가 참 싸네. 근데 좀 오래된 것 같아."

"아닙니다. 멀리서 가져오느라 조금 말랐을 뿐이에요. 이 안쪽에 있는 것을 보세요. 아직 싱싱하지요?"

이지헌이 연신 허리를 굽신거리며 손님들의 비위를 맞추자 최정 사장의 얼굴이 일그러졌다. 그는 이지헌을 밀쳐 내고 호통을 쳤다.

"난 용호야채의 사장이자 귀족의 아들이다. 어찌 천한 것들에게 존댓말을 쓰리오? 자존심을 내팽개쳐 가면서 장사를 하지는 않겠다!"

최정은 다시 우렁찬 목소리로 호객을 했다.

"무 사! 무 사! 나중에는 사고 싶어도 못 사! 무 사! 얼른 사! 무 사!"

가이센 주부들은 목에 핏대를 세우며 소리를 꽥꽥 지르는 최정 사장에 질려 살펴보던 순무를 팽개치고 멀리 달아났다. 최 사장은 손님을 불러들이기는커녕 가까이 지나가던 사람들도 멀리 돌아가게 만들었다.

"손님 다 쫓을 셈이요! 당신이 장사를 망치겠소!"

머리를 여자처럼 길게 기르고 강렬한 눈빛을 가진 사내가 최 사장 앞에 나서 항의를 했다.

"감히 나에게 대드는 거냐? 노비 주제에!"

"……."

묵묵히 최 사장을 쏘아보는 사내의 이름은 여솔. 영세 상인 이지헌의 노비로 주인을 따라 가이센까지 왔다. 최정 사장은 채찍처럼 긴 시래기를 꺼내더니 여솔을 향해 내려쳤다. 휘릭 하고 날카로운 소리를 내며 날아가는 시래기. 여솔은 날아오는 시래기를 오른손으로 움켜잡았다.

"큭… 이 자식이……."

두 사람은 무 시래기를 팽팽히 당기며 서로 승강이를 벌였다. 이지헌 노인이 점잖게 둘의 싸움을 말렸다.

"그만들두시오. 그거 국 끓여 먹을 거요."

여솔이 슬그머니 시래기를 놓았다. 최정 사장은 화를 참는 얼굴로 당돌한 노비를 노려봤다.

"건방진 놈……."

"……."

여솔은 침묵했지만 날카로운 시선은 계속 최정 사장을 향하고 있었다. 연기력이 부족한 그로서는 눈빛 연기만이 살길이었다. 최정 사장의 한심한 장사는 그날 해질녘까지 계속되었고 단 한 개의 무도 팔지 못한 그들은 판을 접고 여인숙으로 향했다. 모두들 사막을 가로질러 오느라 극도로 지쳐 있었다.

대부분 방을 잡자마자 깊은 잠에 빠져들었지만 최정 사장만은 눈을 붙일 수 없었다. 무의 신선도는 점점 떨어지고 있는데 아직 팔지 못한 재고가 산더미처럼 남아 그의 가슴을 짓누르고 있었다. 돈도 돈이지만 원정 판매단의 지도자로서 체면이 말이 아니었다. 그는 구려인들이 부끄러울 때 쓰는 토속어를 내뱉었다.

"아이 씨… 쪽팔려……."

최정이 땅이 꺼져라 한숨만 푹푹 내쉬고 있는데 누군가 급하게 방문을 두들겼다.

"누구냐?"

"접니다, 대장!"

용호야채 부사장 정가남의 목소리였다.

“들어오게.”

정가남은 무슨 좋은 일이라도 있는지 연신 싱글벙글이었다.

“무슨 일이냐?”

“대장, 무를 전부 사겠다는 사람이 나섰습니다.”

“뭐야? 그게 정말이냐?”

최정 사장은 너무 놀라고 기뻐서 침대에서 굴러 떨어질 뻔했다. 그는 벌렁대는 가슴을 누르며 정가남에게 물었다.

“그 많은 무를 다 사겠다니, 그래, 도대체 그자가 누구냐?”

“뉴웩 시 청과물 유통조합의 총무이사인 래디쉬바이어란 사람입니다. 요즘 가이센에도 구려의 음식 문화가 도입되어 무로 김치를 담가 먹는 사람이 많다고 합니다. 김장철이 오기 전에 우리 무를 전부 사들이고 싶어합니다.”

“오오, 그거 정말 다행이구나. 상인들을 모두 깨워라! 거래를 하러 간다!”

상인들은 오랜 여행에 지쳐 있어 정가남이 흔들어 깨워도 짜증을 내며 이불을 덮기 일쑤였다. 최정 사장이 호통을 치자 정가남은 알타리무로 두들겨 깨웠다. 투덜거리는 상인들을 이끌고 약속 장소에 도착한 최정 사장. 아무런 의심 없이 무를 가득 실은 짐마차를 이끌고 도성 안으로 들어갔다. 래디쉬바이어는 얼굴이 허옇고 길었으며 머리칼은 초록색이었는데 눈이 쥐새끼처럼 생긴 것이 모사꾼 같은 느낌을 주었다. 최정 사장은 호탕하게 웃으며 악수를 청했다.

“당신이군요! 이거 정말 고맙습니다! 우리 무를 다 사주시겠다구요!”

“흥! 맵기만 하고 맛없는 무를 잔뜩 사다가 어디다 팔아먹는단 말이냐!”

최정은 상대방의 입에서 튀어나온 뜻밖의 말에 놀라며 악수를 청했던 손을 슬그머니 거두었다. 그는 굳어진 얼굴로 정가남에게 물었다.

"어찌 된 건가?"

"글쎄요, 아까만 해도 사근사근하게 나오던 녀석이……."

잠시 후 사방이 갑자기 환해지더니 여기저기서 상인들의 놀라는 소리가 터져 나왔다. 도성 안에 숨어 있던 자들이 횃불을 치켜들고 최정과 상인들을 에워싸는데 모두 몽둥이며 쇠고랑 같은 무기를 들고 있었다. 최정이 노하여 래디쉬바이어에게 소리쳤다.

"이게 무슨 짓들이오! 가이센에서는 손님 대접을 이렇게 하는가!"

"흥! 구려의 개들아, 여기가 어디라고 기어들어 와서 덤핑 판매를 하는 거냐! 우리는 카라크마켓의 야채 장수들이다! 네놈들이 무를 대량으로 들여오면 이곳의 무 값은 폭락하고 말아! 여기 수요는 한정되어 있단 말이다!"

최정과 정가남은 사태가 심상치 않음을 감지하고 각자 무기를 찾았다. 상인들 역시 겁을 집어먹고 무 마차 아래로 숨거나 무릎을 꿇고 싹싹 빌었다. 래디쉬바이어가 싱긋 웃더니 가이센 야채 장수들을 향해 소리쳤다.

"이놈들을 모두 때려죽이고 무는 전부 불태워라!"

"우아아아아—"

난투극이 시작되었다. 구려 무 장수들과 가이센 야채 장수들의 대접전. 몽둥이가 날아다니고 피가 튀었다. 구려인들은 무기를 소지하지 않았지만 맨손으로 용감하게 저항했다.

"목숨 걸고 무를 지켜라!"

최정 사장은 시래기를 휘두르며 가이센인들과 싸웠다. 완력에도 자신이 있는 정가남은 적의 몽둥이를 빼앗아 혼자서 수십 명을 상대하고 있었다. 그때 아비규환과도 같은 싸움판을 헤치고 래디쉬바이어에게 다가서는 노인이 있었다. 구려 상인 이지헌이었다.

"이보시오! 당장 싸움을 멈추시오! 이건 상도(商道)에 어긋나는 행동이오! 부끄럽지도 않소!"

"흥! 넌 또 뭐냐! 귀찮은 늙은이!"

래디쉬바이어는 손에 들고 있던 곤봉으로 이지헌의 정수리를 내려쳤다.

"으악!"

이지헌의 이마로 끈적한 피가 흘러내렸다.

"안 돼! 어르신!"

래디쉬바이어는 성난 사자처럼 달려오는 구려인을 보고 움찔 놀랐다. 긴 머리를 갈기처럼 휘날리며 뛰어오는 구려인은 양손에 커다란 무 두 개를 움켜쥐고 있었다.

"넌 또 뭐야. 으……."

곤봉을 휘두르려던 래디쉬바이어의 얼굴 정면을 강타한 구려 무. 그는 충격으로 뒤로 벌렁 넘어졌다 다시 일어섰다. 코뼈가 부러지고 입언저리는 피로 물들었다. 긴 머리의 사내가 무를 양쪽으로 벌리고 한쪽 다리를 학처럼 들어 올렸다.

"무에 맞아 죽은 사람 이야기 들어봤니?"

"쿨럭… 아니……."

"그럼 오늘 한번 당해봐."

여솔은 새처럼 날아올라 가이센 악덕 상인의 어깨에 올라섰다. 래디쉬바이어가 여솔의 발목을 잡는 순간 여솔은 허리를 굽히며 무 두 개를 동시에 내려쳤다.

"쿠악!"

래디쉬바이어는 목뼈가 뒤로 꺾이며 절명했다. 여솔이 사뿐히 그의 어깨 위에서 내려오자 무에 맞아 죽은 시신이 짚단처럼 풀썩 쓰러졌다. 여솔은 무에 박힌 앞니 두 개를 뽑아내고 땅에다 피를 털었다. 무 꼭지를 타고 핏방울이 뚝뚝 떨어지고 있었다.

"여솔아……."

아직 목숨이 끊어지지 않은 이지헌이 그의 이름을 불렀다.

"어르신!"

여솔은 얼른 달려가 그의 머리를 받쳤다. 이지헌은 말하기가 힘드는 듯 입술을 달싹거리며 마지막 유언을 남겼다.

"넌… 이제… 자유인이다……."

"……."

여솔의 뺨을 어루만지던 이지헌의 바싹 마른 손이 털썩 땅에 떨구어졌다. 여솔의 뺨 위로 뜨거운 눈물이 흘러내렸다. 그의 주인과의 옛 추억이 눈앞에 스치고 지나갔다.

이지헌 사장은 구려 원정 판매단원들 중 유일한 무 전문상으로 무를 도매시장에 내다팔 뿐 아니라 직접 무를 재배하기도 했던 몇 안 되는 무인이었다. 그는 시간이 날 때마다 여솔을 앞에 앉혀놓고 자신의 무 철학을 전수해 주었다.

"여솔아, 무술이란 무엇이냐?"

"……."

여솔이 말없이 고개를 젓자 이지헌은 밭에서 커다란 무 한 개를 쑤욱 뽑았다. 그리고는 그것을 머리 위로 붕붕 돌리기도 하고 칼처럼 휘두르기도 하고 창처럼 찌르기도 했다.

"무를 다루는 기술이 바로 무술이다."

그는 무를 바닥에 내려놓고 다시 물었다.

"그럼 무도란 무엇이냐?"

"……."

이지헌은 시커먼 식칼을 꺼내 무를 단숨에 두 동강 냈다.

"무 자르는 칼이 무도(刀)다."

"……."

여솔은 주인에게서 받았던 가르침을 되새기며 슬픔을 삭이고 있었다. 여솔이 주인의 임종을 지켜보는 동안 최정 사장과 정가남 부사장은 나머지 상인들을 이끌고 가이센 잔당들과 분투 중이었다. 시래기를 팽팽히 당기며 다섯 명째 가이센 상인을 목 졸라 죽인 최정은 이마의 땀을 닦고 정가남을 불렀다.

"남은 놈들은?"

"모두 도망쳤습니다. 이제 어떻게 할까요?"

"일단 여인숙으로 돌아가자."

"예. 모두 철수! 숙소로 귀환한다!"

여인숙으로 돌아온 정가남은 가슴이 답답했다. 공을 세워보려다 오히려 사장을 함정에 빠지게 했다. 하마터면 목숨을 잃고 무를 모두 잃을 뻔했다. 그는 자신의 잘못을 만회할 방법을 찾아야 했다. 그렇지 않으면 구려로 돌아갔을 때 인사 이동이 있을 것이다. 그는 복도에 나와 서성거리다가 한 여인을 보고 눈을 크게 떴다. 금발에 눈처럼 하얀 피부를 가진 아름다운 여인이었다. 여인은 복도를 지나 서쪽 끝에 있는 객실로 들어갔다. 마법에 걸리기라도 한 것처럼 객실 문 앞까지 여인을 따라왔던 정가남은 가만히 문짝에다 귀를 대고 안에서 들려오는 소리를 엿들었다. 그의 얼굴에 놀라는 기색이 역력했다.

최정 사장은 간신히 잠이 드려는 순간 잠이 깨서 기분이 좋지 않았다. 정가남은 계속 문을 두드렸다.

"대장, 긴히 드릴 말씀이 있습니다!"

"또 너냐? 아까처럼 쓸데없는 제안으로 날 곤경에 빠뜨릴 거라면 당장 물러가라!"

"대장, 이 여인숙에 가이센의 공주가 있습니다!"

"공주가?"

최정은 손수 문을 열어주었다.

"틀림없느냐?"

"예, 제가 분명히 공주님이라고 호칭하는 것을 엿들었습니다."

"음… 하지만 왕궁에 있어야 할 공주가 뉴웩같이 위험한 도시에는 웬일이지?"

"가이센 국왕의 막내딸은 자유분방해서 여행을 즐긴다고 들었습니다. 제가 본 금발의 여인이 바로 가이센 국왕의 막내딸 매리오트 공주가 틀림없습니다."

"흠……."

최정은 잠시 동안 생각에 잠기더니 무릎을 탁 치며 비장한 목소리로 말했다.

"공주를 납치한다!"

"네에? 그런 짓을 했다가는 살아남지 못할 겁니다."

"아냐. 이번이 무를 전부 팔아치울 수 있는 절호의 기회다!"

"무슨… 말씀이신지?"

"공주를 납치한 후 가이센 국왕과 협상을 하는 거다! 우리가 원하는 가격에 무를 모두 사주지 않으면 공주를 돌려보내지 않겠다고 말이다!"

"허걱, 왕에게 무를 파시려구요?"

"물론!"

정가남은 너무 무모한 생각이라고 느꼈지만 최정 사장의 말에 따르기로 했다. 구려로 돌아가지 못하면 그의 미래는 없었다.

봉근은 한 손에 통닭을 사 들고 고개를 꺼떡거리며 여인숙으로 돌아오고 있었다. 제인은 한밤중에 통닭이 먹고 싶다고 떼를 썼고, 봉근은 귀찮았지만 할 수 없이 근처에 있는 통닭집으로 달려갔던 것이다. 뉴웩 시에서 집까지는 마차로 반나절 정도밖에 걸리지 않았다. 내일 아침 일찍 출발하면 그리운 집에 돌아가 점심을 먹을 수 있을 것이다. 오랜 여행에 지쳐 있는 봉근은 해변 판잣집에서 진진과 농담을 나누며 푹 쉬고 싶은 생각이 간절했다.

"여보, 나 통닭 사왔어! 여보!"

문을 열고 반갑게 맞이해야 정상인데 아무런 대답이 없었다. 봉근은 이상한 생각이 들었다. 주머니에서 열쇠를 꺼내 문을 따니 뜻밖의 사태가 벌어져 있었다. 장인이 온몸이 결박된 채로 바닥에 뒹굴고 있었던 것이다.

"장인어른! 이게 어찌 된 일이에요? 제인은 어디 있어요?"

"으흑… 볼컨… 구려 놈들이 제인을 납치해 갔다……."

"뭐라구요! 제인이 납치당했다구요? 구려 놈들이 한 짓이 맞아요?"

"입에서 구린내가 나는 걸 보면 구려인들이 틀림없어……."

"아우~ 열받아! 장인어른, 전 구려 놈들을 추적할게요!"

"그러게나. 난 마차를 타고 가서 마을 사람들을 불러오겠네!"

봉근은 여인숙 주인을 두들겨 패서 구려인들의 행방을 알아낸 다음 큰 머리를 끄덕거리며 아내를 향해 달려갔다. 토마스 씨는 짐마차를 몰고 고향 마을로 향했다. 어부들을 데리고 와 봉근을 지원하기 위해서였다.

최정은 행군을 멈추고 상인들에게 잠시 휴식을 허락했다. 상인들은 무가 마르지 않도록 마차 위에 덮개를 씌우고 있었다. 그는 가마에 탄 공주를 바라보면서 정가남에게 물었다.

"부사장, 저 여인이 가이센 국왕의 막내딸이 분명한가?"

"틀림없습니다. 납치하기 전에 공주냐고 물어보자 그렇다고 고개를 끄덕였습니다."

"흠, 한데 16살 소녀치고는 너무 성숙한걸? 난 자네가 웬 유부녀를 보쌈해 온 줄 알았네."

"요즘 아이들은 호르몬 분비가 왕성해서 조숙하답니다, 대장."

최정 사장은 돌연 한숨을 내쉬며 눈을 가늘게 떴다.

"그나저나 정말 아름다운 여인이로군. 일국의 공주다워……."

"대장, 인질에게 사적인 감정을 느끼시면 위험합니다."

그녀에게 사랑의 감정을 느낀 자는 최정 사장뿐이 아니었다. 상인들이 모두 마차 그늘에서 휴식을 취하고 있을 때 여인의 가마에 살며시 다가서는 그림자가 있었다. 여인은 발을 걷어 올리며 고개를 내미는 남자를 보고 깜짝 놀랐으나 이내 안도의 한숨을 내쉬었다. 남자가 너무 잘생겼기 때문이다.

"당신은 누구시죠?"

남자는 아름다운 긴 머리를 쓸어 넘기며 대답했다.

"난… 여솔입니다."

"여솔, 어렸을 때 배운 노래가 생각나네요. 여솔아~ 할아버지께서 부르셔~ 네~ 하고 달려가면~ 너 말고 네 엄마~"

"그, 그건 예솔입니다. 전 여솔인데요."

"훗, 제가 착각했군요. 근데 손에 든 건 뭐죠?"

여솔은 정체불명의 음식이 담겨 있는 놋쇠 대접을 내밀었다.

"깍두기라는 구려 음식이에요. 무 요리 좋아해요?"

여인은 대접을 받아 들며 슬며시 여솔의 손등을 만졌다. 그녀가 살갑게 눈을 흘기며 웃었다.

"전 총각무를 좋아해요……."

"흐읍……."

여솔은 얼굴이 화끈 달아올랐다.

최정 사장은 여인의 가마에서 기어나오는 여솔을 보고는 피가 머리 꼭대기로 역류했다.

'크윽… 저 자식… 공주에게 흑심을 품고 있었구나!'

휘릭 소리가 나더니 여솔의 목에 시래기가 감겼다. 시래기가 팽팽히 당겨지며 여솔의 숨통을 조이자 여솔은 얼굴이 벌겋게 돼서 질질 끌려왔다. 최정은 시래기를 더욱 조이며 물었다.

"이놈! 너, 공주에게 무슨 짓을 한 거냐! 노비 주제에 죽고 싶은 게냐!"

"캑, 저 아줌마는 공주가 아니오."

여솔은 질질 끌려 다가가 마차에서 구려 무 하나를 뽑아서 최정에게 던졌다. 무는 벼락같이 날아가 최정의 안면을 강타했다.

"크악!"

최정이 얼굴을 감싸며 뒤로 넘어지자 여솔은 목에 감긴 시래기를 풀었다.

"무슨 짓이냐!"

정가남이 득달같이 달려와 최정을 부축했다. 여솔은 홱 뒤돌아서 멀어지면서 낮게 깔리는 음성으로 말했다.

"더 이상 노비라 부르지 마시오. 난 자유인이오."

"이놈이!"

정가남이 달려들어 여솔의 등 뒤를 치려는데 상인 한 명이 고함을 질러 그를 멈추게 했다.

"대장! 대장! 빨리 와보세요!"

최정과 정가남은 소리가 나는 쪽으로 달려갔다. 괴성 야채 장수 도충이 겁먹은 표정으로 그들에게 손짓했다.

"저기 보세요! 머리가 어마어마하게 큰 괴물이 몽둥이를 휘두르며 달려오고 있어요!"

정가남은 태연스럽게 말했다.

"여인숙에서 보았던 공주의 호위무사구나. 여인숙 주인을 매수했다고 생각했는데 그게 아니었군."

최정 사장은 굳어진 얼굴로 정가남에게 명령했다.

"상인 한 명을 내보내 저자와 싸우게 하라. 그리고 어서 짐마차를 출발시켜! 호위무사가 알아챘으니 이제 곧 가이센의 군사들이 쫓아올 것이다!"

최정은 짐마차에 뛰어올라 그들을 추적하고 있는 호위무사를 지켜보았다. 야채장수 도충이 정가남의 명령을 받고 호위무사를 향해 달려갔다. 몽둥이를 몇 번 휘두르더니 호위무사의 박치기 한 방에 나가떨어져 사막에 뒹굴었다. 최정은 고개를 저었다.

"역시 가이센 공주의 호위무사답구나. 누가 저자를 막을 텐가!"

"제가 막아보겠습니다."

최정에게 대답하며 짐마차로 뛰어오른 자는 용호야채의 영업 담당 이사 진립. 말단 점원으로 시작해 이사의 자리까지 오른 그는 산전수전, 공중전까지 다 겪은 백전노장의 장사꾼이었다. 그는 활쏘기에 능해 몇 번이나 위험에 처했던 전 최주영 사장을 산적 떼에게서 구해냈다. 진립은 화살촉 끝에 알타리무 하나를 푹 꽂았다. 그는 알타리무를 장전한 화살을 지그시 당기더니 어느 순간 시위를 놓아버렸다. 핑 소리를 내며 날아간 알타리무는 헐떡거리며 달려오던 봉근의 입속에 처박혔다.

"쿠욱!"

난데없이 날아온 무 화살에 맞은 봉근은 뒤로 벌렁 넘어졌다. 알타리무의 쌉사래한 맛이 목구멍 속을 밀고 들어왔다. 봉근은 무 화살을 빼내려 했으나 식도에 박혀서 빠지지 않았다. 눈물이 찔끔 솟아났다. 아프고, 숨 막히고, 맵고, 열받고, 짜증났다. 봉근은 화살을 옆으로 살짝 돌린 다음 무를 우적 깨물었다. 알싸한 무 냄새가 입 안 가득히 퍼졌다. 그는 알타리무를 우적우적 씹어 먹은 다음에 화살을 입에서 빼냈다. 비틀거리며 일어서자 등 뒤에서 자신을 부르는 소리가 들렸다.

"볼컨— 볼컨—"

"장인어른!"

토마스 씨가 어부 수십여 명을 데리고 그를 쫓아온 것이다. 제인을 구하겠다고 달려온 어부들은 모두 그물이며 작살이며 무기가 될 만한 어구들을 몽땅 가지고 왔다.

"빨리 오셨군요, 장인어른. 놈들은 멀리 도망가지 못했어요. 빨리 따라가면 잡을 수 있어요."

"오오… 다행이군. 어서 가세나!"

봉근은 마차에 훌쩍 뛰어올라 고삐를 잡았다. 그의 눈에 아내를 구하고자 하는 열의가 불타올랐다.

알타리무 한 개로 호위무사를 따돌린 진립은 영리한 눈을 반짝이며 최정 사장에게 간언했다.

"사장님, 북동쪽으로 계속 가면 버려진 토성이 있습니다. 거기서 가이센의 군사들을 막아보죠. 시간을 끌면서 공주를 두고 협상하는 겁니다."

"음, 좋은 생각이야. 짐마차를 북동쪽으로!"

하지만 문제는 토성에 도착한 뒤에 발생했다. 정가남 부사장은 경악스러운 얼굴로 금발 여인에게 물었다.

"다, 다시 한 번 말해 보시오! 당신이 매리오트 공주가 아니란 말이오?"

"풋~ 무슨 말씀을……. 전 그냥 가난한 어부 볼컨의 아내 제인이랍니다."

"그럼 왜 공주냐고 물었을 때 그렇다고 고개를 끄덕거렸던 게요!"

제인은 입술을 삐죽이며 뾰로통하게 대답했다.

"우리 남편은 만날 저보구 '구엽구 깜찍한 우리 공주님~' 그런단 말이에요."

"쿠아아아악! 나 미쳐! 이 아줌마야! 나 미쳐!"

정가남은 흥분해서 길길이 날뛰었다. 놀란 최정 사장과 진립 이사가 달려와 왜 그러냐고 묻자 정가남이 분통을 터뜨리며 사실을 말했다. 최정은 얼이 빠져 입을 헤 벌린 채 침을 흘렸고 진립은 화풀이로 상인들에게 알타리무 화살을 쏘아댔다. 정가남은 땅 위에서 데굴데굴 구르다가 손을 부르르 떨더니 캑 하고 숨을 거두었다. 진립이 놀라서 달려왔다. 그는 정가남의 맥을 짚더니 슬픈 얼굴로 최정에게 고했다.

"대장, 정가남이 너무 어처구니가 없어 심장마비로 죽었습니다."

"고이 묻어줘라."

최정은 힘이 쭉 빠진 얼굴이었다. 제인이 공주가 아니라는 사실이 알려지자 상인들이 술렁이기 시작했다. 몇몇은 당장 들고 일어설 태세였다.

"저 여자가 공주가 아니라면 우리가 뭐 하러 토성에서 목숨을 걸고 싸운단 말이냐!"

"여자를 내보내라!"

토성 밖에는 벌써 봉근과 어부들이 몰려와 진을 치고 있었다. 모든 것을 체념한 듯하던 최정이 다시 결의에 찬 목소리로 말했다.

"저 여인은 절대로 못 내보낸다! 나의 아내로 맞이할 것이야!"

최정은 어느새 사랑의 포로가 되었던 것이다. 하지만 상인들은 분통을 터뜨렸다.

"너 미쳤냐!"

"관둬라, 관둬! 우린 이제 무 장사 안 할란다!"

최정이나 진립과는 달리 대부분의 영세 상인들은 구려에 별다른 기반이 없었기에 가이센에서 장사를 하고 싶어했다. 진립 이사가 나서 그들을 진정시켰다.

"무를 다 팔기 전에는 구려 땅으로 돌아갈 수 없다. 떠날 자는 떠나라. 남을 자는 남는다."

그의 말이 끝나기가 무섭게 상인들이 토성을 썰물처럼 빠져나갔다. 안에 남은 자는 최정 사장과 진립, 그리고 여솔뿐이었다. 최정이 여솔에게 물었다.

"넌 용호야채 직원도 아닌데 왜 남았지?"

여솔은 뺨이 발그레하게 달아올라서 제인을 가리켰다.

"난 저 아줌마가 좋아."

"뭐야! 너도 유부녀 취향이냐!"

마주 보는 최정과 여솔 사이에 불꽃 튀기는 눈싸움이 벌어졌다. 서로 상대방이 자신의 연적(戀敵)임을 확인한 두 사람. 제인은 그런 상황을 은근히 즐기고 있었다.

"후훗, 나의 인기가 하늘을 찌르는군. 룰루랄라~"

최정은 시래기를 빙빙 돌렸고 여솔은 양손에 무를 움켜쥐었다. 두 사람 사이에 알타리무 화살이 핑 소리를 내며 스치고 지나갔다. 진립이 고개를 저으며 말했다.

"지금 우리끼리 싸울 때가 아닙니다. 어부들이 성을 기어오르고 있어요."

봉근은 고래고래 소리를 지르며 성문에 박치기를 하고 있었다.

"야, 이놈들아! 내 마누라 내놔라! 내 마누라 내놔라!"

봉근이 성문에 이마를 박을 때마다 빗장이 우지직 소리를 내며 안쪽으로 꺾였다. 진립이 불안한 목소리로 최정에게 고했다.

"대장, 성문이 부서지겠어요. 저런 단단한 대가리는 처음입니다."

"성문을 열어라. 내가 상대하겠다."

최정은 비장한 얼굴로 진립에게 명했다. 시래기를 잡은 손에 힘이 들어가고 있었다. 진립이 빗장을 벗기기도 전에 성문이 와지끈 부서졌다. 봉근은 혹이 난 이마를 문지르며 뛰어들어 왔다.

"내 마누라 내놔라!"

봉근의 앞을 먼저 가로막은 자는 최정이 아니라 여솔이었다. 여솔은 시퍼런 궁중무 두 개를 휘휘 저으며 중얼거렸다.

"어르신으로부터 전수받은 무술, 오늘 이 자리에서 모두 시험해 볼 테다!"

"넌 뭐냐? 가락동 무 장수냐? 썩 꺼져, 이놈아!"

"타앗!"

봉근은 순간 오른쪽 턱뼈가 삐긋하는 느낌을 받았다. 두터운 무 뿌리가 턱주가리를 갈기고 달아났던 것이다. 여솔은 봉근이 비틀거리는 사이에 등 뒤로 돌아서더니 뒤통수를 쌍무로 내려쳤다.

"크엑……."

봉근은 앞으로 고꾸라졌다가 다시 발딱 일어섰다.

"야, 이놈아! 먹는 것 같고 장난치면 못써!"

여솔은 바람처럼 움직이며 양손을 휘저었다.

"선풍무!"

"아야야!"

봉근은 팔뚝을 강타당해 옆으로 밀려났다. 엄청난 고통이 뼛속까지 전해졌다. 여솔은 멈추지 않고 공격했다. 나비처럼 팔을 나풀거리며 무를 흔들더니 봉근의 양쪽 뺨을 공격했다.

"호접무!"

"끄엑!"

봉근은 뺨에서 불이 나는 것처럼 뜨겁고 아팠다. 여솔은 자신의 필살기를 쓰기 위해 비호처럼 뛰어들더니 봉근의 복부에 무를 찔러 넣었다.

"마지막이다! 신창무!"

"우욱……."

봉근은 자신의 복부에 꽂힌 무를 손바닥으로 막아냈다. 부들부들 떨며 무를 들어 올린 봉근은 한입 우적 깨물어주었다.

"에, 퉤퉤, 매워. 구려 무치고는 맛이 없구나."

"이, 이럴 수가! 나의 필살기 신창무를 막아내다니!"

여솔은 충격을 받은 듯 다리를 비틀거렸다. 봉근은 씨익 웃더니 여솔의 머리를 붙잡고 벼락 같은 박치기를 먹였다.

"우갸악—"

여솔은 순식간에 얼굴이 피투성이가 되어 바닥에 뒹굴었다.

"끄윽……."

그는 부들부들 경련을 일으키며 막강한 거두전사(巨頭戰士)를 올려다보았다. 여솔은 입을 달싹거리며 봉근에게 부탁했다.

"죽기 전에 마지막으로 부탁이 있소."

"뭐냐! 너 먹는 거 가지고 장난쳐서 벌받은 거야!"

"나의 무를 잘라봐 주시겠소? 구려 무인으로서 부탁드리오."

"무를 잘라보라고? 거 어려운 부탁은 아니군."

봉근은 맥가이버 칼을 꺼내 여솔의 무를 싹둑 잘랐다. 놀랍게도 무의 단면에는 구멍이 숭숭 뚫려 있었다. 여솔은 빙그레 웃으며 말했다.

"역시… 바람 든 무였어. 나의 무술이 모자랐던 게 아니야."

그는 만족스러운 미소를 지은 채 숨을 거두었다. 여솔을 해치운 봉근은 기세를 몰아 최정 사장에게 달려갔다. 진립 이사는 알타리무 화살을 쏘아대다가 화가 난 어부들에게 붙잡혀 몰매를 맞아 사망했고, 최정 역시 어부들이 던진 그물에 잡혀 시래기를 휘두르지도 못하고 허우적대고 있었다.

"야, 이 자식아! 내 마누라 납치해 간 놈아!"

봉근은 코뿔소처럼 달려들더니 최정의 이마를 향해 박치기를 날렸다. 봉근의 엄청난 머리 중량에 운동 에너지가 더해지자 그 파괴력은 상상을 초월했다. 최정은 그물을 찢고 날아가 토성 벽을 무너뜨리며 땅에 처박혔다. 봉근은 이마를 쓱쓱 문지르며 최정에게 다가갔다. 최정은 이미 머리가 깨져 절명하기 직전이었다. 봉근은 문득 이 객지에서 죽어가는 구려 청과물 상인이 불쌍해졌다.

"마지막으로 남길 말은 없는가?"

최정은 봉근의 손을 잡고 입을 달싹거렸다.

"제발… 무 좀… 팔아줘……."

고향 땅을 떠나온 구려 무 장수들은 이렇게 생을 마감했다. 어부들은 그들이 죽어간 토성 안에 조촐한 무덤을 만들어주었다. 비석도 없고 안내문도 없었지만 그들의 장렬한 죽음은 전설처럼 전해져 해마다 많은 관광객들이 이 토성을 찾고 있다. 관광객들은 가이드의 말이 끝나기도 전에 여기저기서 풍겨오는 불쾌한 냄새에 코를 싸매곤 한다.

"아~ 구려~"

"윽, 구려……."

〈4권 끝〉